「도트리슈 여학원은, 난 무척 좋은 곳이라고 생각해.」

「하지만 교칙이 조금 엄격해.」

메리다 엔젤

《팔라딘》 가문 출생이지만
마나를 가지지 않았던 소녀.
암살계획에서 벗어나기 위해
성 도트리슈 여학원으로 전학했다.

엘리제 엔젤

메리다의 사촌자매로 《팔라딘》 클래스를
지닌 마나 능력자. 목숨을 노리는 자들
때문에 현재는 메리다와 함께 몸을
숨기고 있다.

어새신즈 프라이드
암살교사와 금서계제 11

뮬 라 모르

《디아볼로스》클래스인
라 모르 공작 가문의 영애.
검은 책을 훔친 장본인이지만
보드게임 세계에서는
포로 신세가 되어버리는데?!

「하, 하, 하지만 역시
선생님한테 혼나지 않을까?」

「어머, 혼나긴?
우리가 왜?」

살라샤 쉬크잘

쉬크잘 가문의 영애로 창의 명수 《드라군》 클래스를 보유. 친구들과 함께 검은 책의 세계에 휘말리고, 거기서 살짝 대담한 의상을!

「평소의 어프로치와는……. 과, 과격함의 차원이 다르니……!」

「여, 역시…… 벗겨주지 않으면, 안 되는 걸까……?」

「《검은》책의 금주로
죽은 메리노아 엔젤의
영혼을 불러들인다」.

알메디아 라 모르

《디아볼로스》라 모르 기사 공작 가문의
당주이자 뮬의 어머니.
암살계획 저지를 위한 교섭재료로
검은 책을 요구하는데……?

어새신즈 프라이드

ASSASSINSPRIDE

암살교사와 금서계제

11

아마기 케이

NOVEL
ENGINE

ASSASSINSPRIDE9
CONTENTS

HOMEROOM EARLIER
007

LESSON: I
~천사의 은신처~
013

LESSON: II
~《성녀》와 백작~
048

LESSON: III
~이정표를 따라가는 자들~
070

LESSON: IV
~그 이름은 잊혀야만 한다~
126

LESSON: V
~기분 좋은 오페라 가수~
186

LESSON: VI
~원더풀 차일드~
208

LESSON: VII
~새빨간 사랑을 당신에게~
249

HOMEROOM LATER
272

후기
283

쿠퍼 방피르

《백야 기병단》에 소속된 마나 능력자.
클래스는 《사무라이》. 메리다의
가정교사 겸 암살자로서 파견됐으나
임무를 어기고 메리다를 육성하고 있다.

메리다 엔젤

3대 공작 가문인 《팔라딘》
가문 출생이지만 마나를 가지지
않은 소녀. 무능영애라고
멸시당해도 마음이 꺾이지 않은,
다부지고도 심지가 강한 노력가.

엘리제 엔젤

메리다의 사촌 자매로 《팔라딘》
클래스를 가진 마나 능력자.
학년 제일의 실력을 자랑한다.
말이 없고 무표정.

로제티 프리켓

정예부대 《성도 친위대》에
소속된 엘리트.
클래스는 《메이든》.
현재는 엘리제의 가정교사.

뮬 라 모르

3대 공작 가문의 일각
《디아볼로스》의 영애.
다른 영애들과 동갑이지만
어른스러운 신비한 분위기가 특징.

살라샤 쉬크잘

3대 공작 가문 《드라군》의 영애로
뮬라와 같은 학교에 다니는 친구.
얌전하고 심약하다.

세르주 쉬크잘

젊은 나이로 작위를 이은 《드라군》
공작이자 살라샤의 오빠.
《혁신파》의 수괴라는 얼굴도 가진다.

블랙 마디아

《백야 기병단》에 소속된
변장의 엑스퍼트.
클래스는 자유자재의
모방능력을 가진 《클라운》.

윌리엄 진

란칸스로프 테러 집단
《여명 희병단》에 소속된
구울 청년.
은밀하게 쿠퍼와 내통하고 있다.

네르바 마르티요

메리다의 동급생으로
그녀를 괴롭혔었지만,
최근엔 관계성이 변화.
클래스는 《글래디에이터》.

란칸스로프	밤의 어둠에 저주받은 생물이 괴물로 변한 모습. 다양한 종족으로 나뉘고, 아니마라고 하는 이능을 지닌다.
마나	란칸스로프에 대항하기 위한 힘. 이것을 지닌 자는 란칸스로프의 위협으로부터 인류를 지키는 대신에 귀족의 지위를 가진다. 능력의 방향성에 따라 다양한 클래스로 구분된다.

기본 클래스

펜서	높은 방어성능과 지원능력을 자랑하는 방어특화의 방패 클래스.	글래디에이터	공격 · 방어가 두루 빼어난 성능을 가지는 돌격형 클래스.
사무라이	민첩성이 뛰어나고, 《은밀》 어빌리티를 보유한 암살자 클래스.	거너	다양한 총기에 마나를 담아 싸우는 원거리전에 특화된 클래스.
메이든	마나 그 자체를 구현화해서 싸우는 일에 뛰어난 클래스.	위저드	공격지원에 특화되었으며, 《주술》이라는 디버프 계열 스킬을 가지는 후위 클래스.
클레릭	방어지원능력과 아군에게 자신의 마나를 나누어주는 《자애》를 가지는 후위 클래스.	클라운	다른 7개 클래스의 이능을 모방할 수 있는 특수한 클래스.

상위 클래스
3대 기사 공작 가문인 엔젤 가문, 쉬크잘 가문,
라 모르 가문만이 계승하는 특별한 클래스.

팔라딘	전투력, 아군 지원, 그 밖의 모든 부문에서 높은 수준을 자랑하는 만능 클래스. 전 클래스 중 유일하게 회복 어빌리티 《축복》을 지닌다. 엔젤 공작 가문이 대대로 계승.
드라군	《비상》 어빌리티를 가지는 클래스. 가공할 만한 도약력과 체공능력을 살려 관성을 남김없이 공격력으로 바꾼다. 쉬크잘 가문이 지니는 클래스.
디아볼로스	상대의 마나를 흡수할 수 있는 고유 어빌리티를 가져, 정면전투에서는 비할 데 없는 강함을 발휘하는 최강의 섬멸 클래스. 라 모르 가문이 계승.

HOMEROOM EARLIER

 이제 되돌아갈 수는 없다――.

 이 앞에는 틀림없이 한 번도 본 적 없는 《불가사의》가 기다리고 있을 텐데, 어떻게 돌아가겠어!

 그렇게 자신을 타이르면서 뮬 라 모르가 그 기묘한 서고를 근거지로 삼은 지 사흘이 흘렀다. 책장은 온통 검은색 일색. 반면 새하얀 대리석이 깔린 바닥은 기하학적으로 나뉘어 있다. 천장은 보이지 않을 정도로 높다……. 넓은 면적의 방에는 방대한 숫자의 책이 있다.

 가장 기묘한 것은 책꽂이 여기저기에 엄중한 주의사항이 쓰여 있는 점이다.

 '건드리지 말 것'――.

 이 서고의 책들은 읽히기 위해서 존재하는 것이 아니다.

 그것을 뒷받침이라도 하듯, 바닥은 넓은데 독서용 책상은 중앙에 하나뿐이었다. 거기에 자리 잡은 뮬은 초콜릿 바를 조금 베어 먹고 수통에 담긴 미지근한 차를 목에 흘려 넣는다.

 들여온 식량과 물이 슬슬 바닥나고 있다. 더 이상 이 안전한 장소에 머무르고 있을 수는 없다. 오늘 중에 《목적》을 달성하지 못하면…… 어쩔 수 없이, 단념하고 살라샤와 친구들이 기다리는 성 도트리슈 여학원으로 돌아가야 할지도 모른다.

──하지만, 아무래도 그런 걱정은 하지 않아도 될 것 같다.

찰칵! 정적에 지배되고 있었던 서고에 회심의 음색이 울린다.

뮬은 눈동자를 반짝이며 자신의 복숭앗빛 입술을 핥았다.

"난 역시 대단해……!"

책상 위에는 커다란 트렁크가 놓여 있었다.

소녀의 가느다란 팔로는 여기까지 운반하는 것도 꽤 애를 먹었을 만한 무게.

왜 그렇게 무거운 것인가 하면, 트렁크에 복잡한 장치가 들었기 때문이다. 트릭 트렁크라고 하는, 요컨대 간단히는 뚜껑을 열 수 없고 정해진 수순을 밟아야만 내용물을 볼 수 있는 성가신 상자다.

손잡이를 몇 번 비튼 다음 바깥 판 구석을 밀어 나타난 다이얼을 올바른 횟수만큼 돌리고…… 이 작업을 실수 없이 한 번에 성공해야 한다. 정신이 아찔해질 정도로 많은 시행착오가 필요했다. 라 모르 가문의 타고난 두뇌로도 사흘을 낭비해야 했다.

그 입이 무거운 상자가 마침내 정답의 소리를 연주한 것이다.

찰칵 움직이는 느낌과 함께 뚜껑이 가벼워졌다.

대검으로 때려도 꿈쩍하지 않았던 트렁크가 천천히 좌우로 갈라진다.

안쪽에 담겨 있던 공기가 무슨 영기(靈氣)인 양 뿜어져 나온다──.

"이거네……!"

저도 모르게 볼을 상기시키면서 뮬은 상자의 내용물을 집어 들었다.

엄숙하게 나타난 것은 한 권의 책이었다.

트렁크보다야 한결 작지만 그래도 책으로서는 상당히 큰 편이다. 꽤 오래된 책 같은데, 표지에는 읽을 수 없는 문자로 무엇인가 적혀 있다. 타이틀일까?

읽을 수 없을 그 문자열이 어째선지 반갑다…….

뮬은 트렁크를 바닥에 내려놓고 전리품을 책상 위에 가지런히 놓았다.

표지를 넘기는 데 주저는 없었다.

그리고 당황한다.

"이것이 책……??"

외장은 확실히 책 그 자체다. 그러나 실제 내용은…… 보드게임으로 생각된다. 요컨대 주사위를 던져 말을 움직이고, 칸을 따라 움직이면서 골을 향하는 누구나 아는 그 놀이다.

표지를 열고 책을 좌우로 펼쳐 보니 한쪽엔 예스러운 디자인의 보드게임이. 그리고 다른 한쪽, 표지 뒤에는 몇 행인가 긁힌 문장이 적혀 있었다.

구석에 작은 케이스가 있고, 그 안에는 평범한 주사위가 두 개 있었다.

그러나 말이 어디에도 들어 있지 않다.

"이러면 게임을 못 하잖아."

이런 하자 있는 장난감을 손에 넣기 위해서 나는 커다란 위험을 무릅쓴 것일까? 뮬은 망연자실한 모습으로 몸을 내밀고 뚜껑에 적혀 있는 내용을 노려보았다.

이쪽은 프란돌 공용어다.

"…… '한 명을 바치고 《원스 어폰 어 타임》. 그렇게 하면 신업(神業)은 승자의 손에'."

맨 앞에 그렇게 적혀 있었다. 뮬은 만족하고 상체를 일으킨다.

"요컨대——."

자기 자신에게 들려주는 것처럼.

"클리어해 보이라는 말이네. 보물은 그렇게 쉽게 손에 들어오지 않는다, 이거지."

어깨를 으쓱한다. 두 개의 주사위를 손바닥에 굴리다 던진다.

달그락, 보드 위에서 시원스럽게 튀었다.

"재밌겠어."

주사위 눈은——6과 6 《12》!

어쩜 이리 징조가 좋을까! 말이 없어서 어쩔 수 없이 뮬은 자신의 하얀 손가락으로 칸을 가리켰다. 둘, 넷, 여섯…… 열두 번째 칸!

칸은 그냥 무미한 크림색으로 칠해져 있을 뿐이었다. 제작자가 만들다 도중에 질비시라노 한 걸까?

그런 것 치고는 장정이 매우 잘 되어 있고, 마모된 칸을 보면 많이 가지고 논 것 같은 인상이 든다. 음악까지 들려왔다. 꽤 세련된 연출을…… 음악?

뮬의 등골이 오싹해졌다.

"어디에서 나는 거야……?"

무섭기에 도리어 이끌리는 마음에 뮬은 책에 귀를 기울인다.

그 때문에 알아채지 못했다.

보드게임에는 칸이 있다. 칸이 다다른 끝에는 골이 있다. 골 지점에는 말라카이트인지 오닉스인지 애매한 커다란 보석이 박혀 있고, 그것이 깊숙한 안쪽에서 빛을 발해 표면에 짧은 문장을 떠오르게 만든 것을——.

그녀는 알아채지 못했다.

† † †

물론.

서고 전체에 울린 그 비명을 들은 자 또한 한 명도 없다.

지금은 아직——…….

LESSON: I ~천사의 은신처~

　살라샤 쉬크잘은 조용히 귀를 기울이고 있었다.

　신경을 곤두세우고 있는 것이다. 눈도 감고, 맨살을 통해 주위의 기척을 감지하고 있다. ──수영복 차림이었다. 발육이 좋은 열다섯 살의 예쁜 몸이 싱싱하게 물방울을 튕긴다.

　파도의 불안정한 흔들림이 그녀의 발밑을 흔들고 있었다.

　성 도트리슈 여학원이 자랑하는 옥외 수영장. 지금은 헤엄치고 있는 학생이 한 명도 없다. 대신 곤돌라 몇 척이 떠 있었다.

　발판이다.

　혹은 《전장》──.

　경쾌한 질주 소리가 귀를 때리고, 살라샤는 눈을 부릅떴다.

　곤돌라가 출렁이지 않도록 절묘한 균형 감각으로 한쪽 팔을 냅다 올린다.

　"거기!!"

　동시에, 좌측 후방에서 날아온 《검》과 궤도가 겹친다.

　풍선이 터진 것 같은 충격과 함께 압력이 쌍방을 밀었다. 살라샤는 그것을 서서 버틴다.

　그러나 《적》은 그 반동을 억누르려 하지 않았다. 살라샤가 발을 디디며 자세를 정비하려고 한 것과 동시에 상대는 뒤로 날아가는 힘 그대로 곤돌라 뱃머리를 걷어찼다.

그러자 살라샤가 선 선미 쪽이 크게 요동친다.

발이 허공으로 미끄러지고 살라샤가 깜짝 놀라 아래를 본 직후, 조그마한 틈을 노출한 왼쪽 목덜미에 두 번째 검 공격이 닥쳐온다. 늦지 않게 맞받아친 것이 기적이다. 채애앵! 다시 파열음과 함께 쌍방의 무기가 튕겨 나갔다.

경직되어 있었던 근육을 억지로 휘두른 탓에 근육이 뻐근하다.

번쩍 든 왼손에 있는 무기를 오른팔로 바꿔 쥐었을 때 눈앞에서 《적》의 모습이 감쪽같이 사라졌다. 곤돌라가 날카롭게 왼쪽으로 흔들렸다 싶더니 반대쪽으로 잔상이 흐려지는 것이 보였다. 한 박자 늦게 얼굴을 돌리지만 시야 끝에 포착한 것은 수면의 파문뿐.

경이로운 스피드다.

단순히 신체 능력을 두고 이야기하는 것이 아니다. 온몸의 마나 압력을 제어하는 《카오스 카데나》의 숙련도가 보통이 아님을 보여주는 것이기 때문이다. 《적》은 물 위를 달릴 때는 하반신에 모든 마나를 집중하고 최후의 돌진에서 살라샤에게 검이 닿기까지 그 찰나에, 하반신에서 상체를 거쳐 도신으로 마나를 미끄러뜨리고 있다. 가공할 만한 신속(神速)에—— 살라샤는 따라가지 못하고 있다.

상위 클래스인 자신이 사무라이 클래스인 《그녀》와 팽팽하게 겨루고 있는 이유는 바로 그 때문이다.

듣자 하니 그녀의 스승은 더더욱 빠르다고 한다.

그런 스승이 매일 곁에 붙어 레슨을 해준 덕에 동체시력도 단련되었다고 한다. 그의 교육방침은 문자 그대로 「귀축」이란 평가를 받는데, 학생이 사춘기 소녀일지라도 망설임 없이 하나하나 꼼꼼하게 가르친다고 한다. 살라샤 역시 자신이 그 수업을 받는 상상을 하는 것만으로도 저도 모르게 부러운 마음이 들기도——.

정신이 어수선해진 것이 패배로 이어졌다.

있지도 않은 《그》의 모습을 찾아 풀 사이드에 시선을 돌린 그 직후, 달려오면서 날린 일격이 등 뒤로 가해졌다. 고무 배트일지언정 마나가 넣어져 있으면 아프다. 통렬한 타격음이 옆구리에서 전신으로 전파되고, 그 힘에 살라샤는 탱 날아갔다.

수영장에 입수.

교대하듯이 곤돌라에 내려서서 배트를 장난스럽게 어깨에 메는 사람이——.

하얀 치아를 보이면서 매혹적으로 브이 사인을 하는 메리다 엔젤이었다.

성 도트리슈 여학원에 바로 얼마 전 전학 온 3학년생.

풀 사이드에서 급우들의 박수와 환호성이 울린다.

"이히히. 내 승리야."

"리타, 아직 방심하면 안 되지……!"

수영장에는 수영복 차림의 전사가 한 명 더 있었다.

똑같이 고무 배트를 든 엘리제 엔젤이다. 이 아름다운 전학생

자매를 모르는 자는 이미 도트리슈에 없을 것이다. 은발의 천사가 아직 긴장을 풀지 않은 것을 알아채고 풀 사이드의 박수 소리가 서서히 멎는다.

메리다도 뒤늦게나마 배트를 다시 쥐고 자세를 취했다.

지금 이 수상경기의 룰은 '상대방을 물에 떨어뜨리는 쪽의 승리'일 터⋯⋯.

수영장이 흔들린다.

아니, 꿈틀거린다.

물 밑에서 용이 포효한 것 같은 진동이 일었다. 둥둥 떠 있었던 모든 곤돌라가 부르르 떨었다. 메리다도 경계심을 강화하고 한쪽 무릎을 꿇는다.

"뭐, 뭐지?!"

배 아래에서 무슨 일이 일어나고 있는 것인지 메리다는 알 수 없었다. 엘리제는 재빨리 물속을 응시하고 깨닫는다. 종횡무진 수영장을 뛰어다니는 《그림자》를.

물의 저항을 개의치 않는 그 《인어공주》가 수영장을 휘젓고 있다.

"사라⋯⋯!"

엘리제가 중얼거리는 소리를 듣고 메리다도 황급히 몸을 내민다.

물 위를 달리는 자신과 똑같은 속도로 물을 가르는 인어의 모습이 보였다. 물의 저항이 그대로 수영장의 비명이 되고, 한층 더 높이 굽이치는 파도는 곤돌라를 날뛰게 한다.

손쓸 방도가 없다! 메리다는 눈을 부릅떴다.

"대, 대체 어떡하면 저렇게 빨리 헤엄칠 수 있는 거야?!"

"드라군의 힘을 사용하고 있어……!"

엘리제는 재빨리 간파했다. 메리다는 그녀를 돌아본다.

"그, 그 말은 물을 발로 차고 있다는 거야? 드라군의 그 터무니 없는 다리 힘으로?!"

"……어쩌면, 사라를 물에 빠뜨린 건 실수였을지도 모르겠어."

엘리제의 영리한 미모를 타고 식은땀이 주르륵 흐른다.

직후였다.

폭발한 것처럼 물기둥이 연달아 오르고 메리다와 엘리제가 탄 곤돌라를 바로 밑에서 뒤집었다. "꺄아악?!" "아윽." 하는 천 사의 비명을 삼키고 다 같이 입수.

다시 한번 성대한 물보라──.

메리다가 "푸하." 하고 수면에서 얼굴을 내밀었을 때는 풀 사 이드에서 급우들의 우스꽝스러운 웃음소리가 울리고 있었다. 이어서 부상한 엘리제가 강아지같이 은발에서 물방울을 부르 르 튀긴다.

그리고 마지막으로 마성의 인어공주가 장난스럽게 물속에서 얼굴을 슬쩍 내비쳤다.

메리다는 곧장 집게손가락을 들이댔다.

"치사해, 사라!"

"아뇨, 리타 양. 이 경기는 '물에 빠지면 패배'가 아니라 '마 지막까지 물 위에 서 있었던 자가 승리'──예요."

"으으으으~……."

원통해 하는 친구를 아랑곳하지 않고 살라샤는 무사한 곤돌라 한 척에 기어오른다.

상체만 가장자리에 맡기고 부끄러워하며.

"……그리 쉽게는 질 수 없으니까요."

호각이 울린다. 선수 교대 신호다.

메리다와 엘리제 그리고 살라샤는 물에서 나온 다음 풀 사이드에 병설된 바에 들렀다. 셀프서비스로 스무디를 마실 수 있게 되어 있다. 물론 수업 중엔 사용할 수 없지만—— 지금은 만세! 점심시간이었다.

셋이서 테이블 하나를 점유하고 유리잔을 든다.

메리다는 레몬 맛. 엘리제는 요구르트, 살라샤는 멜론 스무디 ——.

쨍, 시원하게 유리잔이 울린다.

"도트리슈 여학원은, 난 무척 좋은 곳이라고 생각해!"

완전히 만끽하고 있는 모습의 전학생 메리다.

슬렌더한 동시에 개방적인 수영복 차림으로 팔을 힘껏 뻗는다.

"특히 1년 내내 수영장에서 헤엄칠 수 있는 점이 좋아. 프리데스위데도 밀리지 않지만 환경이 워낙 다르니까 1학년으로 돌아간 듯한 기분이야!"

"하지만 교칙이 조금 엄격해."

엘리제는 홀짝홀짝 스무디를 맛보고 있다.

"리타, 기숙사 방에 있었던 목록 읽었어? 엄청 빼곡하고 두꺼운 거……."

메리다는 새콤달콤한 레몬 맛을 목에 꿀꺽 부어 넣었다.

"——아무튼, 뭐, 좋은 학교야. 그건 확실해."

살라샤는 살짝 쓴웃음을 지으면서 차가운 유리잔을 볼에 댄다.

"그리고 몸을 숨기기도 안성맞춤이고, 그죠?"

"하윽." "아으……."

마치 쌍둥이처럼 신음하는 천사들의 모습에 참지 못하고 웃음을 터뜨리는 살라샤다.

하지만 금세 의연한 태도로 두 전학생에게 집게손가락을 세워 보인다.

"얼마나 걱정했는데? 갑자기 '카디널스 학교구에서 행방불명'이라고 해서."

""미안해………….""

"'팔라딘은 누구냐? 무능영애는 누구냐? 과연 누가 예언에 기록된 엔젤인가.'——라며 신문은 재밌다고 아주 신났더라!"

메리다와 엘리제가 그 조하르 학회의 무도회에서 극적으로 모습을 감추고 얼마 지나지 않아.

은신처로써 선택한 곳이 이곳, 성 도트리슈 여학원이 있는 아쿠아리무스 천경구였다. 메리다도 수차례 방문했던, 대운하에 그물코 모양의 수로 그리고 곤돌라가 오가는 광경——《랜턴 속》답지 않은 프란돌 제일의 물의 도시다.

이곳까지 인도해준 쿠퍼의 말에 따르면 이만큼 적합한 은신처는 없다고 한다.

우선 입지가 그렇다. 학원은 작은 외딴섬에 있어 현관으로 방문하려면 반드시 배가 필요하다. 그리고 성 도트리슈 여학원은 성 프리데스위데 여학원의 자매교로 깊은 인연이 있다. 강사부터 학생에 이르기까지 《아군》이라고 판단할 수 있다. 게다가 프리데스위데와 똑같이 남자가 다닐 수 없는 여학교. 외부자의 출입은 엄격하게 관리된다.

그렇다면, 누군가가 관계자로 변장하여 잠입하면 그때는?

그 불안에 쿠퍼는 '걱정 없다.' 라고 단언해주었다.

설사 희대의 변장술의 달인일지라도 그 기술은 이미 쿠퍼에게는 통하지 않게 되었다고 한다. 배후관계는 알 수 없지만 아무튼 불안해할 필요는 없다는 말이다.

덕분에.

메리다와 엘리제는 이렇게 무방비한 수영복 차림이 되어 한 손에 스무디를 들고 물놀이를 즐기고 있다. 메리다와 엘리제의 존재는 지금은 아직 도트리슈 여학원 내부에만 한정되어 있어서 아무래도 시내에 나갈 때는 간단한 변장이 필요하지만……주민들 누구 하나 소동을 부르는 엔젤 자매가 성 도트리슈 여학원에 진학 왔다는 사실은 알아채지 못했다.

가령 부족한 문방구를 사러 나갈 때면 메리다와 엘리제는 패션 안경을 쓰고 서로가 우습다는 듯이 미소 짓는다. ──조마조마해 하는 살라샤를 아랑곳하지 않고.

풀 사이드의 세 명이 유리잔을 비울 무렵 교사 쪽에서 종소리가 들렸다.

곧 오후 수업이 시작되는 알림이다. 메리다 일행 세 명도 급우들을 따라 유리잔을 정리하고 나서 샤워 룸으로 향한다.

풍족한 물을 사용해 꼼꼼히 피부를 씻고 기분 좋은 샤워기의 자극을 얼굴에 받는다.

메리다는 "푸하." 하고 숨을 돌린 다음 수영복 상의를 벗어 자그마한 가슴을 해방했다. 벗은 수영복은…… 대충 개서 일단 받침대에 놓는다.

"사라 너는 어때?"

메리다는 칸막이 너머로 말하기 거북했던 이야기를 꺼낸다.

"느닷없이 쉬크잘 가문의 당주가 되고 뭐 어려운 점은 없어?"

"쿠샤나 언니 덕분에, 그럭저럭."

살라샤는 쓴웃음을 짓는 것 같았다.

듣자 하니 사촌 자매인 쿠샤나가 비서로서 기초를 가르쳐주고 있다고 한다.

저주에 침식당한 몸이라 남은 시간은 적다——.

그러나 그 혁명을 이겨내고 살아남아 주어서 정말로 다행이라고 메리다도 생각한다.

……세르주와 함께 말이다.

"내가 학원을 졸업할 때까지 시간을 만들어주고 있어. 배울 것이 많아서 큰일이야."

"앞으로 1년……."

"그러고 보니 우리가 처음 만나고 나서 아직 1년밖에 안 지났구나."

왠지 훨씬 예전 일 같아, 하고 살라샤는 웃는다.

메리다는 샤워기에 등을 돌리고 스윙 도어에 기댔다.

왼쪽 옆을 보니 살라샤가 똑같은 자세로 자신을 쳐다보고 있다.

친구의 미소에 질 수 없다며 메리다도 웃었다.

"그러고 보니 정식으로 말을 나눈 것도 수영장에서 수영복을 입었을 때였지?"

"그, 그때는 필사적으로……."

"정말이지, 사라는, 마지막엔 급히 도망가버리고 그래서. 많이 놀랐었어."

애칭으로 서로를 부르는 둘도 없는 사이가 될 줄이야. 그때는 상상이나 할 수 있었을까?

메리다는 문득 떠올리지 않으려던 일을 생각해내고 말았다.

안타까운 듯이 스윙 도어를 손가락을 두드린다.

"……왜 미우는 여기에 없는 걸까."

살라샤도 가슴이 아픈지 눈을 내리깔 뿐이다.

자신들은 《4인조》다. 계절의 고비 때, 중대한 소동이 일어났을 때 힘을 힘껏했다. 때로는 대립하고, 때로는 바싹 붙고, 그리고 때로는 운명적인 인도에 나란히 이끌리고──.

돌이켜보면 늘 네 명이었다.

즐거운 추억 속에는 사계를 연상케 하는 컬러가 늘 빛나고 있었다. 그리고 주위에는 따뜻하게 지켜봐 주는 어른들의 존재가 있었다——. 사랑스러운 사람. 연모하고 존경하는 사람.

없어선 안 될 그 조각이 지금, 자신들에게는 결핍되어 있다.

메리다는 오른쪽 옆을 본다.

대화에 전혀 참여하지 않고 엘리제는 멍하니 물을 맞고 있었다. 메리다는 맨살을 숨기면서 옆 칸막이로 사뿐히 이동한 다음 벽에서 샤워 헤드를 떼어 냈다.

사촌 자매의 고귀한 은발을 왼쪽 손가락으로 빗으면서 씻겨준다.

"로제티 님은 괜찮을 거야."

엘리제는 아직 수영복 상하의를 입은 채로 메리다가 씻어주기 쉽게 턱을 든다.

모근부터 모발 끝까지 메리다는 손가락을 받치면서 정성껏 물줄기로 씻어냈다.

——계획으로는 로제티도 이미 여기에 합류해 있어야 한다.

그러나 도착이 몹시 늦는다.

쿠퍼와는 정기적으로 연락하는지, 그에게 듣기로는 탈출계획의 양동작전까지는 멋지게 성공해서 메리다의 친구 유피와 소니아도 지금은 아무 일도 없이 성 프리데스위데 여학원에 돌아갔다고 한다. 그것은 진심으로 천만다행이다.

그럼 왜 여태껏 로제티는 얼굴을 보여주지 않는 걸까?

합류에 시간이 걸려서 그런 모양, 이라는 것은 쿠퍼에게 듣지 않아도 알 수 있다.

그렇지 않아도 가정교사들에게 많은 고생을 시켜 도트리슈에서의 평화를 손에 넣었다. 뭔가 사정이 있는 것이리라. 괜한 소리로 곤란하게 만들 수는 없다.

그래서 엘리제는 불안한 마음을 애써 감추고 입술을 꽉 깨물고 있는 것이다.

뒤에서 끈을 풀어 수영복 상의를 벗겨주고 메리다는 사촌 자매를 부둥켜안았다.

"괜찮을 거야, 분명히."

자기 자신에게도 그렇게 타이르면서——.

그리고 몸을 씻겨주는데 엘리제가 어깨너머로 무뚝뚝하게 돌아보았다.

"리타, 나 이제 어린아이가 아니야."

"어?"

샤워 헤드를 빼앗긴다.

그리고 얼굴에 돌린다! 물방울 폭풍이 시야를 메워 메리다는 "어푸?!" 하고 몸을 젖힌다.

"어, 어쭈, 애 좀 봐! 내가 모처럼——."

"후후후…… 여기는 내 필드. 리타에게는 무기가 없어."

"크윽, 당했다……!"

"시리. 부러운 표정 싯시 말고 이쪽으로 와."

"흐에에?!"

갑자기 물을 맞고 얼빠진 소리를 낸 살라샤.

메리다의 말도 당연하다. 스윙 도어에서 몸을 내밀고 워낙 흥미롭게 바라보고 있었으니.

　심장을 쿵쿵 울리면서——.

　"그, 그치만 리타 양이랑 엘리 양은 역시 사이가 되게 좋구나 싶어서……."

　"사라가 제 발로 안 오면 어쩔 수 없어."

　"우리가 갈 수밖에 없지."

　"흐에에에에?!"

　그런 연유로 서슴없이 살라샤의 샤워 부스에 밀어닥치는 두 사람.

　도망칠 곳이 없는 벽에 몰린 살라샤는 마치 울상이 된 토끼 같다.

　"아, 아, 아무리 그래도 세 명은 좁아～～!"

　"어라, 어디가 그렇게 갑갑한지 모르겠네. 어떻게 생각해, 엘리?"

　"틀림없이 우리에게는 없는《배신의 과실》이 공간을 압박하고 있기 때문이겠지."

　모범답안인 양 막힘없이 대답하는 엘리제다. 번뜩, 눈이 빛났다.

　살라샤가 잽싸게 가슴을 감싼 틈을 타 메리다는 샤워 헤드를 떼어 낸다.

　엔젤 자매의 연계에는 군더더기가 없었다.

　"어쩜. 이렇게 크면 만족스럽게 움직이기도 어렵겠지?"

　"우리에게는 연이 없지만."

"아무 데도 못 가――."

"얌전히 포기해……."

"아, 아, 아…… 안 돼애애애애애애애~~…………!!"

그렇게 와자지껄, 시끌벅적, 비좁은 공간에서 서로 익살을 부리던 천사들은.

두 번째 종소리가 울리고야 수업이 닥쳤다는 것을 황급히 깨달았다.

† † †

그런 제자들의 휴식을 보이지 않는 곳에서 지탱하는 신사가 있었다.

양질의 슈트를 입고 있다. 소파에 깊숙이 앉아 와인이 든 유리잔을 입가에 가져간다. 장소는 성 도트리슈 여학원에서 멀리 떨어진―― 어둠 속. 그《회장(會場)》의 존재를 대놓고 말할 수는 없다.

2층의 특등석에서 청년은 아래를 내려다보는 중이다.

스포트라이트가 쏟아지는 스테이지에서 가면으로 얼굴을 가린 남자가 마이크를 들고 있었다.

『다음 물품은, 이것입니다!』

마담을 에스코트하듯이 팔을 나부끼자 무대 옆에서 손수레가 밀려온다.

손수레 위에서 스포트라이트를 받는 것은 거대한 바위로 보이는…… 하얀 덩어리였다.

그러나 회장의 다른 절반, 객석을 가득 메우는 참가자들은 바로 그 가치를 알아봤다.

'데네브라에의 발톱.'

사회자의 선언에 이어서 마른침을 꿀꺽 삼키는 소리가 들린 기분이 들었다.

확성기에서 경쾌한 해설이 흘러나온다.

『그 방면에서는 유명한 란칸스로프……. 도시 하나를 없앨지도 모르는 맹독을 지닌 이 데네브라에는 기병단에서도 일급 위험종으로 지정되어 있습니다. 그런데, 만약 그 뼈를 손에 넣을 수 있다면?』

사회자는 반대쪽 손을 줄톱 삼아 거대한 발톱을 가는 제스처를 취했다.

그리고 천천히 품에서 퀄련을 꺼내고는 입에 문다.

『이 분말을 담뱃잎에 섞어 빨아들이면 당신은 낙원에 있는 듯한 기분을 맛볼 수 있을 겁니다. 단! 주의하십시오……. 그것은 어디까지나 꿈의 광경. 너무 심취하면 돌아올 길이 없어져 버리니까요.』

한마디로 중독성이 강하다는 말이다.

란칸스로프 데네브라에는 사냥감이 달아나지 않게 행복한 환상을 보여준다.

그 아니마의 힘을 발톱을 통해 취하는 것이다.

『물론. 시장에서의 거래는 엄격히 금지되어 있습니다만──.』

사회자는 껄껄 웃는다.

『법이 떠드는 소리는 이곳에 닿지 않습니다.』

당연히 기분 탓이겠지만 회장 전체의 참가자들이 입맛을 다신 듯한 기분이 들었다.

사회자는 다시금 마이크를 들고 쩌렁쩌렁하게 선언했다.

『이 크기면, 금화 50개부터!』

"52개!"

"난 60개!"

"75까지 내겠다!"

그 순간, 객석의 사람들이 숫자 크기로 경쟁하기 시작했다. 최종적으로 가장 큰 숫자를 선언한 자가 그 액수로 데네브라에의 발톱을 손에 넣게 된다.

즉 경매이다.

다만 결코 공개적으론 할 수 없는——.

2층석 후방에서 커튼이 걷히는 기척이 났다.

"데트루아 지하 경매장에 오신 걸 환영합니다."

정중하게 인사하는 남자 급사는 허리에 검을 차고 있다.

그런 그를 거들떠보지도 않고, 새로운 손님이 특등석으로 왔다.

묘령이 미녀다. 쟁반에서 와인 잔을 집어 들고 시서을 한 바퀴 돌린다.

한 명, 우아하게 소파에서 편히 쉬는 신사가 있는 곳에서 시선을 멈췄다.

급사는 여전히 고개를 숙인 상태다.

"일행분이 기다리십니다, 마담."

그녀만이 아니라 참가자도, 주최 측도, 전원이 신원을 감추는 가면을 쓰고 있다.

그러나 그 여성은 기다리는 사람이 누구인지 바로 알아챈 것 같았다.

신사의 우측 옆자리에, 시선을 주지도 않고 앉는다.

"유달리 질척거린다 싶었더니, 이유가 있었군."

신사는 가슴에 손바닥을 대고 머리를 숙인다.

말할 필요도 없이 쿠퍼다.

그리고 여성은 바로 알메디아 라 모르 여공작. 이미 그녀와는 가면 너머로도 한눈에 서로 알아볼 수 있을 만큼 깊은 교류를 맺고 있었다. 황공한 일이다.

일개 기사 처지에서 보면──.

알메디아는 가면 안에서 힐끗 시선을 던졌다.

"여보게, 고미술상 나이트레이 백작……. 업계에서는 유명인이더군, 자네. 설마 그 정체가 능구렁이, 귀축, 스파르타 삼박자를 갖춘 가정교사였을 줄이야. 생각도 못 했어."

"세상의 눈을 피하기 위한 가짜 모습입니다──."

쿠퍼가 프란돌 각지에 준비한 몇 개의 위장 신분 중 하나다.

《나이트레이》는 지금은 죽고 없는 선대로부터 조카라는 가짜 신분으로 이름만 빌린 것에 불과하다. 그것을 유효하게 활용할 때가 온 것이다. 지금의 쿠퍼는 아쿠아리우스 천경구의 명물 아크레이안 유리를 매입하러 도시를 찾았다는 설정이다.

성 도트리슈 여학원에 계승되고 있는 전통적인 물건 한 장을 어떻게 양도받을 수 없는지 교섭 중이다—— 라는 것이 표면상의 구실.

실제로는 차신 이외의 암살자가 나타나지 않게 메리다 주위에 눈을 번뜩이고 있는 거지만.

오랜만에 쿠퍼 방피르의 입장으로 돌아가 그는 몸을 내밀었다.

"이렇게 일부러 불러낸 것은 다른 까닭이 아닙니다. 여공작님께 부탁이 있습니다."

"말해보게."

"아가씨들에 대한 암살지령을 철회하게끔 백야 기병단(길드 잭레이븐)에 손을 써주셨으면 합니다."

프란돌은 지금 정변의 한복판에 있고, 기병단은 대규모 재편이 급속도로 실시되고 있어 이제 어느 세력의 누가 아군인지 한마디로 판단할 수 없는 상황이다.

순왕작(巡王爵) 페르구스 엔젤을 찾아가면 메리다 일행을 보호해줄 것이다.

단, 그것은 바꿔 말하면 많은 사람들에게 그녀들이 있는 곳을 알리는 행위이기도 하다.

성왕구의 왕성으로 거처를 옮긴들 결코 안전하다고는 말할 수 없다. 식사에 독이 섞여 있을 가능성을, 보이지 않는 음지에서 총구가 그녀들을 노리고 있을 위험을 항시 생각해야 한다.

지금 성 도트리슈 여학원에서 누리는 안녕은 어디까지나 일시적인 것.

　쿠퍼의 목표는 메리다와 엘리제를 지난날처럼 성 프리데스위데 여학원으로 돌려보내는 것이다. 저택의 메이드 모두와 "어서 오세요."라고 말하며 재회시키는 것이다.

　그것이 기억조작을 받아들여 준 메이드들과 나눈 절대적인 약속이니까.

　그러기 위해서는 마냥 몸을 숨기고 있을 수 없다.

　의지할 수 있는 상대를 신중히 판별해야 한다.

　그래서 알메디아다.

　그녀 이상의 연줄을 쿠퍼는 생각할 수 없었다. 확실히 술버릇이 나쁘고, 편벽하고, 이따금 아이처럼 유치해지기도 하는 사람이지만———.

　"눈이 왜 그러지……. 뭔가 터무니없이 불경한 생각을 하고 있는 게?"

　"설마, 당치도 않습니다."

　어쨌든 간에 공작이 딸인 뮬을 깊이 사랑하고, 그 친구인 메리다나 엘리제, 살라샤에게도 동등한 애정을 쏟아주고 있음은 확실하다.

　매달리다시피 한 쿠퍼의 기대를 저버리지 않고 알메디아는 긍정적인 자세를 보여주었다.

　턱에 손가락을 대고, 별반 관심도 없을 경매장을 노려본다.

　"그 부탁을 들어주려면 나도 조건을 걸지 않을 수 없지."

"조건?"

"백야 기병단을 막더라도, 그놈들이 납득할 만한 교섭재료가 필요하다."

애당초, 하고 알메디아는 집게손가락을 세워 보라색 손톱을 눈에 띄게 했다.

"왜 백야는 엔젤의 아이들을 죽이려는 폭거를 자행한 거지?"

쿠퍼는 살짝 쓴맛이 나는 일전의 소동을 반추했다.

레이볼트 재단의 내방에서 발단된, 조하르 신비 학술회. 거기서 피에로 클로버 사장이 "기사 공작 가문과 귀족의 기원을 밝힌다!"라며 큰소리친 일로 톱니바퀴가 구르기 시작했다.

귀족 계급의 기원.

백야 기병단의 애거스티 교수는 그것이 밝혀지는 것을 두려워했다. 아니, 초조해했다. 그렇지 않다면 페르구스 순왕작의 친척을 독단으로 죽이는 짓은 하지 않았을 것이다.

마나 능력자들의 내력—— 메리다를 줄곧 괴롭혀온, 피의 비밀——.

모든 것의 열쇠는 거기에 숨겨져 있다!!

"여전히 총명하군."

알메디아는 쿠퍼의 지론을 미소 하나 없이 순순히 긍정했다.

"내가 몇 글자 써준다고 엔젤의 아이들을 암살의 미수로부터 지킬 수는 없어. 안전하려면, 백야가 가진 불안의 씨앗을 없애야 한다!"

"불안의 씨앗…… 원흉……!"

"그렇다. 암살교사여, 라 모르 공작이 그대에게 다시 명하노라."

이쪽으로 몸을 쭉 붙이고 목소리를 낮춘다.

"지금부터 내가 고하는, 프란돌의 중요한 역사서를 손에 넣어와라. 그러면 그것을 교섭재료로 내가 암살자 놈들을 반드시 회유하마."

"역사서?"

"금단의 마법서, 《검은 책》——."

알메디아는 몸을 뒤로 젖히듯이 상체를 일으켰다.

쿠퍼가 시선으로 이어지는 내용을 재촉하자 알메디아는 조금씩 고개를 끄덕이며 계속한다.

"프란돌에서 가장 오래된 시대에 만들어진, 마법을 넘은 마법——이른바 《금주(禁呪)》를 봉인한 서적이다. 무시무시하고 강력한 저주로 보호되고 있는지라, '그 이름을 입에 담기만 해도 화를 입는다'라는 내력으로 지금은 올바른 이름을 잃어버린 상태지."

"어디에 존재하는지, 힌트를 주신다면."

"열쇠는 성 도트리슈의 학원장이 쥐고 있다. 다만……."

거기서 알메디아는 머뭇거렸다. 집게손가락을 붉은 입가에.

"……다소 품이 들 거라 예상된다. 그렇기에 그대에게 부탁하고 싶은 거고."

"그것이 아가씨들을 구할 단 하나의 길이라면——."

"부탁하네. 하나, 서둘러야 해. 우리 말고도 《검은 책》을 노리는 세력이 있어.”

뜻밖의 정보에 쿠퍼의 눈이 가볍게 동그래졌다.

알메디아는 자못 씁쓸하게 입술을 일그러뜨린다.

“첫 번째로는 레이볼트 재단──. 그 머저리 같은 피에로 놈이, 아무래도 정부 측의《약점》이 프란돌의 역사에 있음을 눈치챈 것 같아. 돈을 펑펑 쓰면서 동서고금의 역사서를 수집하고 있어. ──봐라, 이 회장의 저쪽에도!”

일그러진 입술 그대로 아래층을 턱으로 가리킨다.

쿠퍼도 얼굴을 돌렸다.

그다지 관심도 없었지만, 경매도 클라이맥스에 접어든 모양이다.

『드디어 오늘 마지막 물품!』

마이크를 쥔 경매인이 큰 소리를 치자 회장 전체가 술렁인다.

손수레에 실려 운반되어온 것은 유리 케이스에 담긴 한 권의, 책이다.

군데군데 닳아빠진 그 고서에 어느 정도의 가치가 있기에?

참가자의 시선을 한껏 모으면서 경매인은 책을 소개한다.

『기밀문서《요사영비(妖砂靈碑)》……. 이 책에는 대륙 동부의 개척부터 거주구 건설까지 공백이 있었던 4년간, 그 땅에서 과연 무엇이 이루어지고 있었던 것인기? 그 진실이 기록되어 있다고 합니다. 이렇게 말하는 저도 이 책의 암호를 풀어내지 못했습니다……만, 재력과 지력을 가진, 선택받은 분이라면?』

회장 전체를 휙 돌아본다.

참가자 모두가 자신을 가리키는 게 확실하다며 콧구멍을 부풀렸다.

경매인은 능숙하게 부추긴다.

『여러분이 짐작하시는 대로, 이것은 《금서목록》에 적힌 서적 —— 수집가라면 갖고 싶은 마음이 굴뚝같겠죠. 평의회는 이 책의 소유자를 결코 가볍게 보지 않을 겁니다. 당신은 일약 화제의 인물로……. 자~자, 금화 700개부터!!』

"7, 700이라고?!"

"헤헤, 가치를 모르는 놈은 찌그러져 있어. 나, 720개다!"

"800! 나는 저 책 때문에 왔다……!"

"이이, 이쪽은 850개예요! 그걸 갖고 돌아가지 않으면 사장님한테 혼나요……!"

곧장 현기증이 날 것 같은 금액을 눈 아래에서 주고받기 시작했다.

쿠퍼도 압도되어 의자 등받이에서 상체를 내민다.

옆에서는 알메디아가 눈썹 하나 움직이지 않고 예리하게 회장을 내려다보고 있었다.

"……최근, 순혈 사상가들이 사상통제를 하고 있다는 사실은 알고 있겠지."

음성이 어딘가 공허하다.

순혈사상가란, 정치와 군사에 개입을 주장하는 시민계급에 대항하려고 대두한 귀족 지상주의 집단이다. 그 이름대로 조금도 섞이지 않은 귀족의 혈통만을 최고로 친다.

클래스가 다른 집안이라면 모를까, 아예 평민의 자식인 메리 다를 눈엣가시로 보고 있다는 점에서 쿠퍼 일행과는 도저히 양립할 수 없는 사상이라 할 수 있다.

다행히도 지금까지 그들과의 전면적인 충돌은 피할 수 있었지만――.

이제 그렇지도 않다는 듯이 알메디아의 길게 째진 눈동자가 말한다.

"자네는 이용당하고 있어."

쿠퍼는 가볍게 입술을 깨문다.

일전, 느닷없이 신문을 떠들썩하게 만든 그 문장을 알메디아는 입에 담는다.

가차 없이 쿠퍼의 심장에 손톱을 세우고――.

" '엔젤 자매 실종사건에는 야계의 귀인이 관여하고 있다. 인간과 란칸스로프의 모습을 두루 갖춘 반인반마의 괴인, 이름은 《미스틱 오페라》'――누구를 말하는 건지는 자각했겠지?"

생각해보면 당연하다. 이미 백야 기병단은 적으로 돌려버렸다.

쿠퍼의 정체가 하프 뱀파이어라는 사실도 지금까지보다 넓은 범위에서 프란돌의 요인에게 주지되고 말았으리라……!

알메디아는 걱정하는 기색도 없이 계속했다.

"순혈사상가는 이것을 이용하고 있어. '프란돌에 지금, 야계의 스파이가 잠입해 있다. 놈에게 기밀정보를 건넬 수는 없다!' ――그것을 구실로 금서목록을 개정해 자신들에게 불리하고 불편한 서적을 프란돌 전체에서 긁어모으고, 불로 태워 사상통제를 꾀하고 있다. ……정말 만만찮은 놈들이야."

알메디아의 붉은 입술이 노래하듯이 말한다.

"성사(聖邪) 심사회, 라는 개정기관을 조직해서까지."

"순혈사상가에 의한…… 성사 심사회……!"

"모쪼록 명심하여라. 놈들은 자신들의 순혈사상을 관철하기 위해서라면――."

불쑥, 말했다.

"어떤 사악한 방법도 거리낌 없이 사용할 거야."

총성이 울렸다.

――회장이 조용해진다.

그 정적의 중심에서, 초연이 나부끼는 총을 들고 있는 객석의 인물이 있었다.

"장난은 이쯤 하시지! 더러운 이교도 놈들 같으니……. 하하 하하!!"

"히이익?! 서, 성사 심사회의 숙청기사!"

즉시 옆에 있었던 남성 손님이 알아채고 파문이 번지듯이 동요가 전파됐다.

어두운 객석 속에서, 그러나 누구보다도 존재감을 발하는 이는 행세 좀 하는 도적 같은 화려한 재킷을 입은 대장부……였다. 아니, 긴 머리카락을 묶고 진한 화장을 한 것을 보건대 남자가 아니라 씩씩하고 풍채 좋은 여성……인가?

아무튼 거대하다. 특히 가로 폭은 성인 남성의 두 배는 되리라.

불룩한 손바닥에 마찬가지로 자이언트 사이즈 총을 단단히 쥐고 있었다.

그리고 왼쪽 허리에는 사브르. 더욱더 어디 해적 선장 같은 모습이다.

그자는 말했다.

"본인은 기병단의 군단장이자, 순혈사상가의 지도자…… 스카치 슈나이젠!"

누구나가 알고 있는 그 이름을 선언해 주위를 동요케 한다.

입꼬리가 괴물같이 치켜 올라갔다.

"데트루아 경매장에서 수상쩍은 거래가 행해진다고 해서 잠복하고 있었다. 고생한 보람이 있었군. 하————하하하하하!"

2층석의 쿠퍼는 말의 내용이 아니라 다른 것에 눈이 휘둥그레졌다.

"저분이 페르구스 공의 후임…… 슈나이젠 신단장! 여성이었습니까?"

"성별 미상이다."

알메디아는 하나도 재미없다는 듯이 대꾸했다.

"하지만 남자일 거라 여겨지고 있지. 다만《순혈사상가의 어머니》라는 거창한 이름을 내세우고 있어서 말이지……. 나는 그런 것도 다 그놈들의 계획의 일환이 아닌가 보고 있어."

"그 말씀은?"

"순혈사상가의 궁극적인 이상은 귀족의 혼인을 전부 자신들이 관리하는 것——."

칠흑 같은 눈동자에 어딘가 장절한 빛이 어린다.

"다가올 그때를 대비하여 《어머니》로서의 자신의 인상을 남기고 있는 거야."

"——오만하군요."

"말하는 거 하곤."

쿠퍼와 알메디아의 눈 아래에서는 그 어머니가 손짓 발짓을 섞어 연설을 계속하고 있었다.

슈나이젠은 반지에 옥죄이는 두꺼운 손가락으로 무대를 가리킨다.

스포트라이트를 받은 유리 케이스를——.

"그 《요사영비》는 우리 성사 심사회의 기준에 따라 금기 서적으로 지정되어 있다! 소유자와 발견자는 조속히 제출할 의무가 있지!"

"히익……!"

"그러나! 이곳의 오너인 데트루아는 금서목록을 어기고 장사에 이용하려고 했다. 그것을 알면서 경매에 참여한 너희도 전원, 같은 죄야! 그 벌로…… 하하, 지금 정했다. 《프란돌 추방》이다!! 하————————하하하하하하하!!"

"우, 웃기지 마!"

한 손님이 일어나 출구로 뛰쳐나갔다.

"나는 그냥 견학하러 온 것뿐이야! 금화 하나 내지 않았어!"

"나, 나도 그래!"

삽시간에 공황이 일어났다. 그러나 출구로 쇄도하는 참가자들 앞에 몇 명의 사람이 보란 듯이 가로막아 선다. 신분을 감추는 망토에 각자 손을 댔다.

천장에 망토 여러 벌이 휘날린다——.

"""성사 심사회다! 네놈들을 구속한다!"""

슈나이젠 단장에게 충성을 맹세하는 순혈사상가 기사들이었다. 참가자들은 결국 반 광란에 빠졌지만, 어찌할 방도가 없었다. 한 남성 손님의 팔이 꺾이고, 바닥에 쓰러졌다.

침을 튀기면서 소리친다.

"사, 살려줘! 프란돌에서 추방당하면 어떻게 살아가라고!!"

"우리의 사상에 물드느냐, 죽느냐다."

본래 시민을 지켜야 하는 군복을 입은 기사는 눈썹 하나 꿈쩍도 않는다.

그런 광경을 빙그레 웃으며 바라보고 나서 슈나이젠 단장은 천천히 품을 뒤졌다.

사진을 꺼낸다.

그리고 열렬한 입맞춤을 했다.

"아아, 당신…… 이걸로 우리의 이상에 또 한 발자국 다가갔어……!"

그만 이해할 수 있는 혼잣말을 중얼거리고 사진을 넣는다. 이어서 거구를 돌렸다.

스테이지 위에서 부들부들 떨고 있었던 경매인을 눈앞에서 내려다본다.

그의 목덜미를 잡고 아무렇지도 않은 듯이 한 손으로 들어 올렸다.

"오너 데트루아! 하하…… 이 나와 차분히 순혈의 훌륭함을 이야기를 나누지 않겠나! 하～～하하하하하!!"

"히이이익! 잠시 마음이 흔들렸습니다! 살려주세요! 살려주세요오……!!"

그런 불쌍한 소동을 내려다보며 "에휴." 하고 탄식을 흘린 인물이 있었다.

2층석의 알메디아다.

"저놈들에게는 '적당히 하라.' 라고 말했다만……."

"최소한 참가자분들은 도망치게 해드릴까요."

쿠퍼는 상체를 굽히고 소파 아래에서 지팡이를 꺼냈다.

손잡이를 쥐고 좌우에 힘을 넣으니 희미하게 빛나는 도신이 나타난다. ──위장 칼이다.

알메디아는 유리잔을 단숨에 들이켠 다음 일어났다.

그저 갈팡질팡하고 있는 급사의 허리 춤에서 검을 빌린다. 그리고 어깨를 밀친다.

"자네도 도망쳐!"

"아, 네엡!"

쏜살같이 커튼 건너로 뛰어간 그의 무사를 비는 수밖에 없다.

여공작의 손가락이 신원을 감추는 가면을 눌렀다.

"슈나이젠을 얕보지 마. 몸뚱이는 저렇지만 실력은 확실해."

"알메디아 님이야말로 난처해지지 않도록 조심하십시오……. 데이트는 이대로 끝이군요."

두 사람은 난간을 세게 잡고 연달아 뛰어내렸다.

바람과 함께 이별의 인사.

"그럼 또 보자!"

"다음엔《검은 책》을 손에!"

쿠퍼는 공중에서 검을 뽑는다. 그 금속이 울리는 소리를 아래층 사람은 알아챘다.

숙청기사, 를 자칭하는 순혈사상가가 쿠퍼를 보는 것과 동시에 무기를 홱 올린다. 하지만 조금 늦었다. 적의 참선(斬線)을 피하면서 쿠퍼는 착지와 함께 검을 휘둘렀다.

위팔을 맞은 기사는 무기를 떨어뜨린다.

"으으윽?!"

신음하면서 경직한 틈에 번쩍번쩍 왕복하는 검. 좌우의 경동맥을 맞고 그는 벌렁 자빠졌다.

눈 깜짝할 사이에 일어난 일이었으나, 다른 숙청기사들도 사태를 알아챘다.

구속이 느슨해졌다고 보자마자 붙잡혀 있었던 참가자들은 기어서 도망치기 시작한다.

어둠 속에서 희미한 검의 빛줄기가 가면을 쓴 쿠퍼를 에워쌌다.

"네놈은 누구냐!"

"당신들이 찾고 있는《괴인》이지——."

너스레를 떨며 천천히 바닥에 쓰러진다.

바닥에 닿기 직전 강렬하게 바닥을 걷어찼다. 순식간에 모습을 감춘《괴인》을 기사들은 눈으로 뒤쫓을 수조차 없었다. 얼굴을 엉뚱한 방향으로 돌린 첫 번째 기사를 베어 올린다. 검의 섬광에 놀란 두 번째 기사를 비스듬히 베어 바닥을 뒹굴게 한다. 눈이 좋은 세 번째 기사가 그를 발견했지만, 그때 쿠퍼는 이미 바닥에 손바닥을 짚어 하반신을 튕겨 올리고 있었다.

발뒤꿈치로 콧등을 걷어찬다.

적은 피를 뿜으며 날아갔다. 그 광경을 나머지 기사들이 눈으로 뒤쫓는 동안에 쿠퍼는 소매에서 와이어를 뽑는다.

흐릿하게 보일 만큼 엄청난 속도로 팔을 휘두르고, 이어서 한층 더 기세 좋게 와이어를 휘두른다.

나머지 숙청기사 전원이 와이어에 발이 걸려 넘어졌다.

교대하듯이 쿠퍼는 몸을 일으킨다.

"시간 벌이는 슬슬——."

철수를 시야에 넣은 찰나.

울리는 총성을 쿠퍼는 미래를 예지한 것처럼 들었다. 방향을 미리 읽고 순식간에 지팡이를 튕겨 올린다. 탄도에 도신이 끼어들었고 총탄은 그 방어를 관통했다.

"——윽!"

초월적인 반응속도로 상체를 뒤로 젖힌다. 빠져나간 탄환은 쿠퍼의 옆 공간을 도려내는 데 그쳤다.

배후에서 착탄의 굉음이 울리고.

순풍처럼 충격파가 등에 닿았다.

그리고 쨍그렁, 바닥에 떨어지는 부러진 검의 앞부분——.

알메디아의 충고에도 불구하고 약간 주의가 부족했었는지도 모른다.

　쿠퍼가 응시하고 있는 것은 스테이지에서 그에게 총구를 겨누고 있는 대장부.

　──거대한 외양에 걸맞게, 저 권총은 위력 또한 대포 같다.

　"하━━━━하하하하하! 네가 괴인 《미스틱 오페라》구나. 이야기는 들었어. 애매모호한 배신자라고 말이야!"

　"……!"

　"안심해라, 죽이진 않을 테니. 너는 우리 순혈사상가의 《악역》으로 계속 놀아나 줘야 하거든!!"

　굵은 손가락으로 딱! 신호를 준다.

　──천장에서 내려오는 누군가를 쿠퍼는 즉각 깨달았다.

　후방으로 잽싸게 물러선 바로 그 직후, 바닥을 뚫는 검격이 쏟아진다.

　쿠퍼는 왼발로 미끄러지듯이 제동을 걸고 반파된 검을 들었다.

　──묘한 인상이다. 대체 뭐지?

　머리 위에서 기습을 걸어온 것은 다른 숙청기사에 비하면 자그마한 체구의 인물이었다. 여성일 것이다. 망토를 걸치고 완고하게 후드를 내리고 있어서 신원은 알 수 없다.

　씨워도 되는 걸까, 하는 망설임이 어째선지 마음속을 술렁이게 한다.

　그런 쿠퍼의 주저를 아랑곳하지 않고 슈나이젠 단장은 굵직한 목소리로 소리쳤다.

"생포해!《낫》을 마구 휘둘러라!"

사신의 힘을, 휘두르라는 의미일까.

아무튼 후드 소녀는 바닥을 박찼다. 쿠퍼는 반 정도로 짧아진 검을 거꾸로 고쳐 쥐고 적의 공격을 처리하고, 처리한다──. 소녀의 검선은 뭐라고 할까, 《감정》이 없었다. '이렇게 배웠으니 이렇게 휘두릅니다.' 라고 말하는 것 같다.

그만큼 정확하며, 낭비가 없고, 그러나 읽기 쉽다.

하지만 빠르다.

일반인의 눈으로는 《빛의 꽃》으로밖에 비치지 않을 가공할 속도의 섬광이 종횡무진 쿠퍼에게 쇄도하고, 쿠퍼는 그것을 반파된 검으로 모조리 튕긴다. 불똥이 튀고 또 도신의 이가 빠졌다. 이 정도로 격렬한 전투를 상정하여 만들어진 물건이 아니다 ──.

윙, 바람 소리가 났다.

후드 소녀는 순식간에 뒤로 잽싸게 물러섰다. 그 코앞을 톱밥과 철 덩어리가 빠져나간다.

벽에 격돌한 것은 파괴된 객석 하나였다.

그것이 발사된 방향을 보니, 알메디아가 검을 야구 방망이처럼 들고 있었다.

"조금 거칠 거다."

온몸을 비틀면서 회전시켜 풀 스윙. 객석을 밑에서부터 쏘고, 쏘고, 쏜다──. 결코 작지 않은 중량이 범상치 않은 속도로 슝 날아오자, 누가 따로 가르쳐주지 않았는지 후드 소녀는 깨끗이 도망치기로 정한 것 같다.

무대 위의 슈나이젠 단장이 곧바로 총구를 쳐올린다.

그 총신이 옆에서 날아온 충격에 튕겼다.

──부러진 검 끝이 꽂혀 있다.

"……쳇!"

이를 갈며 돌아본 곳에는 투척 자세를 취한 《미스틱 오페라》의 모습이 있었다.

신비하고도 아름다운 그 모습은 직후에 날아온 객석의 잔해에 덮였다.

차례로 발사되는 포탄이 객석을 도려내고, 날려 버리고, 분진을 피운다──.

그리고 겨우 폭풍이 잠잠해졌나 싶더니.

"……도망치는 속도 하난 빠른 놈들이군!"

슈나이젠은 글러브를 낀 손으로 권총에서 검을 뽑는다.

장내에는 부하인 숙청기사들만 뻗어 있을 뿐, 참가 손님을 포함해 이미 다 빠져나가고 아무도 없었다.

가면을 쓴 괴인 2인조도 경매장에서 홀연히 모습을 감추었다.

스 카 치 　 슈 나 이 젠				
				클래스:클라운

HP	9138		MP	287		
공격력	768(650)		방어력	866	민첩력	288
공격지원	0~20%				방어지원	0~20%
사념압력	50%					

주 요 스 킬 / 어 빌 리 티

열화모방LvX / 반석L9 / 견고Lv9 / T·골라이 아치 / ……(※)
※기병단 요직에 올라 스테이터스 공개에는 제한이 걸려 있다.

REPORT.01 미스틱 오페라

성사 심사회가 프란돌 시민의 불안을 부추기기 위해서 퍼뜨린 허상이다.

'천사의 노랫소리에 홀린 불가사의한 자' 라는 의미. 옛날, 프란돌의 어느 극장에 실재해 오페라 가수와 비련의 이야기를 낳은 괴인의 통칭을 본떠 지었다.

그 원조인 미스틱 역시 인간인지 마물인지 알 수 없는 이단자였다고 한다. 그러한 유명한 《전례》가 있기에 이번 '반인반마의 괴인' 이라는 소문도 신빙성을 높인 걸지도 모른다.

LESSON: II ~《성녀》와 백작~

"《검은 책》은 여기에 없어."

……뭐, 그렇게 편한 심부름이라고는 생각하지 않았다만.

그래도 서슴없이 그런 대답을 들은 순간에는 그 냉정한 쿠퍼도 조금 낙담하고 말았다. 성 도트리슈 여학원……. 데트루아 지하 경매장에서의 전투에서 퇴각한 쿠퍼는 바로 메리다 일행 세 명을 호출하는 동시에 학원장실을 찾았다.

성 도트리슈의 학원장, 장년의 도로테아 클로방스 여사——.

쿠퍼가 이 학원을 잠복 장소로 선택한 또 하나의 이유다.

성 프리데스위데의 블랑망제 학원장에게 진작부터 듣던 말이 있다. "메리다가 만약 앞으로 학원에 머물 수 없는 상황이 벌어지면 자매학교를 관리하는 클로방스에게 의탁하세요."——라고. 정말로 학원장에게는 아무리 감사해도 부족하다.

아가씨들이 얼마나 복잡한 입장인지를 진지하게 걱정해주고 있으니 말이다.

그녀가 중간에서 주선해준 덕택에 도트리슈의 강사진이 이렇게까지 매끄럽게 메리다와 엘리제를 숨겨준 것이다. 클로방스 학원장은 집게손가락으로 책상을 두드렸다.

표정이 심각하다.

마냥 안심하고 있을 순 없다——.

"그게 그렇게나 중요한 책이었을 줄이야. 아무래도 사태를 쉽게 보고 있었던 것 같아."

"학원장님, 검은 책이란 대체……?"

"'다가가지 말 것, 보지 말 것, 귀를 기울이지 말 것.'——그런 경고문과 함께 학원에 대대로 내려온 물건이지. 아니, 도시로부터 떨어진 이곳에 계속 봉인되어 있었다, 고 말하는 편이 좋겠군."

메리다, 엘리제, 살라샤 학생 3인조가 서로 얼굴을 마주 보았다.

"알고 있었어?" 메리다의 질문에 살라샤는 고개를 좌우로 흔든다.

제자들을 등 뒤에 거느린 채 쿠퍼는 등줄기를 꼿꼿이 세웠다.

덧붙여 여전히 밀회 때 입었던 나이트레이 백작의 슈트 차림이다.

"라 모르 공은 '열쇠는 학원장이 쥐고 있다.' 라고……."

"요전까지는 확실히 있었어. 그런데 반출된 거야. 한눈을 판 틈에 말이지."

"누구에게?"

"다름 아닌 우리 학생—— 그 변덕쟁이 뮬 라 모르에게 말이야."

메리다와 엘리제는 눈을 동그랗게 뜨고, 살라샤는 한탄하듯이 하늘을 본다.

클로방스 학원장은 우울한 속내를 한숨으로 내쉬었다.

"그 때문에 지금 우리 학원은 아주 좋지 않은 상황에 놓여 있어……."

"말씀인즉?"

"성사 심사회라고 했나? 검은 책이 말이지, 그놈들이 정한 금서목록에 실리고 말았어. 본래라면 제출할 의무가 있지. 하지만 그렇게 생각해 봉인 장소에서 막 옮긴 참에 무슨 생각을 했는지 미스 라 모르는 그것을 챙기고 그대로 모습을 감추었다네."

당시의 실수를 본인 스스로 용서할 수 없다는 듯한 말투.

쿠퍼는 아까 알메디아 여공작과의 밀회를 돌이켜보았다.

'다소 품이 들지도 모른다.' …….

그녀는 딸의 실종을 알고 있었던 걸까.

"뮬 양은 대체 왜 그런 짓을……."

"글쎄! 추궁하려 해도 지금 어디로 갔는지 학원조차 파악하지 못하고 있어. 그 앙큼한 것, 우리가 행방을 찾아 뒤쫓아 온 것을 알자마자 하필이면 미궁 도서관 비블리아 고트로 도망쳐 들어가 버렸지 뭐야."

"비블리아 고트에……!"

"그곳은 라 모르 가문의 앞마당이야. 상상을 초월할 만큼 넓시. 무려 99층에 날해──. 그래서 솔식히 수색은 난항을 겪고 있네."

짜증과 초조함 그리고 걱정이 뒤섞인 것 같은 한숨.

"그렇게 종적을 완전히 감춘 지 벌써 사흘……."

메리다가 더 참을 수 없었는지 끼어들었다.

"저기, 사라, 짐작 가는 행선지는 없어?"

살라샤는 무력함과 답답함에 입술을 깨물고 있다.

"……미우 개는 옛날부터 내게도 비밀로 하고 가르쳐주지 않는 것이 있어."

가장 친한 친구 그리고 모친조차 백기를 든 상황이라는 뜻이다.

침울한 공기가 학원장실에 가득 찬다.

사태가 여기에 이르러──.

쿠퍼는 드물게 확신이 없는 어조로 불쑥 말을 꺼냈다.

"……저는 뮬 님이 있는 곳을 알고 있을지도 모릅니다."

전원이, 관록 있는 학원장조차 깜짝 놀라 장신의 청년을 주목했다.

질문 공세를 받기 전에 쿠퍼는 품에 손을 넣었다.

꺼낸 것은 편지 봉투──.

상당히 낡아서 신중히 취급하지 않으면 파손될 것 같다. 이것은 야계의 조사 임무를 맡은 세르주 쉬크잘이 찾아온 물건이다. 이 편지와 뮬을 많이 닮은 어린 소녀의 사진이, 일찍이 본 적도 없는 거대 건조물 안에 잠들어 있었다고 했다.

──왜 야계에 그녀의 단서가?

그것은 아무리 의논하고 고찰해도 답이 안 나오는 일이었다.

아무튼 쿠퍼는 신중히 봉투에서 편지지를 꺼냈다.

누구에게 건넬지 망설인 끝에 일단 바로 옆에 있는 메리다에게 내민다.

받고 내용을 훑어본 제자는…….

"뭐, 뭐야?!"

얼굴을 새빨갛게 붉히고 이어서 주전자처럼 끓기 시작했다.

적혀 있는 내용이, 뮬이 쿠퍼에게 보내는 열렬한 러브레터였기 때문이다.

"어떻게 된 일이죠! 이게 대체 어떻게 된 거예요!"

"아가씨, 워워……. 진정하십시오. 이것은《암호》입니다."

"아, 암호??"

어째선지 좌우의 엘리제와 살라샤도 단호함 그 자체의 눈길로 설명을 재촉한다…….

쿠퍼는 "크흠." 헛기침을 중간에 넣어 심장을 진정시켰다.

"그 편지에는 저와 뮬 님 사이에서 정한 암호가 숨겨져 있습니다. 해독하면…… '비블리아 고트', '35층', '리오 센트로 금서고'라고 판독했습니다."

"리오 센트로 금서고……! 그《읽을 수 없는 도서실》인가!"

학원장도 책상에서 몸을 내밀어 긴장을 드러낸다.

살라샤와 메리다 그리고 엘리제, 세 학생이 시선을 돌리자 학원장은 의자에 다시 앉는다.

"……그곳은 서고 그 자체에 고대의 주문이 걸려 있어서 설령 최고등급의 미궁 사서일지라도 선반에서 책을 꺼낼 수 없어. 그곳에 미스 라 모르가?"

"단서는 이제 이것밖에 없습니다."

왜 야계에서 발견된 것인지는 도무지 짐작조차 가지 않는다.

그러나 이것이 틀림없이 뮬 본인이 썼다는 사실을 쿠퍼는 한눈에 확신했다. 암호의 표면을 덮고 있는 편지의 문면이, 그 생각이 똑같다.

필적도 그녀의 것이다. 제자들은 살라샤, 엘리제순으로 편지를 돌렸다.

엘리제가 순수한 표정으로 쿠퍼를 쳐다본다.

"……왜 둘이서만 암호 같은 걸 정했어?"

"으윽."

……무의식중에 목구멍 깊은 곳에서 신음이 새어 나왔다.

이유를 말하자면, 뮬이 재미있어했기 때문이다. 벌써 반년쯤 된 얘기지만 강철궁 박람회에서 그녀에게 큰 빚을 지고 말았을 때, 대가로 요구받은 것이 '가끔 연인 역할을 하며 데이트의 기초를 가르치도록.'이라는 것이었다.

게다가 그 장난스러운 요정은 친구들에게조차 비밀로 하고, 인기척이 없는 단둘만의 시추에이션을 좋아했다. 그러기 위해서는 둘 사이에서만 통하는 암호가 필요했다, 는 구실로 조금 석연찮은 쿠퍼를 개의치 않고 정해진 것이다.

"이런 거 하면 가슴이 설레고 그러잖아요."

아이같이 신나서 떠드는 흑발 미소녀의 웃는 얼굴이 지금도 뇌리에 되살아난다.

……즉, 속마음은 연인 놀이를 하고 싶었던 것이리라. 다만! 그것이 돌고 돌아 지금 이렇게 실제로 두 사람을 하나로 묶을 거

라곤 전혀 생각하지 못했지만.

자, 그러한 배경을 소녀들에게 어떻게 설명한다.

크흠. 위엄 있는 헛기침이 세 여학생의 시선을 끌어당긴다.

"단서가 남겨져 있어 천만다행이지만 그다지 시간은 없어."

"시간……?"

"말했을 텐데, 《검은 책》은 금서목록에 적혀 있어 제출을 요구받고 있다──고. 그것을 미스 라 모르는 가지고 나가 버렸어. 기사 공작 가문이 벌인 행동이라…… 성사 심사회는 도트리슈에 유예를 줬어. '책임지고 《검은 책》을 회수하여 우리 손에 가져오도록' 이라면서 말이지. 기한까지 달성하지 못한 경우에는…… 도트리슈가 미스 라 모르를 숨겨 두고 있다고 판단해 숙청기사들이 수색할 거라고 하더군."

메리다와 엘리제가 깜짝 놀라 숨을 죽였다.

성 도트리슈 여학원에 많은 기사들이 들이닥쳐 수색을 한다──.

그렇게 되면 예기치 않게, 다른 건으로 숨어 있는 엔젤 자매가 발각될 가능성이, 크다!

학원장은 울적한 마음을 담배 연기처럼 후우 내뱉었다.

"그렇게 되면 너희도 우리 학원도 함께 파멸하겠군."

"쿠, 쿠퍼 신생님……!"

메리다의 비장함과 기대가 섞인 시선이 날아온다.

쿠퍼는 물론 바로 고개를 끄덕여 대답했다.

"반드시 뮬 님과 합류해 검은 책을 손에 넣어 돌아오죠. 비블리아 고트는 위험한 망령의 소굴입니다. 하룻밤 기력을 보충하고 출발은 내일 아침——."

"세 사람의 수업은 면제하도록 하지."

학원장도 곧바로 무엇인가 서류를 꺼내 깃털 펜을 놀린다.

잉크병에 펜 끝을 꽂고 의연하게 얼굴을 들어 보이는 학원장.

"부탁하겠네, 공작 가문의 젊은 기사들."

그리고 쿠퍼를 중심으로 한 네 명은, 곧장 고개를 끄덕여 대답했다——.

이튿날 아침.

아침이라기엔 아직 새와 곤충조차 잠들어 조용한 시간. 소녀들의 수면을 지키는 성 도트리슈 여학원의 학생 기숙사에, 예외적으로 남성이 서 있는 모습이 창가에 보였다.

바로 쿠퍼다. 여명이 스며드는 복도에서 무언가를 읽고 있다.

편지 같다.

각기 종이 질이 다른, 두 장——.

"…………."

첫 번째 편지를 꼼꼼히 읽고 위아래를 바꾼다.

턱에 손가락을 대고 두 번째 편지를 대충 훑어본 그는 만년필을 꺼냈다.

두 번째 편지를 뒤집고 무언가를 적는다.

그 나름대로 시간을 들여 다 쓰고, 다시 위에서부터 되풀이하여 읽는다. 그러고서야 편지지를 접는다. 창문을 살짝 여니 파란 깃털의 비둘기가 위풍당당하게 기다리고 있었다.

두 다리에 끈이 묶여 있고 원통이 매달려 있다.

쿠퍼는 사이즈를 가늠하고 편지지를 다시 두 번, 세 번 접었다. 그러고 나서 비어 있는 원통에 쑤셔 넣는다. 비둘기의 깃털을 뿌리부터 쓰다듬고 배 아래를 좌우 손바닥으로 쑥 올렸다.

하늘로 내보낸다.

아직 잠들어 있는 고요한 아쿠아리무스 천경구 상공에 오늘 첫 번째 새의 날갯짓 소리가 울렸다──.

그것을 지켜보고서 쿠퍼가 창을 닫았을 때다.

복도 건너편에서 걸어오는 자그마한 체구의 사람이 보였다.

"선생님──."

바로 네글리제에 가운을 걸친 메리다 아가씨다.

쿠퍼가 창가에서 기다리고 있자 메리다는 타박타박 슬리퍼 소리를 내며 다가와 옆에 나란히 선다.

그 고귀한 금발을 청년의 손가락이 사랑스러워한다.

"벌써 잠이 깨버린 겁니까? 아가씨."

"선생님이야말로."

말하다 말고 메리다는 느릿느릿 머리를 흔든다.

"……선생님, 어제는 침대에 들지 않은 거 아닌가요?"

"네?"

"요즈음, 그다니 주무시지 않는 것 같은…… 기분이 들어요."

예리하다, 라기보다는 잘 보고 있다.

쿠퍼는 메리다의 머리카락에서 손을 거둔 다음 애매하게 자신의 목을 만졌다.

"……사실, 자려고 해도 자꾸 생각이 들어서 잠이 오지 않습니다."

"무슨 일인가요?"

"……앞으로 어떡할까, 해서죠."

메리다는 고개를 갸웃했다. 쿠퍼는 스스로도 난감하다는 듯이 쓴웃음을 짓는다.

"안심하십시오. 반드시 《검은 책》을 손에 넣어 알메디아 님과 교섭해, 그 성과로 아가씨들을 프리데스위데로 돌려보내 드리겠습니다. 다만…… 그것이 이뤄진 날에는, 저는 어떡하면 좋을까, 하고…………."

자신은 이제 백야 기병단의 에이전트가 아니다.

예전부터 해야 할 일은 전부 그 《아버지》가 명령이라는 형태로 가져왔다.

반인반마의 괴물이라며 매도당하는 현 상황은 좋든 싫든 어렸을 적이 생각난다…….

사랑하는 어머니도, 양아버지도 잃고, 인간도 란칸스로프도 될 수 없는 반편이는——.

앞으로, 어디로 걸어가면 좋을까.

"선생님……."

작은 메리다가 안타까운 듯이 쿠퍼를 올려다보았다.

쿠퍼에게 용기를 북돋아 줄 수 없는지, 상처 주지 않고 마음을 전할 수 있는 말은 무엇인가 열심히 생각하고 있다. 그 기특함에 쿠퍼는 뜻밖에 유쾌해져서 미소를 지었다.

"농담입니다."

명랑한 거짓말로 안심시키면서 쿠퍼는 메리다를 끌어당겼다.

등에 팔을 두르고 어깨를 안는다.

"여하튼 꼬맹이 아가씨에게는 아직—— 아직 한참, 가르쳐드
릴 것이 많이 있으니까 말입니다."

"지, 진짜, 선생님도 참——."

"당신을."

메리다는 깜짝 놀랐다.

쿠퍼가 얼굴을 가까이 댔기 때문이다. 그 자줏빛 눈동자에, 전
에 본 적이 없을 만큼 불안정한 빛이 흔들렸기 때문이다. 금방
이라도 녹아 없어져 버릴 것 같아 눈을 뗄 수가 없다.

들릴까 말까 하는 목소리로 쿠퍼는 속삭였다.

"당신을 제가, 살아가는 이유로 삼게 해주세요."

메리다의 등줄기가 오싹하고, 달콤하게, 다리가 떨릴 정도로
저렸다.

어째선지.

그때 상상하고 말았기 때문이다. 만약 어느 한쪽이 목숨이 다
하는 그때는——.

다른 한 명도 그 영혼과 함께 영원의 세계에 떨어져 버릴 것만
같은.

"선, 생님…………."

메리다는 눈을 감고서 망설이지 않고 턱을 위로 들었다.

그대로—— 입술을 받아줘도 좋았을 텐데.

쿠퍼로 말할 것 같으면, 제가 하고 싶은 말만 하고 상체를 일으켜 버렸다!

"자, 아가씨, 슬슬 엘리제 님과 살라샤 님을 깨우고 출발 준비를 해주십시오."

"네에?"

"프리데스위데의 배틀 드레스를 가지고 왔었죠? 이야~ 부피도 크고 필요할지 어떨지 고민했었는데, 유비무환이군요."

기숙사의 기상 시간이 시나브로 다가와 옥외등에 불이 들어오고 기온이 오른다.

쿠퍼는 메리다의 가운을 느슨히 풀고 가냘픈 등에 손을 댔다.

"에이미 씨 대신 옷 갈아입는 것을 도와드리겠습니다."

제자의 어깨가 부들부들 떨리는 것을 그는 알아채지 못한다.

메리다는 쿠퍼의 손에서 홱 빠져나와, 그길로 달려가 버렸다.

"선생님은—— 진짜, 진짜로, 저를 아이로 생각하고 계시는군요!"

"네? 아닙니까……??"

"흐——————웅!! 흥, 흥, 흥이다!"

메리다는 힘껏 고개를 돌린 다음 성급한 닭처럼 학생 기숙사이 학생들을 놀라게 히면서 혼자 뛰이기 비릇다.

갑자기 여기저기의 기숙사실이 활기를 띤다.

하루가 시작된다——.

하지만 단 한 사람, 어제의 숙제를 못 끝낸 기분이 된 쿠퍼는.

"…………도트리슈의 배틀 드레스를 입어보고 싶었나?"

완전히 엉뚱한 것을 매우 진지하게 고민하고 있었다.

† † †

공교롭게도 두 사람분의 도트리슈제 배틀 드레스를 당일에는 조달할 수 없어 메리다의 기분은 금방 회복되지 않았지만.

일단 비블리아 고트에 발을 들여놓았으니 소녀들은 즉시 의식을 전환해야 했다. 종횡무진으로 바람을 가르는, 마나를 걸친 세 가지 색의 검 줄기.

"야앗!" 기합을 넣은 일섬, 메리다는 대상단 자세에서 칼을 내리쳤다.

정수리부터 두 동강이 난 것은 영혼과 망념만으로 움직이는 망령이다.

오오…… 하고 실로 원통한 듯한 외침을 남기고 좌우로 갈라진 영체는 허공으로 소실.

엘리제와 살라샤도 각자 장검과 창을 휘둘러 한 사람 앞에 하나를 쓰러뜨렸다. 메리다는 일단 크게 백스텝을 밟고 공작가 자매들과 등을 맞댄다.

"우리, 전에 이곳에 왔었을 때보다 많이 강해졌을 텐데도──."

메리다는 떨어지는 땀을 글러브로 닦았다.

"역시 30층이나 내려오니 적도 강해!"

"아니요, 아가씨들!"

그녀들의 머리 위를 그림자가 달려나간다.

쿠퍼는 책장을 차고 날아오르더니 와이어에 매달려 원심력을 얻어 타고난 속도를 상승시키면서 하나, 둘, 셋 그리고 공중의 망령을 연달아 쓸어 넘겼다. 안개처럼 흩어지는 그 잔해를 돌파하고 다시 책장을 차 날카롭게 튀어 오른다.

메리다 일행이 우와아~ 하고 올려다보는 곳에서 검풍이 윙윙거리는 소리를 내며 날아간다. 뒤늦게 진로상의 망령이 베여 사지를 갈가리 찢기고는 허공으로 흩어졌다.

적들을 대강 정리하고 가볍게 검무를 마쳐 보이는 쿠퍼.

얼룩 하나 없는 옷자락을 팡팡 턴다.

"——아가씨들도 제 기대 이상으로 분투하셨습니다."

순순한 친구들과는 반대로 입을 내밀며 미운 소리를 하는 사람은 엘리제다.

"……더 빨리 도와줘도 좋았을 텐데."

"제게 의지하기만 하면 실력이 붙지 않으니까요. 훈련, 또 훈련입니다."

"으으……."

빵빵해진 엘리제의 뺨을 보고도 못 본 체하면서 쿠퍼는 다가온다.

살라샤의 어깨에 손을 올린다.

"살라샤 님도 실력이 느셨군요. 또 쉬크잘류의 가르침을 받고 싶습니다."

"쿠, 쿠퍼 선생님이 말해주시면, 어, 언제든지……."

새빨개져 움츠러드는 살라샤의 동작에서, 메리다는 소녀 특유의 심리가 훤히 보였다.

　——나는 아이 취급이지만, 사라는 어떻게 생각하고 계시는 걸까?

　쾌활한 쿠퍼의 옆모습에 메리다는 저도 모르게 안절부절못한 시선을 보내고 만다.

　바로 요전, 조하르 학회에서의 일을 이겨내기 위해서 그와 엘리제가 입술을 맞댄 일은…… 그건 약이니까. 노 카운트야, 노 카운트, 라고 메리다는 자신을 납득시켰다. 하지만 또 다른 강적이 있었으니 바로 뮬이다. 지식만 빠삭한 부끄럼쟁이 주제에, 아무튼 쿠퍼를 마음에 들어해 요염한 레이디인 척한다. 그걸 가지고 뭐라고 하면 그 애는 "싸우지 마, 다 함께 쿠퍼 선생님의 신부가 되면 되잖아." 같은 소릴 한다! 대체 어디까지 진심이고, 어디부터 장난인 걸까?

　——아니면 전부 본심이라거나?

　쿠퍼의 얼굴이 예고도 없이 메리다의 시선과 딱 마주쳤다.

　"그리고, 메리다 아가씨."

　"네, 네……."

　가정교사는 그럴싸하게 집게손가락을 세워 보인다.

　"불필요한 움직임이 많아요! 적의 버릇을 간파해 전투가 진행될수록 공격의 정확도를 높이는 방법을 항상 철저히 가르치고 있잖아요. 비슷한 검기의 연결방식 때문에 적이 피하기를 두 번, 절호의 공격 찬스를 놓친 것은 네 번! 마지막에는 결정타가 힘만 가득 들어간——."

"으아아아앙! 왠지 나한테만 엄격해~~~~~!"

그렇게 장황한 강의가 계속되는 동안 목적지에 다다랐다.

긴 복도 끝에 있는, 학원장이 가르쳐준 리오 센트로 금서고의 문——.

망령의 모습은 보이지 않으나 살라샤는 창을 꽉 쥐고 눈썹을 찌푸린다.

"이런 곳까지 내려와서, 미우, 다치진 않았을까……?"

"괜찮을 겁니다."

신기하게 쿠퍼가 단언해서 소녀들은 세 방향에서 그를 쳐다보았다.

쿠퍼는 차분한 표정으로 눈썹을 올려 보인다.

"알아채지 못했습니까? 아쿠아리무스 천경구의《문》에서 이곳에 올 때까지 새로운 전투의 흔적이 없었습니다. 무엇보다 망령들은 우리가 침입하고 비로소 잠에서 깬 것 같았습니다."

"확실히……."

"학원장님께서 말씀하셨던 것처럼 비블리아 고트는 라 모르 가문의《앞마당》이니까요. 뮬 님은 안전한 샛길을 숙지하고 있는 거겠죠."

메리다와 엘리제, 두 천사는 입술을 구부렸다.

"치사하게."

"편지에 샛길도 써줬으면 좋았을 텐데……."

"본인에게 직접 따지도록 하죠. ——자, 도착했습니다."

으리으리한 문을 앞에 두고 쿠퍼는 검은 칼을 칼집에 넣는다.

학원장이 말하기를, 금서고의 주문은 망령들조차도 멀리하게 한다. 그리고 망령들 또한 읽을 수도 없는 책의 서고 따위에는 전혀 관심이 없다고 한다.

겨우 한숨 돌릴 수 있겠다는 듯이 세 소녀는 앞다투어 문으로 뛰어들었다.

"미우, 데리러 왔어!"

"반항해도 소용없어……!"

"미우, 오늘만은 나도………… 어라?"

"왜 그러십니까? 아가씨들."

쿠퍼도 마지막으로 문을 빠져나가 세 사람의 뒤를 따라붙는다.

그 앞이 리오 센트로 금서고———.

이상한 공간이라고 해야 할까, 넓은 서고에 반해 독서용 책상은 달랑 하나였다. 뭔가 커다란 책이 책상 위를 점령하고 있다. 그리고 정작 뮬은 보이지 않는다.

출입구 이외에도 두 군데 정도 작은 문이 있어 메리다 일행이 분담하여 그곳으로 찾으러 갔지만 모두 이내 어깨를 으쓱하면서 돌아왔다.

"편지를 잘못 분석했나……?"

그런가 싶었으나, 뮬의 여행가방이나 텐트 등 흔적 자체는 발견됐다고 한다.

그녀는 확실히 이곳에 있었던 것이다.

그러면 남은 조사해야 할 것은——.

"이것이…… 금단의 마법서, 《검은 책》……?"

책상 위에 펼쳐진 그것을 둘러싸고 메리다 일행 셋은 마른침을 꿀꺽 삼킨다.

하지만 이것이 정녕 《책》일까?

어딘지 모르게 의식의 도구 같은, 보드게임으로밖에 보이지 않는다.

좌우로 펼쳐져 있고 표지 뒤에 무언가가 쓰여 있다.

쿠퍼는 상체를 구부리고 소리 내어 읽었다.

" '한 명을 바치고 《원스 어폰 어 타임》. 그렇게 하면 신업(神業)은 승자의 손에' ……."

살라샤도 똑같이 표지 뒤를 들여다본다.

" '두 명이 만나 《해피 에버 애프터》. 그렇게 하면 이야기는 해방된다'."

마지막으로 엘리제가 남은 한 줄을 읊조렸다.

"…… '이 책에 책갈피는 없다.' ."

세 명은 각자 허리를 폈다.

메리다는 잠시 갈등하다 《검은 책》을 손에 들기로 했다.

그리고 깜짝 놀라 눈이 휘둥그레졌다.

"이, 인 움직이네?! 책상에, 딱, 들러붙은 것 같아요!"

"아마도——."

쿠퍼도 손을 뻗어 무위한 시도를 계속하는 메리다의 손가락을 책 모서리에서 떼어주었다.

"이 보드게임을 클리어한 후에 비로소 《검은 책》을 손에 넣을 수 있다는 게 아닐는지요. 아이고, 확실히 알메디아 님의 말씀대로 쉽게는 안 될 것 같습니다."

"주사위는 그거?"

반상에 두 개가 널브러져 있다.

"이거군요."

쿠퍼는 그것을 집어 들었다.

손바닥에서 굴린다——.

메리다는 어딘가 석연찮은 것처럼 주변을 둘러보았다.

"미우는 보드게임에 질려 어딘가로 가버린…… 걸까요??"

"확실히 혼자 하는 보드게임은 아주 따분하겠죠."

주사위가 던져졌다——.

달그락, 달그락하고 구른다.

3과 5의 《8》——

눈도 확인하지 않고 쿠퍼는 발길을 돌리려고 했다.

"검은 책은 일단 뒤로 미루고 다시 한번 주변에서 뮬 님의 수색을——."

"선생님!!"

제자의 강렬한 비명을 듣고 쿠퍼는 즉시 칼을 뽑으려고 했다.

뽑기 위한 손바닥이 없음을 깨닫는다.

깨닫는다는 표현이 적절한지 모르겠다. 좌우간 답답한 위화감을 느끼고 손을 내려다보자 손목 아래로 빛에 싸여 사라져가는 광경이 눈에 들어왔다.

과연, 이래서는 칼의 손잡이를 쥘 수 없겠지——.

그렇게 냉정한 척을 하고 있을 때가 아니었다. 연달아 비명이 울렸다. 메리다와 엘리제, 살라샤도 손끝 발끝부터 빛의 입자를 퍼뜨리며 녹는 것처럼 사라지고 있다.

대체 지금 이 현상은 무어라 말인가……?!

이대로 상반신을 지나 머리 꼭대기에 이르기까지 빛에 다 삼켜져 사라져버리면?

"여, 여러분."

쿠퍼는 가능한 한 평소와 같은 목소리를 내서 패닉 직전인 제자들의 시선을 모은다.

이미 주르륵 빛의 입자를 퍼뜨리는 팔을 들어 위아래로 흔들었다.

"부디 냉정하게——…………."

세 명의 표정이 볼썽사납게 울상으로 일그러진다.

직후.

전조도 없이 네 명에게 남아 있었던 신체가 단숨에 빛의 입자가 되어 샅샅이 흩어졌다.

어딘가 경사스러운 폭죽을 연상케 하는 경쾌한 음색.

대량의 빛의 입자가 내려앉는 가운데 남겨진 한 권의 책이 음악을 연주하기 시작한다.

반상의 유달리 큰 보석에 문장이 떠올랐다.

'이공(異空)을 헤매라. 되돌아가지 마라. 누군가 《클리어》할

때까지.'

　아무도 읽을 수 있는 자는 없다──.

　마치 신의 위치에서 지어진 것 같은 그 한 문장은, 하계의 상황을 개의치 않은 채 무책임하게 나타나고 순식간에 사라졌다. 세 소녀와 청년의 남은 향기만이 어렴풋이 감돌고 나서 리오 센트로 금서고에 본래의 정숙이 가득 찬다.

　뮬 라 모르가 이 장소에서 사라졌을 때와 완전히 똑같이──.

LESSON: III ～이정표를 따라가는 자들～

……멀리 새소리가 들린다.

높은 음을 연주하면서 바람이 지나간다.

술렁술렁. 나뭇잎이 바람에 스치는 어수선한 소리가 주위에 가득 찼다.

쿠퍼는 눈을 뜬다.

"으, 으응……?"

풀냄새가 난다 했더니 정말 잔디 위에 쓰러져 있었다.

부리나케 손바닥을 짚고 상체를 일으킨다.

그리고 일단은 안도했다.

"메리다 아가씨! ……엘리제 님. 살라샤 님도 무사하셔서 다행입니다……!"

제자들 세 명도 바로 옆에서 거의 동시에 정신이 들었기 때문이다.

그러나 명백히 주위의 모습이 이상하다.

메리다는 아래팔을 문지르면서 눈을 깜빡였다.

"여기, 어디인 걸까요……??"

밀림 한복판, 으로 생각됐다. 희한하게 생긴 수목이 무성하게 자라 주위를 가득 메우고 있다.

　적어도 비블리아 고트의 내부는 아닌 것 같은데…….

　살라샤는 주위보다 자기 자신의 변화를 제일 먼저 알아챈 것 같다.

　"오, 옷이 바뀌었어요!"

　정말이다. 쿠퍼는 물론 소녀들의 복장도 조금 전까지 입었던 배틀 드레스가 아니었다. 이국, 이라고 해야 할지, 프란돌에서는 그다지 일반적이지 않은 디자인이다.

　의식용이라고 할까, 일상적인 의복은 아닌 것 같다. 요소요소가 매우 무방비했다. 메리다는 요염한 허벅지를 가랑이까지 드러내는 랩스커트이고, 살라샤는 가슴 부위가 대담하게 벌어져 매혹적인 골을 아낌없이 과시하고 있다.

　엘리제는 똑바로 서 있지 않으면 속옷이 훤히 보일 정도로 타이트한 미니스커트를 입었다. 쿠퍼의 시선을 의식하고 그녀가 다리를 홱 오므린다.

　무구한 파란 눈동자가 주위를 둘러보았다.

　"혹시 마법서의 안……?"

　엘리제의 혼잣말에 다른 세 명이 퍼뜩 얼굴을 들었다.

　듣고 보니 쿠퍼와 소녀들은 몇 번인가 이와 같은 체험을 한 기억이 있다. 마법서를 앞에 두고 주문을 외었더니 본 적도 없는 공간에 내던져지고, 그 세계관에 맞는 의상으로 바뀌었다. 이곳은 아직, 분명 비블리아 고트와 이어져 있으리라.

　《검은 책》도 금주를 봉인한 마법서임에는 틀림없다——.

주사위를 굴리는 게 《검은 책의 세계》에 들어가기 위한 조건이었던 것이다.

"요컨대——."

쿠퍼는 겨우 일어나 세 소녀들을 차례로 잡아당겨 일으킨다.

그러면서 생각을 정리했다.

"책 표지에 쓰여 있었던 '한 명을 바치고 《원스 어폰 어 타임》'……. 우리 중의 누군가가 끝까지 도달해 그 보드게임을 클리어하는 것. 그렇게 하면 이 세계에서 탈출해 비로소 금주를 손에 넣을 수 있다——. 그게 정말로 《검은 책》에 입혀진 금주를 지키기 위한 봉인이라면."

"하지만 그 핵심인 《검은 책》은…… 그 보드게임은 어디에?"

살라샤가 적극 호소하자 쿠퍼와 메리다, 엘리제는 주위를 둘러보았다.

……보이지 않는다.

"찾으러 가죠."

쿠퍼가 앞장을 서고 일행은 밀림 안으로 나아가기 시작했다.

왜 망설이지 않고 바로 나아갔느냐면, 한쪽에서 눈 부신 빛이 쏟아져 들어오고 있었기 때문이다——.

금방 시야가 트인다.

개간된 밀림 한복판에 세난이 만들어져 있었다. 훌륭하시만 —— 상당히 낡았다. 그래도 넓다. 쿠퍼 일행은 가로 폭이 넓은 계단으로 발을 돌렸다.

아까부터 느끼고 있었던 《빛》의 정체는 곧 눈에 들어왔다.

메리다, 엘리제, 살라샤가 제단 기슭에서 힘껏 머리 위를 우러러본다.

"선생님, 하늘이……!"

"파랗다…….”

"우와아…….”

세 명은 병아리처럼 입을 딱 벌렸다.

프란돌의 여름 한낮일지라도 이렇게까지 상쾌한 하늘은 쿠퍼도 본 적이 없다. 빨려 들어갈 것만 같은 파랑——이라고 해야 할까. 구름은 솜사탕처럼 하얗다.

천장, 머리 위의 끝없이 높은 곳에 무언가가 떠 있었다.

무엇인지는 알 수 없다. 너무 눈부셔서 직시할 수 없다.

그것이 밀림 안에까지 닿은 《빛》의 정체임이 틀림없다.

"제단을 올라가 보죠."

그러는 수밖에 없었다. 쿠퍼가 솔선하여 계단을 밟는다.

끝까지 올라간 제단 위는 무척 평평했다.

하지만 매우 수상한 것이 중앙에 자리 잡고 있다.

텅 빈 갑옷. 3미터는 되는 거인이 착용하나 싶을 만큼 거대한, 특별 주문 사이즈다.

그것이 아무렇게나 널브러져 있었다. 투박한 검에, 칼날이 난 방패도 보인다.

그것들에 섞여 검은 장정의 책이——.

"……《검은 책》!"

곧장 뛰쳐나가려고 한 메리다를 쿠퍼는 바로 제지했다.

제자를 제자리로 돌리면서 교대하듯 걸어나간다.

"제가 가져오겠습니다."

매우 좋지 않은 낌새를 느끼면서——.

세 소녀가 마른침을 삼키며 지켜보는 가운데 쿠퍼는 한 발, 또한 발 갑옷의 잔해로 다가갔다. 주위에 누군가가 숨어 있는 낌새는 전혀 없다. 갑옷은 확실히 텅 비었다. 불안해 할 것은 없다——. 앞으로 2미터.

이제 1미터도 안 남았다.

갑옷 옆에 뒹굴고 있었던 것은 정말로 《검은 책》이었다. 손을 뻗는다.

표지를 손가락 끝으로 쿡쿡 찔러본다. ——아무 일도 일어나지 않는다.

집어 든다——.

그 직후였다.

기다리고 있었다는 듯이 텅 빈 갑옷이 움직이기 시작한 것이다. 걸쇠가 철컥! 하고 고정되고 안이 빈 레깅스가 바닥을 힘껏 밟더니 좌우의 건틀릿이 검과 방패를 들어 올린다. 머리가 없으면 들릴 리도 없을 텐데 주위의 공기가 우렁찬 외침과 같이 떨렸다.

쿠퍼는 바로 몸을 놀린다.

《검은 책》을 던졌다.

받은 것은 메리다.

"주사위를 굴리세요!"

시간을 벌 셈으로 쿠퍼는 텅 빈 거대 갑옷을 가로막아 섰다.

　옷이 바뀌었을 때부터 알고 있었지만, 현재 이들에게는 무기가 없었다. 맨주먹이다. 그래도 마나를 해방하면 체력으로 대항할 수 있겠거니 하고 사념을 높인 순간.

　쿠퍼는 이번에야말로 아연실색하여 눈을 동그랗게 뜬다.

　"마나를…… 사용할 수 없다고?!"

　아무리 사념력을 높여도 마음속에서 불씨가 폭발해주지 않는다.

　전대미문의 사태였다.

　거대 갑옷은 개의치 않고 눈앞에서 검을 치켜든다. 널찍하고 두껍다.

　그것이 내리쳐지기 직전, 쿠퍼는 평소보다 훨씬 빠른 타이밍에 바닥을 차 우측으로 뛰었다. 결과적으로 아슬아슬하게 피할 수 있었다. 검 끝이 바닥을 뚫어 돌멩이가 튄다.

　스텝의 거리가 의외로 짧아 튀어 날아온 돌멩이가 볼을 스쳤다. 쿠퍼는 얼굴을 감싸면서 두 번, 세 번, 연달아 바닥을 차 거리를 두었다.

　거대 갑옷은 바닥에서 검을 뽑고 천천히 쿠퍼 쪽으로 돌아선다.

　무기도 없고 마나도 없다. 저 흉기를 든 쇳덩어리를 앞에 두고

─.

　대항할 수단이 없다!!

　그가 궁지에 빠졌음을 세 소녀는 곧 깨달았다. 가세하고 싶어도 상황은 마찬가지다.

"마나를 쓸 수 없게 될 줄이야!"

검은 책을 편다. 안은 리오 센트로 금서고에서 발견했을 때와 똑같은 보드게임이었다. 그런데 아까는 보이지 않았던 물건이 있다. 다섯 개의 《말》이다. 동물을 본뜬 말들이 네 귀퉁이의 스타트 지점에 배치되어 있다.

──아니, 이미 《여덟 번째 칸》까지 앞서가 있는 말 하나가 있다. 쿠퍼의 것이리라.

조금 전 그는 말했다.

주사위를 굴리세요!!

메리다는 반상에 널려 있는 두 주사위를 낚아채, 던졌다.

──《10》.

말 하나가 저절로 걸어가 열 번째 칸에서 멈췄다.

그러자 골 지점에 박혀 있는 보석이 희미하게 빛난다.

답답할 정도로 느린 속도로 문장이 떠오른다.

"'오르라, 오르라, 목숨이 끊어질 때까지' ……."

메리다가 소리 내어 읽은 직후.

제단이 밑에서 올라온 충격에 번쩍 들려졌다.

천재지변이나 그런 걸까?! 대지가 요동치고 밀림에서는 괴조가 날아오른다. 그리고 제단은 점점 격하게 흔들렸고, 한계에 닿히자 곧 무너졌다.

아니, 안쪽에서 무언가가 쑥 튀어나왔다!

돌기둥, 계단, 벽── 엄청난 기세로 하늘로 뻗어가는 그것은 《탑》이었다. 하지만 건설은 어중간하게 멈추었다. 3층 정도의 높이까지 밀어 올리고는 갑자기 그친 것이다.

행운이었던 것은.

지면에서 기둥이 튀어나온 순간 쿠퍼에게 달려들려고 했었던 거대 갑옷의 한쪽 발이 휘청거린 일이다. 자세가 무너진 것을 놓치지 않고 쿠퍼는 적의 다른 한쪽 발에 달라붙어 힘껏 들어 올린다.

거대 갑옷은 벌렁 자빠져 날카로운 금속음을 연주했다. 쿠퍼는 몸을 돌리고.

"탑 안으로!"

제단의 계단의 딱 정면 위치에 탑 출입구가 열려 있었다. 목조다. 메리다, 엘리제, 살라샤는 갑작스러운 큰비를 피하듯이 탑으로 뛰어들었고, 마지막으로 쫓아온 쿠퍼가 문을 닫고 빗장을 내렸다.

"이걸로 일단 한시름——."

그럴 리는 없었다. 문에 기댄 쿠퍼의 얼굴 바로 옆에! 칼날이 쑥 나온다. 소녀들은 비명을 지르고 쿠퍼는 즉시 그대로 문을 막았다.

문 너머에서 저 끈질긴 거대 갑옷이 검을 휘두른 것이다.

어지간히도 쿠퍼를 썰고 싶은 모양이다. 박힌 검을 뽑은 다음 계속해서 문을 검으로 힘껏 친다. 칼날에 나뭇조각이 튀는 게 간담이 서늘하다.

쿠퍼는 슬슬 한계인지 상체를 구부리고 빗장을 양손으로 단단히 눌렀다.

"아가씨들, 위층으로 도망치세요!"

무기도 마나도 없는 여학생은 거치적거리는 짐밖에 되지 않는다──. 그것을 뼈저리게 통감한 소녀들은 쏜살같이 나선 계단을 뛰어 올라갔다. 그것을 지켜보고 나서 쿠퍼는 바닥에 무릎을 꿇고 더욱 힘껏 버티며, 일단 실낱같은 희망에 매달려본다.

그것이 이내 무의미함을 깨달았다.

"뱀파이어의 아니마도 봉인되었나……!"

검이 한층 더 깊이 쑤셔오고, 슬슬 바깥의 경치와 희미하게 빛나는 갑옷이 드러난다.

거의 동시에 세 소녀는 계단을 다 올라가 있었다. 막다른 곳에 있는 문으로 서둘러 달려간다.

메리다는 비통하게 몇 번이고 손잡이를 돌렸다.

"안 열려!"

엘리제는 계단 중간에 있는 작은 창으로 얼굴을 쑥 내밀었다.

"……아냐, 리타. 탑은 여기에서 끝났어. 문 앞은 없어."

"뭐어?!"

"건설 도중이었으니까……."

검은 책을 나르고 있는 것도 엘리제였다. 좌우로 펼친다. 한쪽 팔로 간신히 받쳐 들면서 주사위를 잡고 던졌다.

《3》.

쿠르릉. 또 탑이 꿈틀거린다.

동시에 말 하나가 움직였다. 보석에 떠오른 문면을 살라샤가 들여다본다.

"'뜨거운 철의 세계. 사냥감을 놓치지 마라, 불에 구워라.' ……. 뭐, 뭔가 무서워요!"

그 순간이었다.

운석이 떨어진 듯한 충격이 천장을 뒤흔들었다. 아무도 서 있지 못하고 계단에 쓰러진다. 쿠퍼도 견디지 못하고 엉덩방아를 찧었다. 그러나 직후 벽의 일부가 붕괴하고 돌멩이가 눈사태가 되어 출입구로 쏟아진다.

거대 갑옷이 뻗은 건틀릿이 코앞까지 닥친 상황.

그 직전에 밀어닥친 잡동사니가 출입구 주변을 완전히 메워버렸다. 맹렬히 부풀어 오르는 분진. 쿠퍼는 기침하며 얼굴 주위를 털고 뒤로 더욱 물러났다.

"──선생님!"

메리다가 헐떡거리며 계단을 뛰어 내려온다.

속도를 늦추지 않은 채 그대로 목덜미에 매달렸다.

쿠퍼는 양팔로 꽉 껴안아준다.

잠시 천사의 온기와 달콤한 향기를 만끽──.

그다지 긴장을 늦출 수는 없어서 쿠퍼는 급히 메리다를 재촉하며 일어났다.

"자, 아가씨……."

메리다는 콧소리를 내고 무방비로 노출된 피부를 문질러대면서 쿠퍼의 팔에 매달렸다. 역시 좀 부끄럽다. 그렇게 둘이서 계단을 올라가며 애써 아무것도 아닌 것처럼 엘리제를 부른다.

"탑 위의 상황은 어떻습니까?"

엘리제는 다시 한번 작은 창으로 얼굴을 내밀어 바깥 상황을 확인했다.

당황했는지 노출된 허벅지가 떨린다.

"위층이 이어져 있어……! 조금 전까지 아무것도 없었는데."

"계기는 주사위겠군요."

다시금 쿠퍼와 세 소녀는 《검은 책》의 보드게임을 들여다보았다.

끝까지 남은 칸은 《24》──.

"요컨대."

쿠퍼의 미성에 세 소녀가 귀를 기울인다.

"말을 움직인 만큼 탑이 위로 증설되고, 우리 자신이 또 하나의 《말》이 되어 탑의 최상층을 향해야 하는군요……."

살라샤가 "저기." 하고 몸을 내밀었다. ──여담이지만 그 반동에 가슴이 출렁인다.

의상 구조상 명백해 보이는데, 아무래도 지금 속옷을 입지 않은 것 같다…….

그러나 쿠퍼는 상황을 분별하고 필사적인 그녀의 표정에만 의식을 기울인다.

"이대로 여기서 주사위만 굴릴 수는 없는 건가요……?"

"시도해볼까요?"

쿠퍼는 주사위를 쥐고 최후의 순번인 살라샤에게 건네준다.

살라샤는 가냘픈 목으로 침을 꿀꺽 삼키고 나서 조심조심 던졌다.

달그락달그락——《7》.

그러나 스타트 지점에 남은 마지막 말은 움직이기 시작하지 않았다.

"역시——."

일단 잠시 변화를 기다려보고 나서 쿠퍼는 말한다.

"길이 이어지고 있는 이상은…… 정해진 장소가 아니면 받아들여 주지 않는 거겠죠."

"왠지 심술궂은 게임이네요."

"불완전하나마 금서의 저주이니까요."

타앙. 쿠퍼는 미련 없이 《검은 책》을 덮었다.

겨드랑이에 끼고 앞으로 돌아선다.

"——앞으로 나아갈 수밖에 없습니다. 적어도 저는 이제 탑 바깥에 나가 《도깨비 갑옷》과 술래잡기를 계속하는 것은 사절입니다."

"도깨비?"

"그 텅 빈 갑옷 이야기입니다. 고물딱지, 끈질긴 쇠붙이—— 뭐든 상관없습니다만."

"선생님, 아까 집요하게 쫓겨서 성이 나신 건가요……?"

"제가요? 아하하, 설마!"

소풍이라도 온 것처럼 지극히 쾌활하게 쿠퍼는 상층으로 가는 문을 열었다.

피부를 태우는 것 같은 열기가 밀어닥쳤다——.

시야가 아무튼 빨갛다. 정말 빨갛다. 거대한 아궁이 건너편에서 불길이 활활 타고 있다. 이곳은…… 대장장이 공방, 인 걸까? 그러나 작업 중인 장인은 보이지도 않고, 끝없이 불에 익고 있는 쇠몽둥이는 이미 바닥에 떨어지면 물컹물컹 구멍을 낼 정도로 달궈져 있었다.

쿠퍼 뒤로 세 소녀가 피난했다.

그래도 발을 들여놓을 수밖에 없다──.

열기로 인해 땀이 나왔다. 메리다는 가뜩이나 개방적인 가슴팍을 팔락팔락 잡아당긴다.

"이곳은 정말로 아래층과 같은 탑의 안일까요……??"

"아가씨들. 이곳은 마법서 속의 세계라는 사실을, 잊지 마십시오."

현실세계의 법칙을 무시하고 무슨 일이 일어나도 이상하지 않다는 뜻이다──.

엘리제의 목소리가 모두를 불렀다.

"얘들아, 이쪽에 무기가 있어!"

흘려들을 수 없다며 나머지 세 명도 그녀에게 달려갔다.

정말이다! 쿠퍼의 인상대로 이 층은 대장장이 공방을 본뜨고 있다. 그렇다면── 막 만든 검이 나무통에 꽂혀 있다손 쳐도 이상할 것은 하나도 없다!

커다란 나무통에 물이 가득 채워져 있었다. 거기에 꽂힌 직검이 네 자루.

메리다와 엘리제가 용감하게 뽑으니 선명한 검 끝이 물방울을 흩트렸다.

"좋아! 이제 도깨비 갑옷이 쫓아와도 안 무섭겠네요, 선생님."

쿠퍼도 자신의 몫인 한 자루를 뽑는다.

물에 젖은 도신을 꼼꼼히 바라본다.

그 눈빛이 심각해 보였기 때문이리라. 살라샤가 몸을 붙여온다.

"쿠퍼 선생님……? 왜 그러세요?"

쿠퍼가 물음에 대답하려고 했을 때였다.

마치 침입자가 무기를 손에 넣을 때까지 기다려준 양 벽 너머에서 괴물들이 줄줄이 걸어 나오는 것이 아닌가. 괴물—— 흙으로 만든 인형, 골렘이라는 녀석인가. 아무튼 어린아이가 쌓아 올린 것처럼 볼품없는 점토 인형이다.

키는 메리다 일행의 절반 정도. 그러나 결코 깔볼 수 없는 숫자다.

하지만 무기를 입수한 소녀들은 용감했다.

메리다와 엘리제가 마나는 없을지언정 나란히 서서 자세를 취한다.

"길을 열어!"

어딘가 사납게 웃으면서 바닥을 찬다.

두 줄기의 섬광이 멋지게 골렘을 쓸어 넘겼다. 쿠퍼와 살라샤도 뒤늦게 진선에 달려온다. 흙인형은 불로 구워 예상외로 딱딱해 첫 번째 공격은 몸통의 절반에서 멈추었다. 칼을 되돌리고, 원심력을 실은 두 번째 공격으로 두 동강을 내 날려 버린다. 메리다는 쾌재를 불렀다.

"얼마든지 덤벼!"

직후.

그녀의 손에서 검이 중간부터 빠직! 부서졌다.

무게가 반으로 줄어버린 검을 메리다는 아연실색하여 내려다본다.

"에에에에엥~~~?!"

"리, 리타!"

즉시 엘리제가 달려와 가까이에 있었던 골렘을 때리듯이 벤다.

하지만, 그 일격으로 엘리제의 검도 한계를 맞이하고 말았다.

──부서진다.

순식간에 반 착란 상태에 빠지는 엔젤 자매.

"이, 이 검, 영 안 튼튼한데!"

"그보다는 적이 단단해……!"

"역시……!"

반쯤 이 사태를 예상했던 쿠퍼는 즉시 메리다와 엘리제를 감싸듯이 돌아 들어갔다. 골렘 하나를 검을 사용하지 않고 양손으로 밀어 넘어뜨린다. 상반신만 거대하고 다리가 빈약한 그 녀석은 간단히 중심을 잃고 자빠졌다.

살랴사도 그쪽으로 급히 달려온다. 신중히 싸우고 있었던 그녀는 아직 무기가 건재하다.

"어떻게 된 거예요?! 쿠퍼 선생님!"

"아가씨들, 이것은 함정입니다! 무기의 내구력보다 적의 방어력과 숫자가 명백히 우세예요……! 이대로 싸워봐야 끝이 나지 않습니다!"

하나하나가 결코 강하지 않은 것도 침입자를 대범하게 만들기 위한 장치이리라.

메리다가 냉정을 찾고 전장을 둘러보니 공방 여기저기에서 끝없이 골렘이 흘러나오는 것이 보였다. 아무것도 모르고 계속 싸웠다면, 하고 생각하니 섬뜩하다. 저도 모르게 의지하는 시선을 보내자 쿠퍼도 절박한 표정으로 고개를 끄덕였다.

"이 층은 싸우지 않고 도망치는 것이 승리입니다! ——뛰세요!"

쿠퍼는 정면의 골렘을 힘껏 걷어찼다. 넘어뜨려 억지로 길을 만든다.

이미 무기를 잃어버린 메리다와 엘리제를 보호하면서 일행은 계단을 향했다. 골렘들은 파워도 스피드도 그저 그런 것이 발목을 잡아 그것을 저지하지 못한다.

무리를 이루고 쿠퍼 일행의 후방을 몰아세운다. 등줄기를 기어오르는 압박감.

"위층으로 가는 문을 찾아요!"

후미를 맡으면서 쿠퍼는 소리쳤다. 소녀들은 필사적으로 사방에 시선을 돌린다.

발견한 깃은 엘리세나.

"찾았다……!"

당연하지만 층의 상당히 높은 위치다. 계단을 올라 비탈길을 뛰고 현수교 끝에서 끝까지를 횡단해—— 여하튼 갈 수밖에 없다. 흙인형이 기계적으로 뒤쫓아오고 있으니까.

쿠퍼는 속도를 내 달려가 공구함을 당겨 쓰러뜨려 바리케이드를 만들었다.

흙인형 대군은 개의치 않고 장애물을 튕기며 돌진해온다.

이미 엄청난 숫자다──.

넷이서 계단을 오른다.

비탈길을 뛰어 올라간다.

일사불란하게 현수교를 향하여──.

"멈춰요!"

직전에. 선두를 달리고 있었던 살라샤가 메리다와 엘리제를 제지했다.

그녀의 경고가 잠깐이라도 늦었다고 생각하면.

현수교의 줄이 터지듯이 찢어졌다. 너무나도 절묘한 타이밍에 한쪽 매듭이 전부 터져 날아가, 다리가 축 늘어져 층 바닥으로 낙하한 것이다…….

달려온 속도 그대로 발을 들여놓았다면 아래층으로 곤두박질 쳤으리라.

"고, 고마워, 사라. 하지만……."

여기서 막다른 곳이 되어버렸다.

네 명은 어쩔 수 없이 온 길을 되돌아본다.

긴 비탈길을 끝에서 끝까지 가득 메운 골렘 대군이 닥쳐오고 있다.

"선생님……."

소녀들이 사랑하는 사람에게 의지하고 마는 것을 나무랄 수 있을까?

누가 뭐랄 필요도 없이 쿠퍼는 사고회로가 다 타버릴 정도로 머리를 굴리고 있었다.

어떡한다. 어떡한다. 어떡한다.

이곳은 대장장이 공방이다.

──달리 무기는 없나?

오른쪽을 본다.

──뭔가 쓸 수 있는 물건은 없나?

왼쪽을 본다.

거대한 항아리가 쇠붙이로 고정되어 있었다.

마녀의 대형 냄비라도 되나? 부글부글 끓고 있다. 쿠퍼는 투명한 나비를 눈으로 좇듯이 허공을 바라보았다. 입술을 핥고, 고개를 살짝살짝 여러 번 끄덕인다.

뛰기 시작했다.

세 소녀가 비통한 소리를 지른다. "선생님, 위험해요!"

골렘 군단은 이미 엎어지면 코 닿는 거리에 있다. 쿠퍼는 급히 달려들자마자 항아리를 고정하는 쇠붙이의 구조를 한눈에 확인했다. 크랭크를 쥔다. 죽어라 돌린다──. 쿵, 반응이 왔나.

항아리 위아래가 뒤집혔다.

안에서 끓고 있었던 것은 걸쭉하게 녹은 철이었다. 새빨간 쇳물이 비탈길에 쏟아져 꺼림칙한 증발음과 함께 내려간다. 구석구석 빠짐없이 훑어 나가는 쇳물이 골렘 군단을 집어삼켰다. 인형

들이 녹는다. 원형도 없이 뒤섞여 아래층으로 흘러간다……. 자아가 없는 그들은 되돌아오는 시늉조차 보여주지 않았다.

고작 몇 초 만에 작열하는 눈사태가 골렘 군단을 유린하고 아래층으로 흘러내렸다.

흙인형에게 얼굴도 입도 없어 천만다행이었다고 일행은 생각한다.

단말마의 비명이라도 질렀다면 아비규환이었을 테니…….

"……서, 선생님!"

간신히 다리가 마비되는 것을 참은 메리다는 쿠퍼에게 달려간다.

그도 꽤 피폐해진 모습으로 주저앉아 있었다.

"아가씨들…… 다치신 데는 없습니까?"

"진짜, 가장 고생한 건 선생님이잖아요……."

이미 공방 안에 움직이는 골렘의 모습은 없다.

그래도 주변을 경계하면서 살라샤가 걸어왔다.

"어떡하죠, 위로 가는 길이 끊기고 말았어요……."

"그것 말입니다만."

쿠퍼는 주저앉은 채 자신의 배후를 엄지손가락으로 가리킨다.

아주 진절머리가 난 어조로.

"이쪽에 사다리가 숨겨져 있습니다. 아무래도 이쪽이 올바른 길인 모양입니다."

──기분 탓인가, 네 명의 주위에서 열기가 갑자기 높아진다.

만약 여기에 탑의 설계자가 얼굴을 불쑥 보인다면, 귀싸대기

세 방과 전력을 다한 라이트 스트레이트로 얼굴이 떡이 될 것이
다…….

아무튼, 이토록 뜨거운 곳에 있어 봐야 체력을 소모할 뿐이다.
쿠퍼는 힘겹게 일어선다.

앞장서야 하는데 솔선하여 사다리에 손을 댄 것은 엘리제였
다.

메리다가 작은 목소리로 무언가를 걱정하긴 했지만.

"새삼스럽게."

그렇게 말하며 대담하게 발을 올린다.

쿠퍼의 시선에 팬티를 완전히 노출하면서 위층으로 올라간
다. 메리다와 살라샤는 얼굴을 마주 보고, 이내 걱정했던 마음
이 싹 가신 것처럼 고개를 흔든다.

"……선생님, 저희가 미끄러지면 받아주셔야 해요?"

"거, 걱정하지 않으셔도 됩니다…….'

——조금이라도 호흡을 가라앉힐 시간을 얻은 것은 솔직히
고맙지만.

그것과 맞바꾸어 세 명의 팬티색과 무늬를 기억해버린 것은
상관없었던 것인지 어떤지……. 본인들이 좋다고 했으니까 괜
찮지 않겠느냐고, 쿠퍼도 묘한 결론을 낸다.

마지막으로 쿠퍼도 사다리에 손발을 댔다.

다행히도 이 층의 트랩은 골렘뿐이었던 모양이다. 사다리를
매우 순조롭게 올라가고, 막다른 길에서 본 것은 한 층 아래와
마찬가지로 위층으로 가는 문이었다.

쿠퍼가 시험 삼아 손잡이를 비틀어보니 예상대로 움직이지 않는다.

"살라샤 님."

마침내 차례가 돌아와 그녀를 재촉한다.

엘리제가 《검은 책》을 좌우로 펼쳤다. 살라샤는 마른침을 삼키고 마주 본다.

떨리는 손으로 주사위를 쥐고 굴렸다.

눈은 기묘하게도 아까와 같은──《7》.

쿠퍼는 검을 들고 빈틈없이 주위를 경계해야 했다. 살라샤의 말이 스타트 지점에서 저절로 움직이기 시작한다. 일곱 번째 칸에서 멈추고 보석에서 빛.

떠오른 문면을 살라샤는 근심스럽게 들여다본다.

" '신에게 다가가는 어리석은 자. 대가를 알라.' ……. 으으."

훌쩍 흐느끼며 눈물을 글썽였다.

"왜 내가 이런 소리를 들어야 하는 거야……?"

"착하지."

엘리제가 벗꽃색 머리칼을 쓰다듬어주는 광경이 어딘가 기특하다.

천장에서 굉음이 전해져왔다.

위층으로 가는 문의 자물쇠가 철컥 소리와 함께 풀린다.

"탑이 증설된 것 같군요."

그 증거로 쿠퍼가 다시 한번 손잡이를 쥐자 천천히 돌아갔다.

신중하게 당겨 열자 강한 바람이 불어왔다──.

그리고 밝다.

자연스레 경계를 풀면서 쿠퍼를 선두로 일행은 위층으로 나아갔다.

그곳은 전망 회랑이라고 해야 할까, 사방이 훤히 트인 층이었다. 같은 간격으로 선 기둥이 천장을 받치고 있다. 그리고 신기하게도 식물이 풍부하다. 기둥에는 덩굴이 휘감겨 있고, 계단에는 풀이 계단을 타고 뻗어 형형색색의 꽃을 피우고 있다.

골렘이나 움직이는 갑옷 같은 위험한 존재는 보이지 않다…….

무엇보다 공기가 맛있고, 호흡하기 수월하다.

세 소녀도 "하──." "후──." 하고 심호흡을 즐긴다.

"이곳에는 어떤 《심술》이 숨겨져 있을까요?"

"'대가를 알라.' ……. 흐으음."

쿠퍼는 턱에 손가락을 대고 골똘히 생각하나 즉답은 하지 못한다.

엘리제가 뭔가 마음에 걸리는 게 생각난 모양이다.

"그러고 보니 도깨비 갑옷은?"

기둥을 꽉 붙잡은 채 회랑에서 몸을 내밀어 아래를 바라본다.

그런 그녀의 어깨가 확 튀어 올랐다.

"다, 답 아래가, 없어!"

"없다니…………."

쿠퍼와 메리다, 살라샤도 대체 무슨 말이냐며 엘리제의 자세를 따라 한다.

말의 의미는 바로 알 수 있었다. 쿠퍼 일행이 들어온 탑의 1층 출입구 부분이 몽땅 소실된 것이다. 상식적으로 생각하면 토대를 잃은 이 탑은 벌써 무너져야 한다. 그러나 2층부터 상부만 허공에 떠 있다.

도깨비 갑옷의 모습도 보이지 않게 된 것은 밀림에 산책이라도 나가서일까…….

의아해진 쿠퍼는 머리 위를 올려다보고 현재 탑의 높이를 확인했다.

"――요컨대."

재삼 세 미소녀가 쿠퍼의 입술에 주목한다.

"탑을 위로 증설할수록, 반대로 아래가 붕괴해 간다는 뜻이군요……."

"이, 이제 탑에서 내려갈 수 없다는 말인가요?"

"《검은 책》에도 분명 그렇게 쓰여 있었죠."

엘리제에게서 책을 받아 표지 뒷면을 확인한다.

"'이 책에 책갈피는 없다.' ……. 이 게임 도중에 나갈 수는 없다. 탑 아래로는 되돌아갈 수 없다. 바깥 세계로 나가고 싶으면 끝까지 도달할 수밖에 없다――. 그것이 금주를 손에 넣으려 하는 자에게 주어진 《대가》. 그것을 각오하라는 말이겠죠."

"각오, 라기보다는……."

메리다는 망연자실한 태도로.

"협박으로밖에 안 들려요."

"그렇겠죠."

타악. 쿠퍼는 책을 덮었다.

다행히도 이 층은 끝없이 긴 계단이 이어져 있을 뿐이었다. 바람이 강한 것이 사소한 난점이지만 소녀들은 오히려 바람으로 피부를 정화하듯이 의상을 손가락으로 팔락거리고 있었다.

쿠퍼의 시선을 의식하지 않을 리가 없지만…… . 뭐, 달리 아무도 없으니 상관없나 하고 그도 묵인하면서 머지않아 도착한 곳은 위층으로 가는 문이다.

예상대로 손잡이는 움직이지 않는다.

"한 바퀴 돌았으니까 다시 쿠퍼 선생님부터네요."

메리다는 직접 주사위를 집어 들고 쿠퍼의 손가락에 맞닿으며 건네준다.

과연 그런 방법이…… 하고, 기회를 살피는 것처럼 눈을 번뜩이는 엘리제와 살라샤. 그런 소녀들의 갈등을 모르고 쿠퍼는 주사위를 굴린다.

《10》. 꽤 큰 숫자가 나왔다.

그러나 말은 움직이지 않았다.

"응? 이상하군요."

다시 한번 굴린다. ……여전히 움직이지 않는다.

직접 움직이려 해도 말은 칸에 바싹 접착되어 있었다.

"어, 어떡하면 좋을까요……?"

살라샤는 혹시나 해 문의 손잡이를 쥐어보지만 역시 꿈쩍도 안 한다.

흐음, 쿠퍼는 꼼꼼히 《검은 책》을 검사했다. 뭔가 빠뜨린 것이 있을지도 모른다……. 표지 뒤에 적힌 룰은 3행뿐. 보드 위에 골은 한 군데지만 거기서부터 별 모양으로 뻗은 루트가 다섯 개. 스타트 지점도 다섯 군데. 칸 위에서 조용히 반상을 쳐다보는 동물의 말도 다섯…….

──다섯?

쿠퍼는 말 하나하나를 손가락으로 가리키며 확인했다.

여덟 번째 칸에서 멈추어 있는 것이 자신의 말.

열 번째 칸이 메리다.

엘리제의 말은 세 번째 칸.

그리고 마지막으로 움직인 것이 일곱 번째 칸에 멈춰 있는 살라샤의 말이다.

"……이 말은 누구 거지?"

반상에는 또 하나, 누구에게도 짐작 가는 데가 없는 말이 섞여 있었다.

《열두 번째》 칸에서 고정되어 있다.

쿠퍼는 곧바로 확신을 얻었다.

"──뮬 님이다."

세 소녀가 집어삼킬 것처럼 쿠퍼를 보았다. 살라샤는 헐떡이듯이 입을 연다.

"그…… 그래! 금서고에 미우가 보이지 않았던 건……!"

"우리가 따라잡기 전에 이미 주사위를 굴리고──."

"한발 먼저 이 세계에 와 있었으니까……?"

메리다, 엘리제의 연속된 추리에 쿠퍼는 심각한 표정으로 수

긍한다.

살라샤 다음 순서는 여기에 있는 네 명 중 누구도 아니다.

뮬이다! 그녀가 주사위를 굴려주지 않으면 게임은 진행되지 않는다……!

그 사실을 깨닫는 것을 가늠하고 있었던 것처럼.

골 지점의 보석에서 새빨간 문장을 확 떠올랐다.

그렇게 생각해서 그런지, 빨간 문자는 분노를 나타내고 있는 듯한 인상을 주었다. 메리다가 소리 내어 읽었다.

"…… '운명을 조종할 방법은 없다. 영원히 머리를 식히거라.'. 무, 무슨 말이야??"

문 건너편에서 장절한 소리가 났다.

네 명은 번개같이 뒤돌아봤고, 소녀들은 그만 세 방향에서 쿠퍼에게 매달린다.

설마…… 하면서 쿠퍼가 손잡이를 쥐어보니.

열렸다.

그 앞에 탑은 증설되어 있었다. 문을 연다. 1층부터 2층으로 올라갔을 때와는 반대로, 이번에는 바닥을 기는 듯한 냉기가 네 명의 발밑에 소리 없이 다가왔다. 그리고 어둡다.

하지만 나아가야만 한다.

필시 뮬이 있는 곳을 찾는 의사에 호응하여 길이 열린 것일 테니까.

"이 층 어딘가에 뮬 님이 계시는 거겠죠……."

쿠퍼는 꽤 발걸음이 무거운 소녀들을 그렇게 타이른다.

문을 넘어서자, 먼저 첨벙 하고 신발 밑에서 튄 것이 있었다.

——물이다. 얕게 물이 깔려 있다.

그리고 바닥은 얼음이었다. 방심하다가는 가차 없이 미끄러지겠다.

바닥만이 아니라 벽도, 기둥도, 천장도 얼음으로 만들어져 있는 것이 아닌가. 문 너머와는 비교가 안 되는 냉기가 온몸을 찔렀다. 소녀들은 특히 괴로운 듯, 노출된 피부를 문지르고 있다.

무방비인 그녀들의 맨다리를 보고 있자니 쿠퍼야말로 얼어붙게 생겼다…….

메리다는 민소매인 어깨를 연신 어루만지며 말했다.

"서, 서, 선생님…… 이곳은 정말로 아까 공방과 같은 탑인가요……?!"

"아가씨들, 상식에 사로잡히는 일이 없도록 해주십시오——."

어두운 것도 난점이다. 어디서 위층으로 올라갈 수 있는지조차 입구 부근에서는 알 수 없다.

그래도 간신히 주위를 내다볼 수 있는 것은 문 옆에 등불이 있기 때문이다.

불이 타고 있다. 기름이 스며든 천을 막대기에 칭칭 감았다. 소위 말하는 횃불이다.

세 명은 설산에서 몸을 녹이듯이 등불을 에워싼다.

"따뜻하다…………."

엘리제는 조촐한 평온을 발견한 모습이다.

쿠퍼는 그런 소녀들을 뒤돌아보고 고개를 여러 번 끄덕였다.

"그 불이 절대로 꺼지지 않게 하십시오. 아마 그 횃불이 이 얼음층을 돌파하기 위한 생명줄이 될 겁니다."

"선생님도 몸을 녹이지 않을래요?"

"저는 가뜬하게 있고 싶어서."

씰룩, 쿠퍼의 후두부에 적의가 걸렸다.

번개같이 뒤돌아보고 검을 뽑아 들었다.

"살라샤 님, 메리다 님과 엘리제 님을 부탁드립니다……."

순식간에 공기가 얼어붙고 한층 온도가 내려간 것 같은 감각이 든다.

아래층에서 손에 넣은 무기는 이제 두 자루 남았다.

살라샤가 자신의 검을 뽑고 친구들을 감싸듯이 자세를 취했다. 엘리제는 횃불을 높이 들어 시야를 넓히려 하고 있다. 메리다는 안달복달할 수밖에 없다.

"선생님……."

뒤에서 들려온 목소리에 쿠퍼는 대답할 여유도 없었다.

한눈을 팔 수는 없기 때문이다. 이 얼음 방 안쪽, 어둠 속 어딘가에 무언가가 숨어 있는 기척이 느껴진다. 누구냐……? 사람인지 짐승인지조차 판단이 서지 않는다. 기척은 우측에도, 좌측에도 불규칙하게 아른거리고 물을 밟는 발소리도 나지 않는다.

불꽃처럼 흔들린다──.

주위의 어둠은 부자연스러우리만치 무거워 횃불 하나의 빛으로는 3미터도 시야를 확보할 수 없는 상황. 쿠퍼는 결심하고 발을 내디뎌 뒤쪽의 소녀들로부터 거리를 둔다.

바닥에 발바닥 전체를 대고 걸어 발소리를 없앤다. ──아직 적의 모습은 보이지 않는다.

거의 방의 중앙까지 왔다. ──대체 어디에 숨어 있는 거지?

심플하게 만들어진 검으로 매끄럽게 공기를 헤친다.

그 검 끝이 횃불의 빛을 번쩍 반사했을 때였다.

어둠이 날카롭게 꿈틀거린다.

내리쳐진 일격을 쿠퍼는 받아냈다. 날끼리 맞물리고 금속음이 울린다.

──검을 장비하고 있다! 상당히 노련하다.

또 도깨비 갑옷인가?!

쿠퍼가 힘으로 밀어붙이자 상대는 거스르지 않고 공중제비로 피했다.

──착지 소리가 들리지 않는다.

횃불만으로는 시야가 불안정하다. 빛이 흔들린다. 그리고, 예고도 없이 오른손 쪽에서 칼끝이 닥쳐왔다. 쿠퍼는 심장이 뒤집힐 뻔했지만 몸을 움직였다.

순간적으로 상체를 뒤로 젖히자 목 바로 옆을 찌르기가 관통했다. 자신의 검으로 상대의 검을 힘껏 튕기고서 반동을 조금도 억누르지 못하고 쿠퍼는 등 쪽으로 넘어진다.

적은 미끈하게 쿠퍼를 깔고 앉았다. 검을 높이 쳐든 것이 보인다.

그보다 빨리 쿠퍼는 상반신만 세게 튕겨 적의 턱을 후려쳤다.

──후려쳤을 것이다, 분명. 그러나 느낌이 없다. 이어서 두 다

리를 날뛰어 우격다짐으로 적을 차버린다.

적은 뒤로 뛰어 후퇴했으나 그것도 감촉이 없다. 쿠퍼는 거친 숨을 쉬면서 벌떡 일어났다.

"도대체 뭐야……!"

좀처럼 보이지 않는 그의 초조함을 당연히 제자들은 감지하고 있었다. 산발적인 금속음만이 마음을 서두르게 하는 가운데, 메리다는 친구들에게 호소했다.

"어떡하지?!"

뭔가 도와줄 수 있을 만한 게 없을까?

엘리제는 횃불을 든 손을 오른쪽으로 왼쪽으로 돌렸다. 아까 전의 공방처럼 뭔가 쓸모가 있는 것을 발견할 수 있을지도 모른다…….

그런데 정말로 있었다!

그냥 지나칠 수 없는 물건을 겨우 비추는 데 성공했다. "이쪽이야, 와봐!" 엘리제는 황급하게 친구들을 재촉한 다음 벽으로 달려간다.

"봐, 무기가 있어!"

미술품으로 잘못 볼 뻔했다.

얼음벽 안쪽에 무기 몇 종류가 묻혀 있다. 게다가 아까 입수한 범용적인 김파는 납이 달랐다. 왕궁에나 장식되어 있을 법한 롱소드, 대포알을 맞아도 꿈쩍하지 않을 듯한 방패, 백전연마의 달인이 좋아할 것 같은 창――.

이것들만 있으면 어떤 적이라도 능히 쓰러뜨리리라!

"빨리 집어줘야 해……!"

엘리제는 벽에 횃불을 가까이 댔다. 서서히 물방울이 방울져 떨어진다.

그러나 명백히 늦다. 살라샤는 엘리제를 물러나게 하면서 검을 높이 들었다.

벽을 벤다.

눈에 띄게 파인다. 하지만 영 부족하다. 살라샤는 목검 연습을 하듯이 얼음벽을 향해 열심히 검을 계속 휘둘렀다. 시원한 참격음과 함께 흩날리는 얼음 알갱이.

거기에 섞여 쨍, 하는 이음을 메리다의 귀는 확실히 포착했다.

살라샤가 몇 번째인가 검을 높이 들었을 때, 그 도신의 일부가 빠졌다.

"──안 돼, 사라!"

메리다는 직전에 그녀의 등에 매달려 검을 세웠다.

여기에 이르러서 살라샤 본인도 검이 한계를 맞이했음을 알아챈 것 같다. 메리다가 호소한다.

"이것도 함정이야. 설사 이 검이 열 자루 있어도 벽 안의 무기는 꺼낼 수 없어……!"

"세, 세상에, 나는……."

살라샤의 마음에 후회가 가득 차기 직전에.

쿠퍼가 소리쳤다. 적과 거의 뒤엉켜 온몸으로 서로의 움직임을 저지하면서.

"횃불을 끄세요!"

햇불을 든 엘리제의 온몸이 덜컥 뛰었다.

한발 먼저 움직인 것은 메리다. 사촌 자매의 허리에 달려들어 그 힘으로 밀어 쓰러뜨린다.

엘리제의 손에서 햇불이 빠졌다.

바닥 일면에는 물이 얕게 깔려 있다——.

생명줄인 불이 취이익, 마지막 빛을 발하고 증발했다.

햇불이 구르는 소리…….

그것을 끝으로 주위에는 정적과 어둠이 가득 찼다.

이제 칼날끼리 부딪치는 소리도 들리지 않는다. 대신 쿠퍼의 가쁜 숨소리가 울리고 있었다. 살라샤는 부서지기 직전의 검을 손에 들고 정처 없이 사랑하는 사람의 실루엣을 찾는다.

"쿠, 쿠퍼 선생님, 조금 전 적은……?"

"이제 없습니다."

몸을 일으키는 기척.

걸어오는 그는 역시나 지쳐 있었다. 검 또한 다 부서지게 생겼다. 어둠 너머로 살라샤, 메리다, 엘리제의 무사를 확인하고는 다시 바닥에 털썩 주저앉는다.

하아. 남성이 아니고는 할 수 없는, 떨리는 것 같은 한숨을 쉰다.

"적 파이는 처음부터 없었습니다. 저것은 빛으로 생긴 제《그림자》——."

"쿠, 쿠퍼 선생님의 그림자……?"

"요컨대 어둠과 얼음으로 침입자를 공포에 떨게 만들어 오로

지 불만을 중요하다 생각하게 하면서, 실은 그것이 최대의 트랩
이었다는 거죠…………."

　말하면서도 진절머리가 난 것인지, 쿠퍼의 말끝이 쉰다.

　뭐라 반응을 보이면 좋을지 몰라 세 소녀는 그저 입을 다물고
있다.

　쿠퍼는 한 번 더 크게 탄식하고 나서 얼굴을 들었다.

　"저기, 아가씨들."

　세 명의 시선을 받는다.

　이곳에 있는 전원의 마음을 집약하여 말했다.

　"이 탑—— 슬슬 화가 나지 않습니까?"

† † †

　뮬의 모습은 그 얼음층의 최상부에 있었다.

　눈을 감고 잠에 빠져 있다. 하지만 그 손가락 끝조차 조금도 움
직이지 않는다. 특유의 흑수정 머리카락은 물속에 잠긴 것처럼
약동감 있게 퍼진 채 정지되어 있다.

　그녀는 지금 거대한 물기둥에 갇혀 있다.

　마치 천상에서 훨훨 내려온 것 같은 모습으로, 시간이 멈추어
져 있다.

　그녀 역시 이 《검은 책》의 세계관에 따른 신비한 옷차림이었
다.

　그리고——.

그곳은 옥좌의 방이라고나 할까, 혹은 댄스 홀. 아무튼 개방적이면서 넓적한 얼음 공간이 펼쳐져 있고, 그 중심에 흉흉한 존재감을 발하는 자가 있었다.

저자가 이 얼음층의 주인인가——.

아니면 흑수정의 요정을 가둔 악의 여왕일지도. 여하튼 마물의 일종이리라. 실루엣만 보면 고귀한 여성이지만, 인간답지 않은 추악한 인상을 하고 있다.

그 밖에 적으로 보이는 모습은 없다.

그것만 확인했으면 충분하다——.

쿠퍼는 일어섰다.

엿보고 있었던 창을 위세 좋게 발로 차 깨뜨린다.

얼음 여왕이 퍼뜩 쿠퍼 쪽을 알아채는 것과 동시에 높은 곳에서 뛰어내린다.

대담무쌍하게도 홀 한복판에 내려섰다. 생명줄로 삼고 있었던 덩굴을 홱 놓았다. 마나가 없을지라도 적당한 도구를 가지고 궁리하면 대처할 수 있다.

얼음 여왕은 갑작스러운 침입자에 분노하며 뒤돌아보았다.

정규 입구인 문을 손가락으로 가리킨다. 이해할 수 없는 목소리로 무언가를 마구 떠들어 댄다.

쿠퍼는 어깨를 으쓱했다.

"아니, 이런 못돼먹은 탑을 우직하게 올라오는 바보가 어딨어?"

얼음 여왕은 송곳니를 드러내고 발을 구르며 분해한다.

요컨대 아래층에서 정공법에 넌더리가 난 쿠퍼는 일단 가장자리의 회랑까지 되돌아가, 거기서 생명줄을 조달한 다음 탑의 외벽을 기어오른 것이다. 그렇게 하여 탑 내부에 왕창 준비되어 있었을 트랩을 전부 패스하여 이곳에 도착했다는 이야기다.

　"뮬 님……."

　슥 살펴보니, 그녀를 가둔 얼음기둥은 옥좌에 고정되어 있었다.

　이제 저 얼음층의 주인을 쓰러뜨리면 뮬을 되찾을 수 있을 것이다──.

　쿠퍼는 이미 내구력이 한계를 맞이한 검을 뽑았다.

　정말로 불안하다.

　얼음 여왕은 예상대로 마물인 것 같다. 바닥에 사지를 대고 쭉 뻗자 급속히 부피가 비대해졌다. 드레스가 터지고 근육이 팽창했나 싶으니 폭발적으로 체모를 늘렸다.

　늑대다.

　눈처럼 새하얀 체모, 그리고 거대하다! 셀시우스라고 하는 얼음을 관장하는 란칸스로프를 쿠퍼는 마음속에 그렸다. 《셀시우스 늑대》라고 하면 딱이겠다.

　쿠퍼는 칼끝으로 위협하면서 신중하게 간격을 쟀다.

　셀시우스 늑대는 으르렁거리며, 몹시도 피를 좋아할 것 같이 으르렁거렸다.

　장난인 양 달려든다. 쿠퍼는 반사적으로 검을 휘둘러 물리쳤다.

정면으로 싸워 승산이 있을지 어떨지——.

쿠퍼가 뒤로 물러나는 것은 부자연스럽진 않았다. 셀시우스 늑대는 어떻게 괴롭혀줄지 고민하듯이 좌로 갔다 우로 갔다, 약 올리는 것처럼 간격을 좁혔다.

쿠퍼의 발뒤꿈치가 옥좌를 앞에 둔 계단에 부딪친다.

전방을 주시한 채 물러나면서 계단을 오른다.

두 번째 그리고 세 번째 계단에 올랐을 때——.

때가 되었다는 듯이 소리쳤다.

"지금입니다!"

바닥에 검을 꽂고 쏜살같이 계단을 뛰어 올라간다.

셀시우스 늑대는 그 행동에 곤혹스러운 거동을 보인다.

——머리 위에서 목소리가 쏟아졌다.

"내 친구를 돌려줘야겠어!"

으르렁거리면서 콧등을 올린 셀시우스 늑대는 보았을 것이다.

걷어차여 깨진 창 옆에 세 미소녀의 모습이 있는 것을. 두 명이 엄중한 장갑으로 쇠붙이를 잡고 조금 작은 항아리를 운반하고 있다. 남은 한 명, 금발의 메리다가 신중하게 뚜껑을 열었다.

"애써 고생해서 가지고 왔으니까—— 도움이 되어줘!"

세 명이 "하나, 둘!" 하고 항아리를 뒤집는다.

쏟아진 것은 액체처럼 걸쭉하게 녹은 철이었다. 새빨간 폭포에 셀시우스 늑대는 본능적인 위기감을 느끼고 사지로 강렬하게 바닥을 걷어찬다.

머리에 뒤집어쓰는 것은 가까스로 피했다.

쇳물은 얼음 바닥에 흘러내리고, 퍼진다.

소녀의 가는 팔로 운반할 수 있을 정도의 양에 불과했지만——.

녹는 것만으론 끝나지 않았다. 파열음을 내면서 얼음을 증발시키고, 나아가 바닥을 뚫으면서 불길을 사방에 퍼트리며 불타, 종국에는 고열과 냉기의 알력에 견디지 못하겠다는 듯이.

폭발.

바닥의 중심부가 갈라지면서 터져 날아갔다. 그렇게 되면 이제 자체의 무게로 붕괴하는 것뿐이다. 폭심지로부터 바닥의 붕괴는 가속도를 타고 커졌다. 그것이 상정 이상의 속도여서 쿠퍼는 필사적으로 계단을 뛰어 올라간다. 바닥에 꽂아둔 검은 눈 깜짝할 사이에 붕괴에 집어 삼켜졌다.

셀시우스 늑대도 필사적으로 몸부림친다. 쏜살같이 출입구 문으로 뛰긴 했으나 붕괴 속도에는 당해내지 못했다. 뒷다리가 바닥을 잘못 디디고, 앞다리가 미끄러져 앞으로 고꾸라진다.

아래층에 무너져 내려가는 얼음에 말려들었다.

어둠 속으로 추락한다.

이번에야말로 절규가 울려 퍼진다.

붕괴는 예상 이상으로 커 바닥 한 면에 다 번지고——.

거의 전부를 다 유린한 다음에야 겨우 가라앉았다.

쿠퍼는 가까스로 무사했다. 옥좌 바로 앞까지 계단을 뛰어 올라가고 얼음에 갇힌 뮬 옆에 쓰러졌으나, 붕괴는 그 발끝에서 멈췄다.

한 발짝만 더 모자랐어도 함께 아래층으로 끌려가고 말았을 것이다.

마나도 쓸 수 없는 이 몸으로는 바닥에 내동댕이쳐져 절체절명에 처했을 것이 확실하다…….

창을 올려다보았다. 세 소녀도 안도의 한숨을 쉬며 가슴을 쓸어내리고 있다. 쿠퍼는 손을 들어 그녀들에게 반응을 보였다. 겨우 호흡을 정돈하고 일어나려고── 했을 때.

왼쪽 발목에 무언가가 휘감긴다.

강렬하게 잡아당기는 힘에 쿠퍼는 쓰러졌다. 필사적으로 양팔로 계단을 눌러 버티긴 했지만, 왼쪽 다리가 무겁다. 뭐지?! 겨우겨우 자세를 유지하면서 내려다본다.

머리카락이다. 새하얀 머리카락이 휘감겨 있다.

높은 창에서 내려다보고 있는 세 소녀는 알아챘을 것이다.

셀시우스 늑대가 추락 도중에 인간 여성의 모습으로 돌아가 머리카락을 올가미처럼 날린 것을. 쿠퍼는 거기에 걸리고 말았다. 얼음 여왕은 가차 없이 쿠퍼의 왼쪽 다리에 부담을 강요하면서 자신의 머리카락을 타고 기어오르려 하고 있다.

추악한 표정으로.

"크, 큰일이야!"

실타샤는 비명을 질렀다. 엘리제는 텅 빈 항아리를 탑 바깥으로 던져버린 다음 장갑도 벗고 생명줄인 덩굴을 쥔다. ──옥좌의 방으로 완만하게 뛰어내렸다. 착지하자마자 쿠퍼에게로 달려가, 상반신에 달라붙어 미끄러져 떨어지는 것을 막으려 한다.

주르륵.

얼음 여왕이 한 손, 한 손 오를 때마다 쿠퍼의 몸이 조금씩 질질 끌려간다——.

살라샤도 엘리제에게 가세하고자 몸을 내밀었다.

그 직전에 메리다가 그녀를 만류한다.

"검을 잡아, 사라!"

자신들에게 남은 최후의 무기——.

그것을 살라샤는 허리에서 쑥 뽑아 들었다. 메리다가 말하고자 하는 바를 이해하고 어깨에 걸친 다음, 왼손을 앞에 내밀고 신중하게 겨냥한다.

천장의 샹들리에다.

두 사람이 있는 창에서는 정확히 시선의 높이에 매달려 있다.

메리다는 마른침을 삼키며 지켜보았다.

살라샤는 숨을 크게 들이마시고, 뱉고, 다시 날카롭게 들이마시고, 멈췄다.

팟, 눈동자가 빛을 발한다.

"에잇!!"

투척.

검 끝이 흔들리지도 않고 창같이 일직선으로 날아갔다. 어긋나지 않고 샹들리에에 빨려 들어가 상부의 끈을, 얼음으로 만들어진 그것을 꿰뚫어 쨰애애앵! 하고 부순다.

중력의 손에 이끌려 샹들리에는 낙하.

바닥에 난 커다란 구멍을 뚫고——.

"히익?!" 얼음 여왕이 경악한다.

샹들리에는 중간에 매달려 있었던 여성의 실루엣을 데리고 그대로 까마득한 아래층으로 추락했다. 깊고 깊은 어둠 속으로, 한 박자 늦게 귀청을 찢는 듯한 격돌음이 울렸다.

이번에야말로 악의 여왕의 숨통이 끊어지는 절규가 들린 기분이 든다…….

"사라."

메리다가 부르자 살라샤는 맥없이 그 자리에 털썩 주저앉았다.

메리다도 쓴웃음을 지으면서 무릎부터 쓰러져 그녀에게 기댄다.

서로 등에 팔을 두르고 떠받치면서 꽉 껴안았다.

"해냈구나, 사라."

"해냈어요, 리타……!"

에헤헤. 서로의 귓전에 대고 웃는다.

마냥 느긋하게도 있을 수 없었다. 상대방의 심장 고동이 진정된 것을 가늠하여 포옹을 풀고, 두 사람은 자신들 몫의 생명줄을 가지고 탑 안으로 뛰어내린다.

그곳은 그곳대로 피로감이 감돌고 있었다. 엘리제는 "영차, 영차." 하며 쿠퍼를 계단 위로 끌어올리고 있었다 옥좌이 옆까지 기어오르고 나서 쿠퍼는 그대로 벌렁 드러누웠다. "하아아." 크게 숨을 쉰다.

엘리제는 그런 그의 옆에 웅크리고 앉아 손가락으로 쿡쿡 찔렀다.

"괜찮아?"

메리다도 스커트를 나부끼면서 달려와 머리 쪽에서 그의 얼굴을 들여다보았다.

"선생님."

"아가씨들…… 훌륭합니다. 덕분에 살았습니다…… 하아."

쿠퍼는 답답하다는 듯이 숨을 쉬고 손바닥으로 눈가를 덮는다.

"이런 자세라 죄송합니다. 금방 일어나겠습니다."

살라샤는 엘리제의 반대쪽에 무릎을 꿇고 쿠퍼의 가슴팍에 손을 놓았다.

"무리하지 말고, 쉬세요. 저희가 선생님에게 의지하기만 하는 바람에……."

"아닙니다, 하지만── 신사로서 레이디 앞에서 대자로 뻗을 수는."

메리다도 이에 질세라 웅크리고 앉은 다음 쿠퍼의 머리를 두 손으로 싸듯이 어루만졌다.

"──진짜. 저희에게만은 꼴사나운 모습을 보여줘도 괜찮아요!"

"아가씨들에겐 못 당하겠군요………… 아니?"

치이이익. 어딘가 맥 빠진 소리가 주위에 가득 찼다.

하얀 증기가 피어오른다.

얼음이 녹고 있다……. 틀림없이 얼음 여왕을 이기고 이 층을 돌파한 증거이리라. 창에서 빛이 쏟아져 들어왔다. 온도가 오른다. 폐를 가득 채우는 공기가 적당하게 상쾌하다.

그 말인즉슨.

옥좌에서 가장 예술적으로 만들어져 있었던 얼음기둥이 점점 녹아내리고 있다. 최상부에서 투명한 물을 떨어뜨리면서 작아졌고, 이내 흑발 소녀의 미모가 드러난다.

복숭앗빛 입술이 바깥 공기에 닿은 순간, 후우 하고 흔들리며 뜨거운 숨을 토했다.

계속 감겨 있었던 눈이 떠진다.

쿠퍼도 겨우 일어났다.

정면에서 대기하고 있자 뮬은 상반신이 자유로워진 단계에서 멍하니 얼굴을 들고 눈앞에 선 청년을 발견한 것 같다. 서서히 눈의 초점이 돌아오고 볼이 홍조를 띤다.

"아⋯⋯."

발끝까지 해방되고 버팀목을 잃자마자, 그녀가 품에 안겼다.

"서방님!"

대체 어느 틈에 서방님이 되었는지는 모르지만, 아무튼 뮬은 열렬히 감동한 모습이다. 흠뻑 젖은 의상과 맨살을 힘껏 들이밀며 볼을 바싹 댄다.

당장에라도 입맞춤을 바랄 것처럼 코를 붙이고 울먹이는 목소리로.

"전, 반드시 뵈주실 줄 알았어요! 왜냐하면 당신은——."

"뮬 님! 뵙게 되어 진심으로 기쁘지만, 그 전에."

하지만 쿠퍼는 일단 그녀의 어깨를 밀고 부랴부랴 포옹을 풀었다.

해야 하는 일이 있기 때문이다.

"──잠시 기다려주십시오."

"네?"

그리고 쿠퍼는 돌아선 다음 박력 있게 지시를 날렸다.

"무기를 확보하세요! 있는 대로 전부!"

갑자기 무슨 소리냐 하면, 이곳도 아래층과 마찬가지로 벽이나 기둥 속에 무기가 가두어져 있다. 더구나 하나같이 랭크가 높은 무기가. 그것이 저절로 녹아 흘러나오려 하고 있어서 이 찬스를 놓칠 수는 없어── 메리다를 비롯한 세 소녀는 사냥개같이 뛰쳐나갔다.

바닥을 흘러가는 검을 슬라이딩하면서 낚아채는 메리다. ── 단숨에 세 자루.

살라샤는 바깥 둘레를 돌아 기둥 속의 무기를 빠른 걸음으로 물색하고 있었다. 상당히 능란해 보인다.

쿠퍼도 강에서 물고기를 잡는 것처럼 눈에 띄는 무기부터 건져 올렸다. 날카로운 손놀림으로 세 개, 네 개, 다섯 개를 옆구리에 꼈을 때, 문득 깨닫고 얼굴을 든다.

"《검은 책》은?! 누가 갖고 있습니까?!"

"앗!" 메리다와 살라샤도 그 말을 듣고서야 생각난 모양이다.

불길한 징징의 시커먼 책은, 마찬가지로 물에 싸악 떠내려가고 있었다.

그것이 바닥의 커다란 구멍에 떨어지기 직전, 엘리제가 다짜고짜 머리부터 들이민다.

바닥을 미끄러지며 아슬아슬하게 검은 책을 움켜잡았다. —— 나이스!

"잘했어, 엘리!"

"훠, 훤히 보였지만……. 아으."

그렇게 자신을 뒷전으로 돌리고 분위기가 고조되자 뮬은 전혀 재미가 없었다.

볼을 불룩 부풀리면서 발을 동동 굴렀다.

"저기—— 다들—— 내 걱정은?!"

이제야 쿠퍼 일행 네 명은 기뻐 보이는 얼굴로 돌아온다.

"아이고, 뮬 님! 늦어서 죄송합니다. 무사하셔서 다행입니다."

양손으로 한가득 보물을 챙긴 상태로 그런 소리를 해도——.

뮬은 영 석연치 않은 기분만 들었다.

† † †

옥좌의 방에서 더 위층으로 올라간 곳이 바로 얼음층의 종점 이었다.

창으로 들어오는 빛, 평온한 시냇물 소리, 이미 피부를 찌르는 듯한 냉기는 바람에 날아갔다——. 그곳은 이제 얼음 감옥이 아니라 흘러내리는 물의 정원으로 변모해 있었다.

열리지 않는 문을 앞에 두고 쿠퍼는 "그럼." 하며 뒤돌아본다.

"뮬 님, 우선 당신에게 설교를 좀 하겠습니다."

"어머."

새침한 얼굴, 도전적인 눈빛으로 되받아 보는 뮬이다.

"《검은 책》을 반출한 일이라면 저도 할 말이……."

"아뇨, 그걸 추궁하는 건 제 역할이 아니므로 그 일이 아니라 —— 주사위를 굴릴 때, 꼼수를 부렸죠?"

친구들 세 명이 깜짝 놀라 뮬을 주목했다.

당사자도 이번에는 무척 거북한 듯 얼굴을 돌린다…….

메리다가 대화에 끼었다.

"꼬, 꼼수라는 게 무슨 말이에요?"

"처음엔 트랩인 줄 알았습니다만…… 뮬 님은《얼음에 채워져》있었죠. 그래서는 게임을 계속할 수 없지 않습니까. 아무리 검은 책이라곤 해도 너무 불공평하다곤 생각지 않습니까?"

"드, 듣고 보니……."

"게다가 뮬 님의 순서가 됐을 때 떠오른 새빨간 문면 —— ."

살라샤, 엘리제에게 시선을 돌리고 서서히 뮬을 둘러싼 포위망을 좁힌다.

"'운명을 조종할 방법은 없다.' ……. 얼음에 갇힐 정도로 심각한 꼼수를 부린 것이 아닌가 싶습니다."

"꼬, 꼼수는 아니에요."

뮬은 겨우 반론하기 시작했다.

허리 좌우에 손바닥을 내고서.

"저, 처음에《12》를 냈어요. 열두 칸이면 딱 나갈 수 있었거든요."

"흐음."

"그래서, 12가 나오게 주사위를 굴린 거예요. 그것뿐이에요."

한심스럽다는 듯이 쿠퍼는 이마를 눌렀다.

"그걸 저는 《꼼수》라고 부르고 있는 겁니다……."

"무서웠단 말이에요!"

왈칵, 뮬은 얼굴을 가리고 울기 시작하고 말았다.

이렇게 되면 쿠퍼는 더 이상 엄격한 태도를 보일 수 없다…….

"갑자기 《검은 책》에 빨려 들어가 본 적도 없는 장소에 내던져지고 무기도 없고, 마나도 쓸 수 없고, 달랑 저 혼자서……."

"아아, 뮬 님——."

"그래도 《검은 책》은 손에 있었으니까, 분명 보드게임을 클리어하면 원래 세계로 돌아갈 수 있을 거라 생각했어요. 한시라도 빨리 돌아가고 싶어서, 그래서…… 주, 주사위를 굴렸더니 '머리를 식혀라.' 라는 말을 듣고, 순식간에 얼음에 갇혀…… 으으."

"울음을 그쳐주세요. 더는 혼자가 아닙니다."

쿠퍼는 흐느끼는 그녀의 어깨에 두 손을 놓았다.

그러자 뮬은 그대로 품에 달려들어 안긴다.

"불안했다고요!"

"심중을 이해합니다."

"꼬옥, 안아주세요!"

"이, 이렇게?"

뮬은 이쪽의 목덜미에 팔을 감은 다음 까치발을 들었다.

"그리고 위로의 입맞춤을————."

"잠깐, 미우!"

겨우 그녀의 작전을 알아채고 메리다와 엘리제가 좌우에서 강제로 떼어 놓았다.

아슬아슬한 상황이었다. 뮬은 "에이, 아쉬워라." 하고 살짝 혀를 내밀었다.

당연히 펑펑 울고 있지는 않다…….

"너무해, 리타. 아주 무서웠던 건 진짜라고?"

"그래도, 이미 기운 다 났잖아?"

"응── 지금은 모두 있으니까."

눈가에 고여 있었던 눈물방울은 손가락에 쓱 닦였다.

그리고 뮬은 밝은 표정으로 모두를 둘러본다.

"나, 반성했어. 금서를 함부로 건드리면 안 되는 법이야. 자, 이제 이런 곳에 미련은 없어. 우리 학원으로 돌아가자!"

그런 그녀 앞에 디너 메뉴판처럼 누군가가 들이댄 것이 있다.

《검은 책》의 보드게임이다. 뮬은 호들갑스럽게 몸을 젖히며 바닥에 넘어진다.

쿠퍼의 눈에 팬티를 훤히 보이고 말았지만 그건 괜찮은 모양이다…….

엉덩방아를 찧은 채 뒷걸음질 치면서 손을 내밀었다.

"저기, 그거, 치워주지 않을래? 좋은 인상이 없거든."

"다음은 네 차례야, 미우."

메리다는 포기한 것처럼 말하고 뮬의 손을 잡아당겨서 일으켜 주었다.

뮬은 마지못해 보드게임을 마주 보기로 했다.

"하아…… 그럴 것 같기는 했지만, 역시 클리어해야 밖에 나갈 수 있구나……."

"우리 중의 누군가 한 명이라도 골까지 도착해 《원스 어폰 어타임》이라고 외치면 그걸로 끝입니다. 힘을 합쳐 맞섭시다."

"알았어요, 주사위."

도망치지 못하게 쿠퍼가 좌우 어깨를 누르고, 엘리제가 주사위 두 개를 건네준다.

그리고 살라샤가 《검은 책》을 좌우로 펼쳐 정면에서 기다리고 있다.

뮬은 단념한 것 같다.

하얀 손바닥에서 주사위를 떨어뜨린다.

떼굴떼굴──.

눈은 1과 1, 《2》.

"……왜 나는 이렇게 극단적인 걸까."

"그, 그래도 《12》를 내고 좋은 일이 없었으니까, 《2》가 나왔으니 반대로 뭔가 좋은 일이 일어나고 그러지 않을까……."

메리다가 알쏭달쏭하지만 좋은 말을 해준다.

쿠퍼는 만일을 대비해서라며 살라샤의 손에서 《검은 책》을 넘겨받았다.

뮬의 말이 짧은 거리를 움직인다.

"또 문장이 떠올랐네요."

그 순간, 네 명의 어깨가 요란하게 들썩였다.

……당사자 뮬은 모른 체하면서 창가까지 걸어간다.

그녀에게 들려주기 위해서도 쿠퍼가 소리 내어 읽어야 할 것 같다.

"…… '선택하라. 가시밭길의 현실을 살지, 꿈의 화원에 머물지.'"

"이번엔 무슨 말인 걸까요……?"

옆에서 들여다본 살라샤와 함께 고민한다.

쿠퍼가 추론을 펼치려고 했을 때였다.

꺄아악! 비명소리가 난다.

누구 목소리인가 했더니 뮬이었다. 뭔가 팔을 휘두르며 날뛰고 있다.

손목에 무언가가 휘감겨 있다. 가느다란 녹색—— 덩굴?

창에서 어느 틈엔가 아래로 드리워져 있었던 그것이 그녀의 손목을 붙든 것이다.

"이, 이거 놔! ——아파!"

세게 잡아당기면 두 배의 힘으로 끌려간다.

그 현상을 보고 쿠퍼는 즉각 깨달았다. 《검은 책》을 버리고 앞으로 나간다.

"날뛰면 안 됩니다, 뮬 님!"

"하, 하지만—— 꺄아악! 꺄아아악!"

뮬은 한층 더 높이 소리를 질렀나.

무리도 아니리라. 창 건너편에 사람을 통째로 삼킬 만큼 거대한 《꽃》이 나타났으니 말이다. 눈 깜짝할 사이에 생장한 다음 꽃잎을 펼치고 소름이 돋을 정도로 오싹한 극채색을 드러낸다.

꽃잎의 중심은 새카맣게 움푹 패어 있다.

그리고 거대한 꽃실이 몇 개나 돌출되어 있었다.

꽃실 끝에 달린 주머니, 꽃가루를 채운 꽃밥들이 일제히 떨리기 시작하고──.

"뮬 님!"

직전에 쿠퍼는 그녀를 감싸듯이 부둥켜안았다.

화악. 꽃밥이 토해낸 대량의 꽃가루를 쿠퍼는 정면으로 뒤집어썼다.

아주 작은 침이 온몸을 찌르는 듯한 감각을 견디면서 쿠퍼는 검을 뽑았다.

이 얼음층에서 방금 입수한 명검이다. 붉은 도신은, 그 궤적에 불꽃을 마구 퍼뜨렸다. 거대 꽃이 확실히 위축된 것을 보자마자 창 너머로 상체를 쑥 내밀어 검 끝을 찔러 넣는다.

팔까지 통째로 집어넣어 씨방부터 꽃자루까지 일직선으로 갈랐다.

도신에서 불이 나온다.

자아가 없을 텐데도 거대 꽃은 몸서리와 함께 타오르고, 연쇄적인 연소음은 기성으로도 느껴졌다. 그대로 탑의 외벽에서 벗겨져 아래로 떨어지는 꽃. 쿠퍼는 검을 뽑을 여유가 없어 주르륵 끌려가기 전에 칼자루에서 손을 뗐고, 그 여세에 엉덩방아를 찧었다.

허억. 거친 숨을 토한다.

"선생님, 괜찮아요?!"

메리다가 걱정해주었지만 아직이다. 아직 할 일이 남아 있다.

귀중한 무기를 입수하자마자 금세 하나 잃어버린 것은 아쉽지만, 아까워해도 어쩔 수 없다. 대신할 한 자루를 등에서 뽑고 끙끙대며 일어난다.

뮬의 손목을 붙잡고 있었던 덩굴을 잘라 주었다.

——여기까지가 한계였다.

쿠퍼의 손가락에서 검이 미끄러져 떨어지고, 그는 무릎부터 바닥에 무너져 내렸다. "선생님!" 네 소녀가 에워싼다.

쿠퍼는 마지막 기력을 쥐어짜 잘려 떨어진 덩굴을 모두가 보게 가리켰다.

지독하게 졸리다.

"여, 여러분…… 이 풀을 보게 되면, 절대로 가까이 가선 안 됩니다…………."

"네, 네에……?!"

"이것은 수면초라고 불리는, 종류로…… 강한 자극을 받아 세포가 다치면…… 방어반응을, 일으킵니다……. 저 《네온 플라워》는 이 풀의 습성을 이용하여…… 사냥감에게 수면 가루를 끼얹어…… 건강한 상태 그대로 죽이고, 양분으로, 삼는 거겠죠………… 크윽."

"네온 플라워라는 건??"

"그 미적 감각이라곤 눈곱만큼도 없는 잡초 이야기입니다."

겨우 욕 한마디 하는 것으로 거의 남지 않은 기력을 다 써버리고 말았다.

쿠퍼는 엎어져 쓰러졌다. 열심히 몸을 받쳐주는 메리다에게 마지막으로 중얼거린다.

"면목 없습니다……. 조금, 자겠습니다……. 조심하십시오……
_____."

눈을 슥 감고 의식을 놓았다.

좀처럼 볼 일 없는 사랑하는 사람의 무방비한 모습이다.

남겨진 네 소녀는 난감한 듯이 얼굴을 마주 보았다——.

우왕좌왕하는 살라샤.

"어, 어떡하죠, 쿠퍼 선생님이 잠들어버렸어요……!"

"내, 내 탓이야……. 선생님 없이 게임을 클리어할 수 있을까?"

"근데."

엘리제는 소녀들을 차례로 가리킨다.

"미우 다음은 쿠퍼 선생님 차례였어."

"얘들아, 우리."

메리다는 사랑하는 사람의 머리를 무릎 위에 올려놓고 목소리를 높였다.

한층 더 침착한 태도로.

"무리하게 진행하지 말고 쉬지 않을래? 선생님이 깨실 때까지——."

흑발을 빗기듯이 쓰다듬는다.

"……넉넉히 자게 두고 싶어."

"찬성."

전원, 어떡하는 게 좋을지는 자명했었던 것 같다.

뮬이 그 자리에서 털썩 주저앉아 두 손바닥으로 바닥을 짚고 천장을 올려다보았다.

"이제 진절머리가 나! 어딘가 차분하게 있을 수 있는 곳을 찾아보자."

"다시 초록 회랑까지 되돌아갈래?"

"아니, 《여기》면 충분하잖아."

뮬이 아무렇지도 않게 말해서 친구들은 이상한 듯이 쳐다본다.

이 층은 흐르는 물에 잠겨서 티타임에는 맞지 않는데──.

컨디션을 회복한 듯 뮬은 심술궂은 요정같이 미소 지었다.

"쿠퍼 선생님, 꽃가루를 뒤집어쓰고 잠들어 버렸잖아? 그걸 깔끔하게 씻겨 드리면 상태를 회복하시지 않을까 싶은데."

"씨……씻긴다는 건 즉, 그러니까, 우리가 선생님과 함께──."

"나 때문이잖니."

뮬은 왠지 자랑스럽게 말하며 자신의 옷 틈새에 손을 넣었다.

어깻죽지까지를 요염하게 어루만지고 의상을 풀어 헤친다.

"──책임지고 봉사해 드려야지."

커 먼 소 드

종별:소검(小劍)

| 물리공격력 | 12 | 마술공격력 | 0 | 중량 | 36 | 내구력 | E |

개요

탑의 최하층에서 플레이어 숫자만큼 입수하는 최초의 무기.
장비의 중요성을 인식할 수 있을지 없을지가 탑을 공략하는 열쇠다.

염제검(炎蹄劍) 카디아

종별:한 손 검

| 물리공격력 | 64 | 마술공격력 | 128 | 중량 | 71 | 내구력 | A |

개요

칼집에 들어가 있는 동안 불꽃의 마력을 충전하고 참격과 함께 해방하는 지보의 검.
당연하지만 충전할 수 있는 마력도 무한은 아니므로 과신은 금물.

풍적(風笛)의 은창

종별:양손 창

| 물리공격력 | 114 | 마술공격력 | 29 | 중량 | 19 | 내구력 | C |

개요

놀라운 점은 그 가벼운 무게로, 이 창을 쓰는 사람은 바람을 두른 것처럼 날쌔게 움직일 수 있다.
그런데도 높은 공격력을 실현한 반면 내구력이 희생된 것 같다.

REPORT.02 《검은 책》 속 세계

금서를 손에 넣기 위한 의식이자 동시에 보호하기 위한 저주이기도 한 보드게임.

'밀림의 중앙에 세워진 탑'이라는 세계관만은 공통되지만, 탑의 내부 구조는 주사위 눈에

따라 천차만별로 변한다고 한다.

여기에 기록한 것은 탑에서 입수할 수 있는 아이템의 일부에 불과하다.

LESSON: IV ~그 이름은 잊혀야만 한다~

　다행이라고 해도 좋을지 어떨지, 계단을 몇 번인가 내려가자 딱 좋은 작은 방을 발견했다.

　이동하는 동안의 안전 여부도 문제없다. 이《구》얼음층은 대부분 외벽을 올라 통과하고 말았지만, 지금까지의 층과 마찬가지로 한 번 돌파하면 위협도 트랩도 사라지는 것이 규칙인 모양이다.

　위험한 마물의 모습도, 비겁한 함정 종류도 전부 녹아내린 물에 씻겨 내려간 것 같다.

　소녀들이 맨살을 드러내는 것을 타박하는 이는 없었다.

　유일한 청년은 의식을 잃어버린 상태고——.

　"나……남자의 몸은 참."

　"무겁구나……!"

　두 사람이 합세해 쿠퍼를 옮기면서 그다지 로맨틱하진 않은 감상을 품게 되는 소녀들이다. 아무튼, 어떻게든 목표로 삼은 방으로 들여놓았다.

　천장에서 바닥으로 끊임없이 폭포처럼 물이 흐르고 있는 장소.

　고저 차가 있어서 물에 젖지 않은 바닥과 샘처럼 물이 고인 바닥이 있다.

최적이었다.

미역을 감기에——.

"저, 전부 벗어?"

"당연하지."

뮬의 단호한 대답에, 몹시 벗기 쉬운 개방적인 옷차림에 각자 손을 대는 소녀들이다. 물론, 입수한 장비품을 손이 닿는 위치에 놓아두는 것도 잊지 않는다.

나아가 이제는 모두가 운명 공동체라고 말하고 싶은 듯, 알몸의 미소녀 네 명은 한 청년을 에워쌌다.

만약 쿠퍼가 정신이 든 상태였다면 엄청난 광경을 목도했으리라…….

"서, 서, 선생님 옷도 벗겨줘야겠지……!"

"젖으면 곤란하기도 하고."

"양심의 가책을 느낄 일 따윈 하나도 없어요."

그런 이유로, "자!" 하고 모두가 사랑하는 사람의 전신에 달려드는 것이었다.

얌전히 그의 옷을 벗겨주다 메리다는 문득 발견한 것이 있었다.

데굴, 하고 품에서 무언가가 흘러나온 것이다.

낡은 로켓 펜던트였다.

"이것은…….'

메리다는 그것에 관해 쿠퍼에게서 들은 바가 있었다. 세르주 쉬크잘이 야계 조사에서 가져온 몇 개의 물품 가운데 하나라고.

이상한 점이 있다.

왜 《이것》이 여기에 있는 걸까?

소녀들도 쿠퍼도 이 《검은 책》 안의 세계에 내던져진 시점에서 각종 장비품은 버려두고 오게 됐다. 의상도 그렇고, 무기도 그렇다. 그런데도 이 로켓 펜던트만은 없어지지 않았다…….

그것에 어떤 의미가 있는 걸까?

좋은 기회일지도 모른다. 메리다는 로켓을 주워들고 물어보기로 했다.

뮬에게.

이 흑수정 요정의 속내에 용기를 내어 발을 들여놓을 때가 온 것이다.

"있잖아, 미우, 왜 《검은 책》을 반출하고 그랬어?"

메리다가 결심하고 말을 꺼내자 네 사람 사이에 떠도는 공기가 조금 얼어붙었다.

미역을 감기 시작하고 기분이 일단락되었을 무렵이다.

애당초 "꽃가루투성이가 된 쿠퍼를 씻기자."라는 이유로 시작한 목욕이라, 소녀들은 그를 에워싸고 앉아 있었다. 메리다는 그의 머리를 무릎베개해 주고, 엘리제는 하반신을 받치듯이 양다리 사이에 위치. 살라샤는 오른손 쪽에서 조심스럽게, 동시에 흥미로워하며 쿠퍼의 팔을 씻고, 마지막으로 뮬은 반대편인 왼손 쪽에 앉아 있다.

알몸인 가슴팍을 자신의 손바닥으로 닦는데, 그 섹시함에 모두가 두근거린다.

——덧붙여 그의 속옷만은 벗길 수 없었으므로, 정확히는 《반라》다.

거기까지는 소녀들도 도저히 결단을 내릴 수 없었던 것이다!

다만 그녀들은 거리낌 없이 실오라기 하나 걸치지 않은 알몸이다. 그 상태에서 메리다는 무릎베개를 해주고 있고, 뮬과 살라샤는 직접 자신의 맨손으로 쿠퍼를 씻겨주고 있으니, 이건 이미 프란돌의 상식에 비추어보면 터무니없는 일이었다.

——일상과 동떨어진 《검은 책》의 세계관에, 메리다는 아주 조금이지만 고맙다는 생각이 들었다.

여하튼, 지금은 누군가 자신들을 보고 비난할 일도, 중대한 이야기를 들을 걱정도 없으니까.

메리다는 결심하고 파고들었다.

종잡을 수 없는 뮬 라 모르의 진의에——.

"순서가 반대네."

뮬은 어리둥절하게 만드는 표현을 하고 쿠퍼를 씻는 데 전념하는 척을 했다.

"딱히 《검은 책》에 얽매였었던 건 아니야. 그래도 내가 반출한 건 성사 심사회가 《검은 책》을 금서목록에 올렸기 때문이야."

"무, 무슨 뜻이야?"

"몰라? 성사 심사회는, 말하자면 순혈사상가들의 모임이래. 그들은 자신들의 순혈사상을 프란돌의 상식으로 만들기 위해서 불편한 역사의 은폐와 말소를 감행하고 있어……. 거꾸로 말하면 새로 금서목록에 올라간 서적은 순혈사상가에게는 방해되는, 프란돌의 역사적 진실을 있는 그대로 기록한 책이란 뜻이야!"

열변을 토해도, 세 친구들은 살짝 이해가 되지 않는다.

그래도 메리다는 열심히 이해하려고 했다.

"음, 으음, 요약하면…… 미우는 순혈사상에게 반대하고 싶다는 뜻이야?"

뮬은 살짝 웃는다. 쿠퍼의 팔을 들어 올리고 자신의 얄팍한 가슴으로 받치고 문지른다.

"그런 거창한 건 아니야. 나는 그저 자신에 대해 알고 싶을 뿐."

"자신에 대해?"

"나, 어렸을 때의 기억이 없거든."

아무렇지도 않은 말투지만 맞은편에 있는 오랜 친구는 눈을 동그랗게 떴다.

살라샤는 쿠퍼의 복근에 손을 놓고 상체를 쑥 내민다.

"그, 그러면 내가 뭔가 물어봐도 가르쳐주지 않았던 것이 있었던 건……."

"미안해. 심술을 부린 건 아니야. 나도 대답할 수 없어 그랬어."

뮬은 복숭앗빛 입술에 집게손가락을 댔다.

"……이것도, 가르쳐줘도 되는 건지 모르겠네."

자신의 마음에 묻는 것처럼——.

한 차례 천천히 눈을 감는다.

"미안해, 어머니. 하지만 지금 이곳은, 프란돌이 아니니까."

"뭐?"

"사실 나, 알메디아 어머니의 딸도 아니야. 어머니가 떠맡은 거야."

세 소녀는, 살라샤조차 재차 경악했다. 얼굴을 마주 본다.

연극이나 책 속 이야기가 아니다. 손이 닿는 곳에 있는 친구의 진실이다.

뮬은 계속 이야기한다.

"프란돌이 아주 먼 옛날부터 존재하는 시설이라는 것은 알고 있지? 10년 가까이 전인가⋯⋯. 알메디아 어머니가 도시의 중추부를 조사하고 있었을 때, 나를 발견해주셨어. 현대의 기술로는 파악할 수 없는 고성능 포드 속에서 잠들어 있었던 모양이야. 어머니가 해석을 시도하자 나는 바로 잠에서 깨──."

천천히 고개를 흔든다.

"냉동수면⋯⋯이라고 하는, 아주 오랜 잠에 빠지게 하는 장치였던 것 같아. 그 잠에서 깬 나는 아무것도 기억하지 못했어. 대체 언제부터, 왜 거기서 자고 있었을까. 자신의 이름은? 친부모는? 전부 다 말이지──. 하지만 어쩐지 공작 가문의 핏줄에 관련되는 사람인 것 같다는 사실만은 알 수 있어서 어머니가 딸로 삼아주신 거지."

알몸인 가슴에 의연하게 손바닥을 댄다.

"그렇게 해서 나는, 《뮬 라 모르》가 됐어. 이거, 비밀이다?"

"흐아아⋯⋯."

"저, 전혀 몰랐어……."

커다란 입을 벌리는 엘리제와 아연실색하는 살라샤를 보고 뮬은 쓴웃음을 짓는다.

"용서해주겠어? 별로 알려지고 싶지 않았어. 모두와 똑같이 있고 싶었으니까——."

살라샤는 이마를 누르고 두통을 참으면서 추억을 돌이켜보고 있는 것 같다.

"……왜 진지하게 생각한 적이 없었을까. 알메디아 아주머니의 남편분은, 미우의 아버지는 어디에 있는 걸까, 하고……."

"생각은 해도 물어볼 수 없는 일이 있는 법이야. 더구나 복잡한 사정을 안고 있는 건 쉬크잘 가문도—— 피차일반이었잖아."

"나, 미우는 오랜 친구니까, 그걸로 만족하고 있어서………."

"나도 그래."

뮬은 몸을 내밀고 살라샤의 손바닥에 자신의 그것을 포갰다.

"앞으로도 쭉 그럴 거야."

메리다는 거기까지 지켜보고, 상반신을 비틀어 팔을 뻗었다.

접은 옷 옆에 놓인 로켓을 집었다.

"있잖아, 미우, 이걸 줄게. 선생님 거야."

"뭔데?"

로켓이 뚜껑을 열고서 뮬은 전에 없을 정도로 놀랐다.

안에는 뮬을 쏙 닮은 어린 소녀의 사진이 들어 있었기 때문이다.

"이것은!"

단단히 마음먹는 그녀에게 메리다는 그 출처를 설명해주었다.

률은 로켓을 쥐고 음미하듯이 고개를 끄덕인다.

"그래, 세르주 오라버니가 야계에서……."

"나도, 쿠퍼 선생님도 그 사진을 봤을 때 느낀 게 있어. 그 사진의 아이는 그냥 닮기만 한 게 아니야. 너와 무슨 관계가 있을 거야!"

"나도 그렇게 생각해."

찰칵하고 뚜껑을 열고, 률은 다시 사진의 소녀와 마주 본다.

시간을 초월한 거울같이──.

"이건 나야. 잠들기 전의 나. 언제 찍힌 사진인 걸까……."

"로켓 뒤를 볼래?"

들은 대로 률은 로켓을 뒤집는다.

문자가 새겨 있을 것이다.

" '틴더리아' …… 왠지 이상한 말이네."

"뭔가, 이렇게──."

메리다는 답답한 듯이 자기 머리를 싸쥐는 동작을 했다.

"그 말을 들은 순간, 머리가 깨질 것처럼 아파지고…… 잃어버린 기억이 되살아나거나, 안 그래?"

"저기 말이야. 모험 소설을 너무 많이 읽었네, 리타!"

그리고 키득키득, 네 명의 웃음소리가 가득 차는 실내에──.

흠, 하는 청년의 사고가 섞인다.

쿠퍼다. 여전히 소녀들의 손에 몸을 맡긴 상태지만 잠든 척을 하고 있는 것이다.

네 소녀의 예상은 적중했다. 피부에서 꽃가루가 씻겨나간 덕분에 일찌감치 의식은 회복할 수 있었다. 그럼 왜 아직도 잠든 척을 계속하고 있느냐 하면── 굳이 설명할 필요도 없으리라.

조금 전 살짝 눈꺼풀을 든 직후 네 명의 알몸이 눈에 들어와 황급히 도로 감았다.

아무도 눈치채지 못했을까……. 아무튼, 쿠퍼는 심장이 쿵쾅쿵쾅 뛰면서도 자세를 그대로 유지할 수밖에 없었다. 본래라면 네 소녀는 얼추 목욕을 마친 후 의상을 갈아입고 쿠퍼가 잠에서 깨기를 기다릴 셈이었을 것이다.

아무래도 지금 그가 의식을 되찾았다는 것을 알면 수치심이 폭발할 것임에 틀림없다──.

예상외로 쿠퍼의 면역력이 높았기 때문인지, 아니면 소녀들의 수다가 길어진 탓인지, 어쨌든 공작 가문 영애들의 알몸 한복판이라는 말도 안 되는 타이밍에 잠이 깨버린 쿠퍼는 상황이 움직일 때까지는 잠든 척을 할 수밖에 없었다.

유일하게 거리낄 게 없는 귀에 의식을 집중.

그러자 네 소녀는 실로 흥미진진한 이야기를 시작한 것이 아닌기 ──.

물의 출생에 얽힌 수수께끼, 라 모르 가문의 비밀, 로켓 속 또 하나의 요정.

이것만으로도 충분한 화제였지만, 거기에 어둠 너머로 엘리제의 목소리가 울린다.

······여담이지만, 최대한 의식하지 않으려고 했으나 맨살로 직접 몸을 씻겨주고 있는 덕분에 소녀들의 육감이 예사롭지 않게 요염하다.

여하튼 아무래도 다리를 헹궈주고 있는 것 같은 엘리제가 무언가를 언급한다.

"참, 리타. 그 편지는?"

앗 하고 메리다의 허벅지가 떨린 것을 쿠퍼는 뒷머리로 느꼈다.

이야기의 흐름으로 보아 《편지》라면 뮬이 쿠퍼 앞으로 보낸 그 열렬한 러브레터······로 혼동하게 한 암호문이 틀림없다.

"무슨 이야기야?"

고개를 갸웃하는 뮬에게 메리다는 순서를 따라 설명해준다.

애당초 완전히 발자취가 끊어졌던 뮬과 이렇게 합류할 수 있었던 것도 정확하게 거처를 가르쳐준 그 암호문 덕분이었지 않은가.

그러나 뮬의 대답은 예상 밖이었다.

"난 모르는데."

그녀의 친구들은 얼굴을 마주 보았다. 쿠퍼조차 잠든 척을 하고 있다는 사실을 잊고 눈썹을 찌푸리고 만다.

메리다는 몸을 쑥 내밀었다.

"정말?"

뮬도 질세라 상체를 바싹 붙여 온다.

"이 마당에 와서 너희에게 거짓말 따위 안 해."

"그렇겠지……. 하지만 그러면 그 편지는 어떻게 된 거야?"

——암호로 거처를 알린 것은 뮬 본인이 아니다?

쿠퍼와 뮬밖에 모르는 암호를 사용해서? 대체 그게 누구에게 가능할까?

"글쎄."

뮬은 별로 심각하게 생각하지 않은 듯 볼에 집게손가락을 댔다.

"선생님을 향한 연정이 나도 모르는 사이에 펜을 움직여버린 걸까?"

"진짜, 미우도 참."

아무튼, 이 이상 추궁해도 답이 안 나오는 문제 같다.

실내에 감도는 공기가 조금씩 풀어지는 것을 쿠퍼도 느꼈다 ——.

슬슬 목욕은 끝이 아닐는지? 그보다 슬슬 물에서 나가줬으면 했다. 잠든 척하기 힘들다. 자세적으로도, 정신적으로도.

그런 얼마 안 되는 기대를 아랑곳하지 않고 살라샤가 음성을 바꾸어 말했다.

"——근데, 쿠퍼 선생님이 전혀 안 일어나네."

쯔끔, 심장 한구석에서만 반응하는 쿠퍼다.

어둠 너머로, 시선이 모인 것을 절실히 느꼈다. 자는 얼굴이 굳어져 있지 않을까……! 그보다 그녀들은 모순되었다. 쿠퍼가 잠에서 깰 때까지 간호해줄 셈이었나? 지금 이 타이밍에 눈을 떠도 상관없을까?

　아주 《상관있을》 것이다. 소녀들은 별로 심각하게 생각하고 있지 않은 것 같지만…….

　하다못해, 하다못해 네 명이 다른 일에 정신을 팔려주면 쿠퍼도 일생일대의 명품 연기로 "으음, 대체 이곳은……?" 이렇게 신음하면서 눈을 뜨지 않고 정신을 차린 척해서 이 상황을 원만하게 마무리할 텐데.

　그러나 그것은 헛된 바람이었으니——.

　소녀들은 청년의 무방비한 잠자는 모습에 한층 더 흥미를 보이기 시작하고 있었다.

　하필이면 살라샤가 떨리는 목소리로 이렇게 말한다.

　"여, 역시…… 벗겨주지 않으면, 안 되는 걸까……?"

　뭘? 하고 메리다와 엘리제 그리고 쿠퍼의 사고가 긴장과 함께 겹쳤다.

　한 명, 이미 수용 태세에 들어간 뮬이 대답했다.

　"말하고 싶은 바는 알겠어. 구석구석까지 씻겨드려야 한다는 말이지?"

　"이, 이, 이, 이상한 생각은 안 했어! 쿠퍼 선생님이 도통 잠에서 깨지 않으시니까, 그냥 걱정돼서…… 부끄러워하고 있을 때가 아닌가 싶어서……."

　살라샤는 진심으로 쿠퍼의 몸을 걱정하고 있는 것뿐이리라.

　메리다와 엘리제도 굳이 따지자면 조심스러운 자세를 보였다.

　"하, 하, 하지만 역시 선생님한테 혼나지 않을까?"

"평소의 어프로치와는…… 과, 과격함의 차원이 다르니……."

"어머? 혼나긴, 우리가 왜?"

거기서 흑수정의 요정이──.

아니, 의심의 여지 없는 소악마가 말한다.

"우리는 선생님에게 그렇～～게 망측한 장면을 잔뜩 보였는데."

"""…………"""

순식간에 분위기가 바뀐 것을 쿠퍼는 감지했다. 아차, 이건 좋지 않다.

대의명분이 생기고 말았다……!

소녀들은 작은 목소리로 저마다 "듣고 보니." "그러고 보니." "불공평해." 등등을 중얼거리며 자신에게 암시를 걸고 있는 것 같았다. 쿠퍼는 포기했다. 이 이상 잠든 척을 더할 수는 없을 것이다. 바로 눈을 뜨고 비명소리를 듣더라도 그녀들의 마음을 돌리지 않으면──.

그렇게, 비장한 각오를 했을 때다.

아직 눈을 뜨지도 않았는데 "꺄아악!" 하고 커다란 비명이 쿠퍼의 귓전을 때렸다.

눈을 감고 있어도 상황은 손바닥 보듯이 헤아릴 수 있었다.

"또, 노 이 풀이…… 어느 틈에……?!"

조금 전, 풀의 순서에 맞춰 나타난 담쟁이덩굴이 천장에서 쑥쑥 아래로 드리워져 오고 있었다. 하지만 소녀들이 그것을 알아챈 것은 손목이 잡히는 것과 동시였다.

반사적으로 손을 당겨 빼려고 했다.

그러자 거꾸로 바이스에 끌려가는 것이 아닌가! 처음엔 한쪽 손이었지만 저항하려고 뻗은 다른 손이 덩굴에 닿은 순간, 그 손목도 포박되어 질질 끌려가고 만다.

각자 물에 잠겨 있었던 반신이 손목을 매달린 채 올라간다.

여담이지만 그 반동에 메리다의 허벅지로부터 미끄러져 떨어진 쿠퍼는 수몰된 끝에 세게 뒷머리를 부딪쳤다…….

이 와중에 겨우 냉정함을 되찾은 살라샤.

"다들, 진정하세요!"

자신도 양손이 매달려 올라가면서도 호소한다.

"아까 쿠퍼 선생님이 말했었잖아요? 이 풀은 자극을 받으면 거기에 반발하는 습성이 있어요. 그러니 이 상황은 우리가 스스로 초래하고 있는 거예요!"

"자, 잘 모르겠지만…… 가만히 있으면 되는 거지?"

메리다가 수긍하고, 다른 둘도 비명을 가라앉힌다.

실내에 정적이 돌아온다――.

정말 살라샤의 말대로였다. 덩굴은 단순한 덩굴로, 외부의 자극에 반응을 돌려주고 있을 따름이었다. 그럼 왜 위층에서 이 방까지 내려온 것인가……. 그것은 추론을 거듭해야 하겠지만, 지금은 그보다.

메리다는 좌우의 친구들과 시선을 주고받았다.

"어, 어떡할까……?"

여하튼 네 사람 다 부득이하게 양손을 《만세》하고 든 상태다.

검을 쥐려고 해도 발가락조차 닿지 않는다! 게다가 힘이 너무 들어가면 그만큼 손목의 압박도 강해질 것이다. 지금은 아직 바닥에 엉덩이나 무릎이 붙어 있다만…….

"신중히 떼어 내죠."

살라샤는 그렇게 말할 수밖에 없었다.

다시금 쿠퍼의 가르침을 생각한다.

"'세포가 다치면 방어 반응을 일으킨다'고 말씀하셨어요. 그러니 다치게만 하지 않으면, 필요 이상으로 힘을 주지 않고 천천히 한 손씩 풀면──."

말끝에 덮이듯이 비명이 울린다.

전원의 몸이 튀어 오르고, 그 반동으로 또 손목이 조여지고 만다.

비명을 지른 것은 엘리제였다.

"아, 아, 아으, 저거…… 네온 플라워!"

나머지 세 명도 깜짝 놀라 엘리제가 보고 있는 방향으로 얼굴을 돌린다.

방의 입구 건너편. 아까 쿠퍼가 격퇴한 것과 비슷한 거대 꽃이 천장 부근에서 쑥쑥 줄기를 뻗어 극채색의 꽃잎을 드러내고 있었다.

양손이 봉쇄된 폴이 입술을 깨문다.

"또 한 송이 피어 있었어……. 이걸 어쩐담!"

그나저나 이 덩굴도 그렇고 왜 전부 위층에서 내려오는 것인가?

네온 플라워는 철저하게 일정한 속도로 줄기를 생장시키고 꽃잎으로 나선을 그리면서 꽃실에 공기를 접촉시키고 있다——.
이것을 반복해 서서히 그녀들에게 접근해오고 있는 것 같다. 그렇듯 자아가 없이 수동적인 움직임은 동물과는 다른, 틀림없는 식물의 행태였다.

　메리다는 작은 목소리로 경고했다.

　"다들, 허둥대면 안 돼!"

　꼼짝도 하지 않겠다며 등줄기를 긴장시킨다.

　"터무니없이 커다랗기만 하지, 꽃은 꽃이잖아. 저건 그냥 열이라든가, 소리라든가, 진동이라든가, 그런 《자극》에 반응하고 있을 뿐이야. 가만히 있으면 알아채지 못해!"

　"열이나, 소리나, 진동이라……."

　엘리제가 불쑥 깨닫는다.

　"우리, 여기서 엄청 떠들어댔는데."

　아, 하고 동시에 입을 벌리는 다른 세 사람.

　엘리제는 제 입으로 말하는 것도 지긋지긋하지만 꿋꿋이 말했다.

　"이 탑에 지금, 우리 말고도 생물이 있는 거야?"

　……생각할 필요도 없이, 없다.

　요약하면 이렇다. 탑 안에 유일하게 존재하는 《열》에 반응해 꽃도 덩굴도 위층에서 내려와 버린 것이다. 돌파를 마친 얼음층에 《소리》를 내는 것은 없다. 소녀들의 수다는 공기를 《진동》시켰고 그것은 필시 거슬렸을 것이다.

그리고 지금 이 덩굴이 메리다 일행이 있는 방을 찾아냈다는 것은——.

네온 플라워 역시 목적지를 대강 짐작하고 있다는 뜻이리라. 메리다 일행은 꼼짝도 하지 않고, 숨마저 죽이고 있는데도 극채색의 꽃잎은 착실히 그녀들에게 접근하고 있다. 어떻게 해도 없앨 수 없는 생명의 고동을 길잡이로 삼아——.

천장을 기듯이 나아가는 거대 꽃.

방의 경계까지 거의 도착했다.

마른침을 삼키며 올려다보는 메리다 일행…….

네온 플라워는 그 이상은 세밀하게 파악하지 못하는 듯하다.

입구의 천장 부근에서 현관의 램프라도 된 것처럼 꽃잎을 확 펼쳤다.

새카맣게 파인 중앙 부분. 그리고 흉악한 꽃가루를 가득 채운 꽃실 다발——.

뮬은 결국 참지 못하고 소리를 질렀다.

"위, 위험해! 다들 한꺼번에 잠들면 아무도 깨울 수 있는 사람이——!!"

그 순간에 쿠퍼는 벌떡 일어났다.

소녀들의 눈앞에 성대한 물기둥이 솟아오른다. 그것을 뚫으면서 뛰쳐나간 만라의 청년은 이봉 노중 살아입을 옷 옆에 놓여 있었던 무기를 붙잡고—— 온몸에서 물방울을 떨어뜨리면서 검을 뽑았다.

순수한 신체 능력으로 한달음에 베어버릴 수 있는 간격을 재고 있었던 것이다.

 네온 플라워의 꽃잎이 공명하듯이 떨린다.

 수많은 꽃실이 휘어지고 끝에 달린 꽃밥이 샤워기처럼 꽃가루를——.

 방출하기 직전.

 기세와 함께 날아오른 쿠퍼의 검이 잘랐다.

 꽃잎 위에서 아래까지 도신에 중력을 실어 일직선으로 분단. 과연 명검은 명검이었다. 씨방까지 관통한 느낌과 동시에 빠직, 하고 성질이 거친 참새 같은 음색.

 벼락이 작렬했다.

 폭발적인 에너지에 거대 꽃은 후방으로 날아가고, 줄기가 비틀어 끊어져 바닥으로 추락.

 조금 불쌍하게까지 느껴질 만큼 무참한 모습으로 눕는다…….

 다행히도 네온 플라워의 잔해는 곧 시든 것처럼 썩어 물에 떠내려갔다. 고맙다——. 딱히 이 탑을 깨끗이 유지해줄 의리도 없지만.

 쿠퍼는 힘껏 휘두른 검을 연극에서나 볼 법한 동작으로 빙그르르 돌리고 나서 왼손의 칼집에 되돌렸다.

 그리고 쾌활하게 실내를 뒤돌아본다.

 "아가씨들? 꽤 현명하긴 했지만, 유감스럽게도 마무리가 허술——."

 거기서 순간, 숨이 막히고 말았다.

 ……아니, 각오야 하고 있었다. 하지만 눈앞의 광경의 파괴력

은 상상을 초월했다. 솔직히 그렇지 않은가. 새삼 생각해봐도
터무니없다. 네 공작 가문 영애들이 실오라기 하나 걸치지 않은
알몸으로, 양손이 머리 위에 매달려 있다.

""""………."""""

소녀들은 새빨간 얼굴로 아연실색하여 침묵했고, 쿠퍼도 신
기하게 쳐다보고 만다.

이렇게까지 확 오픈된 모습을 실제로 본 적이 있었을까…….
네 명의 가슴 모양만이 아니라, 벚꽃색 끝의 윤기까지 사치스럽
게 번갈아 볼 수 있는 상황. 반사적으로는 가슴을 감싸고 싶을
것이다. 그러나 얄밉게도 냉정한 이성이 '지금은 무리다.' 라고
말한다.

양손이 붙들려 있어서 가리고 싶어도 가릴 수 없다.

네 명이 저도 모르게 꿈틀거렸다.

저마다 다른 크기의 가슴이 탱~ 흔들려 《체리》에서 물방울이
튄 것을——.

사랑하는 사람의 눈에 똑똑히 노출하고 말았다.

"아……….."

얼어붙어 있었던 시간이 움직이기 시작한다.

수치심이 폭발한 것은 살라샤, 메리다, 엘리제 순이었다.

"안 돼애애애애에에에해애?!"

"보지 마! 보지 마! 보지 마세요, 선생님!"

"저질! 변태! 바보바보바보바보바보!!"

"지, 진정하세요, 아가씨들……."

도저히 무리인 줄 알면서도 쿠퍼는 호소한다.

연상인 자신이 평정을 잃어선 방법이 없다. 신사로서! 정중하게 고개를 숙였다.

"《강철의 충성심》이란 바로 저를 말하는 것——. 여러분의 살결에 혹하거나 하지 않습니다."

속옷 한 장이라는 사실에 눈을 감으면 표정근의 컨트롤까지 완벽했을 터다.

하지만 안타깝게도 아무도 듣고 있지 않았다. "보지 마." "도와줘." "안 보면서 도와줘!" "엉큼, 엉큼, 엉큼해!" 등등 샌트집부터 불명예한 칭호까지 총출동이다.

자신이 이 방에서 나가도 되지만 그런다고 이 상황이 해결될 리도 없고.

"그, 그러고 보니 뮬 님이 유난히 조용합니다만……."

도리어 걱정이 되어서 그녀의 상태를 살피는 쿠퍼다.

뮬은 소란도 피우지 않거니와 난동도 부리지 않았다. 얼굴을 숙이고 있다. 똑같이 양손이 매달려 올라간 망측한 모습이지만 쿠퍼의 시선에 대한 반응이, 없다.

"뮬 님?"

한 발, 물을 밟고 다가간다.

뮬의 어깨가 살짝 튀어 올랐다.

새삼스럽지만 목욕 중이던 만큼 굉장한 모습이다. 팔이 붙잡혀서 하반신도 덩달아 매달린 듯한 자세다. 흔들리는 물속에 숨겨져 있긴 하지만…… 가랑이의 육감이 매우 위험하다. 만약 몇 센티 더 드러났다면 쿠퍼도 철면피를 유지하지 못했을 것이다.

그렇다고 존엄을 지킬 수 있느냐면 그렇지는 않고, 새하얀 상반신이 남김없이 쿠퍼의 시선에 노출된 상태다. 어찌 보면 메리다보다 얄팍한 가슴이지만, 바깥으로 톡 튀어나온 끝부분에는 지금 복숭아 과즙을 연상케 하는 물방울이 괴어——.

"…………까지."

불쑥, 뮬의 입술이 소리를 자아냈다.

들리지 않는다. 뭘까? 쿠퍼는 상체를 굽힌다.

알몸을 감출 수 없는 여자에게—— 성역에 너무 다가간 벌이라는 듯이.

뮬은 바짝 얼굴을 들었다.

눈물 어린 눈으로 노려본다.

"언제까지 보고 있을 거야!! 바보야아〰〰〰〰〰!!"

지극히, 아주 지극히 타당한 불평이 탑에 가득 울려 퍼졌다.

† † †

쿠퍼 처지에서 보자면 불현듯 깨달음을 얻은 격이었다. 하긴, 이성에게 뚫어지게 알몸을 관찰당하면 《화》를 내는 것이 소녀의 일반적인 감성이리라. 한데 어째서일까……. 평소 아가씨

가 옷을 갈아입는 걸 거드는 만큼 묘하게 신선한 반응이었다.

더구나 비명을 지른 상대가 공교롭게도.

만날 때마다 도발적으로 유혹하는 뮬라 모르였다 보니 더욱
그렇다.

"진정됐어? 미우."

"…………응."

그런 연유로 한동안 칭얼거리기도 하고, 뾰로통하기도 하는
네 소녀에게 농락당하는 처지가 된 쿠퍼다. 그때부터 어떻게든
어르고 달래 덩굴을 절단하고 네 소녀를 해방한 것은 좋았으나,
소녀들은 한동안 물에서 나오지조차 못하고 있었다.

넘칠 듯한 수치심을 얼버무리고 얼버무려 정리하고, 다 함께
몸차림을 갖춘 다음에——.

되돌아온 곳은 조금 전 모든 일의 발단이 된 얼음층 최상층이
다.

이제는 아까 그 겁쟁이 덩굴이 한 줄기도 남지 않았음을 곧장
확인할 수 있었지만, 소녀들은 여전히 얼굴이 새빨갛게 달아오
른 채 옷 위로 가슴을 감싸고 있었다.

마치 지금도 쿠퍼의 시선이 간질이는 감각이 남아 있다는 듯
이…….

"실수했이."

절규를 터뜨린 뮬이 가장 감정 정리가 안 되는 모양이다.

"나라는 사람이…… 여러 의미에서…… 으으으."

뮬이 그런 태도를 보이면 도리어 쿠퍼가 아까의 광경을 잊을

수 없다만…….

크흠, 관록이 가득한 헛기침을 하고 쿠퍼는 분위기를 전환한다.

"아가씨들."

시선이 모여든다.

"참으로 불행한 해프닝이었습니다."

네 소녀는 쿠퍼를 상대하지 않고 원을 이루어 소녀 회의를 시작했다.

활발한 의논의 내용이 띄엄띄엄 들려온다…….

"불행?" "어떻게 생각해?" "아니, 절대로." "운명적인 무언가가──."

곧 어떤 결론이라고 할까, 매듭이 지어진 모양이다.

일동을 대표하여 메리다가 뒤돌아본다.

"저, 저희가 시작한 일이기도 하니 선생님에겐 아무 잘못도 없지만…… 으으."

"네."

"어──어엄청난 일이 있었다는 것은 기억해두셔야 해요!!"

쿠퍼는 가슴에 손바닥을 대고 재차 성의 있는 대응을 보여주었다.

"단단히 이 마음에 새겨 놓겠습니다."

"하으으으으으?! 여, 역시 안 되겠어! 빨리 잊어주세요옷!"

"제가 어떡하면 좋겠습니까…….."

그래도 무구한 소녀들의 섬세한 수치심을 생각하면──.

이렇게 금방 눈을 맞추고, 말을 주고받아주는 것만으로도 고마워해야 할 일일 것이다. 쿠퍼는 다시 한번 크게 헛기침을 하고 억지로라도 근질근질한 분위기를 털어버리고자 했다.

쿠퍼가 평정을 유지할 수 있는 것은 연상의 위엄과는 별개로 절박한 사정이 있어서다.

모범적인 가정교사답게 집게손가락을 세운다.

"저를 야단치시든 어떻게 하시든, 이 세계에서 귀환하지 않으면 방법이 없습니다. 여러분, 지금 잠시 힘을 빌려주십시오. 어떻게 해서든지 이 악랄한 보드게임을 클리어해《검은 책》을 우리 것으로 만들어야 합니다."

"그러고 보니."

하고, 뮬도 어떻게든 기분전환을 하려고 한다.

"선생님도《검은 책》에 용무가 있었던 거죠. 대체 무슨 일이죠?"

"메리다 아가씨와 엘리제 아가씨 암살계획을 저지하기 위해섭니다."

예삿일이 아님에 뮬의 예쁜 얼굴이 긴장한다.

벌써 몇 번째가 되지만 살라샤도, 메리다도, 엘리제도 쿠퍼의 목소리를 귀여겨듣고 있었다.

현재 메리다와 엘리세는《쌀라딘》과《무능영애》, 또는《예언의 아이》로서 정변 한복판에 있는 프란돌에서 중요인물로 지목되고 있다. 그중에서도 기병단의 어떤 파벌은———구체적으로는 첩보 조직 백야 기병단인데———그녀들을 중요인물을 넘은

《위험인물》로서 죽이고자 움직이고 있다.

기병단을 막을 수 있는 것은 마찬가지로 체제 측의 최상위 권력자뿐.

바로 알메디아 라 모르다.

이 아주 희소한 금기의 서적 《검은 책》을 선물로, 엔젤 자매 암살계획을 파기시키기 위해 알메디아와 한창 교섭하고 있다——는 것이 쿠퍼의 현 상황이다.

생각하면 생각할수록 줄타기 같은 상황에 현기증이 나기 시작한다.

뮬은 입을 떡 벌리고 이야기를 다 들은 다음 어처구니없는 듯이 고개를 흔들었다.

"왜 우리 주변은, 액시던트나 해프닝이 끊이지 않는지 모르겠어!"

"당신의 숙명이라고 생각하십시오."

공손하게 예를 표하는 쿠퍼도 속으로는 똑같이 운명에 검을 들이대고 싶은 기분이다.

——소녀들의 빨개진 얼굴도 가라앉기 시작한 것 같다. 열심히 이야기한 보람이 있다.

쿠퍼는 주변을 확인한다.

신비스러운 옷차림은 여전히 불안하지만, 등과 허리에는 이 얼음층에서 입수한 여러 가지 무기의 든든한 무게가 느껴졌다. 네 명의 소녀들도 마찬가지다. 담담한 표정으로 펼친 《검은 책》에는, 진행 도중인 보드게임——.

가장 골에 가까운 것은 뮬의 말. 앞으로 열 칸.

이어서 메리다의 말. 열네 칸 남았다.

순서가 한 바퀴 돌아서, 이번에는 쿠퍼의 차례.

"그럼, 굴리겠습니다."

양해를 구하고 나서 두 주사위를 떨어뜨린다.

데굴데굴――.

《10》.

……아까 살라샤가 두 번 연속으로 《7》을 냈을 때도 그랬지만 이상하게 우직한 주사위다. 쿠퍼가 미리 굴려 《10》을 낸 것을 기억하고 있었던 걸까―― 아무튼.

말이 저절로 긴 거리를 나아가는 도중 메리다가 기쁜 듯이 몸을 내민다.

"선생님, 앞으로 여섯 칸이면 끝이에요!"

순조롭게 다시 자기 손에 주사위가 돌아올 것을 기도할 뿐…….

쿠퍼의 말이 점차 열 칸만큼 나아가고 멈췄다.

골에 있는 보석에 떠오른 문장은――.

'스콜(호우)에 주의.' 라는, 전에 없이 심플한 문장.

"스콜?"

네 소녀는 얼굴을 마주 본다.

뮬은 위축되지 않고 밀했다.

"탑 안이거든요? 비가 아무리 많이 와도 걱정할 거 없어요."

"정말로 그러면 다행이겠습니다만……."

아무래도 신중해질 수밖에 없는 쿠퍼다.

얼음층의 종점에서 상층으로 이어지는 문의 손잡이를 쥔다.

살짝 당겨 여니 빛이 쏟아져 들어왔다——.

동시에 탄환 같은 빗방울도.

"에엥?!"

기겁하는 네 소녀.

쿠퍼도 진절머리가 났지만 문을 끝까지 열어 그 앞의 광경을 전원에게 드러낸다.

벽도 천장도 없었다.

이 탑에 발을 들여놓고 나서 몇 번이나 실감하긴 했지만—— 기어코 현실이라 할 수 없는 광경. 그곳에서부터 나아가는 길은 《탑》이 아니었다. 공중에 떠 있는 《발판》만이 나선을 그리며 아득한 상공으로 올라가 있었다.

둥둥 떠 있는 작은 섬, 이라고나 할까. 무엇이 계단을 떠받치고 있는지 상상도 가지 않는다. 그야말로 현실 세계의 상식으로는 설명할 수 없는 광경이다.

쿠퍼의 주사위 눈에 의해 《스콜》이 내리고 있다.

강풍과 빗방울에 정면으로 맞서면서 더 위층을 향해야 한다…….

"이 탑을 만든 사람은."

뮬이 중얼거린다.

"분명 엄청 미움받는 인간이었을 거야."

귀싸대기 세 대와 라이트 스트레이트, 거기에 니킥도 추가해야 할 것 같다…….

존재하지 않는 상대에게 불평해도 어쩔 수 없다! 쿠퍼는 솔선하여 발을 내디뎠다.

　문을 넘어서기 전부터 벌써 강풍과 비가 뺨을 세차게 때린다.

　"아가씨들! 발을 헛디디지 않게 조심하십시오……!"

　쿠퍼 일행이 최초에 당도했던 밀림은 이미 아득한 밑에 있다. 설령 마나가 봉쇄당하지 않았더라도 추락하면 무사하지 못한다……! 메리다와 엘리제 그리고 살라샤와 뮬 페어는 서로의 가냘픈 허리에 단단히 팔을 둘렀다.

　선두를 맡는 것은 물론 쿠퍼의 역할.

　"가시죠!"

　비바람에 지지 않게 씩씩하게 외치고 걷기 시작한다.

　소녀 네 명의 기척을 끊임없이 등 뒤로 의식하면서 매우 조심스럽게 지면을 밟고 확인.

　《떠 있는 계단》에 올라가는 건 매우 두렵기 이를 데 없지만, 다행히도 발판에서 탄탄한 《무게》가 느껴졌다. 폭도 넓다. 비로 인해 질퍽거리고 미끄러운 점만 조심하면—— 괜찮겠다! 생각했던 것보다 어려운 길은 아니다.

　자그맣고 가냘픈 소녀들도 바람에 날아가 버릴 만큼 약하지는 않았다.

　하시반 아무리 그래도 이 거친 날씨에는 불만이 나온다.

　"기껏 목욕했더니!"

　뮬은 몸에 딱 붙는 의상이 거슬려서 견딜 수 없는 모양이다.

　머지않아 발판이 끊어진다. 당면한 종착점이다.

다섯 사람은 만에 하나라도 굴러떨어지지 않게 무릎을 꿇은 채 중심에 《검은 책》을 펼쳤다.

다음 순서는 메리다.

"생각했었던 것보다 간단하네요!"

바람이 윙윙거리는 소리에 밀리지 않는 목소리로 메리다는 외친다.

그녀의 웃는 얼굴을 흐리게 만들고 싶진 않았지만 쿠퍼는 단단히 소리쳐 대답한다.

"방심하지 마십시오, 다들!"

지금까지 올라온 경험상.

이 악의를 충층이 쌓아 올린 듯한 탑이 비바람을 날리는 정도로 만족하리라곤 도저히 생각되지 않는다……. 아무튼, 경솔한 행동만은 하지 않게 명심해야 한다.

메리다는 비를 맞는 손바닥으로 주사위를 쥔다.

보드 위에 던진다.

물이 괴어 잘 튀지 않지만—— 나온 눈은 《11》!

엘리제가 그 맑은 음성에 뚜렷한 열기를 담았다.

"앞으로 세 칸이면 끝이야, 리타."

자신이 제일 먼저 골인하기보다 사촌 자매에게 공을 돌리고 싶은 눈치다.

아무튼, 중요한 것은 주사위 눈 자체가 아니라——.

번뜩이며 떠오른 골 지점의 문장이다.

물방울이 떨어져 읽기 힘들어 다섯 명은 거의 얼굴을 붙여야만 했다.

심보가 고약한 보석이 말하길——.

'대가를 알고, 또한, 나아갈 자들에게 바친다.'

바친다?

직후, 길 앞에 끊어져 있었던 발판이 눈 깜짝할 사이에 《증설》되었다. 아니, 정말로 상식으로 생각해선 안 된다. 농밀한 구름이 소용돌이친다 싶더니 그것이 바람에 사라졌을 때는 새로운 작은 부유섬이 하나 나타나 있었다. 이것으로 길은 열렸다.

——여기서 끝이면 좋았겠지만.

쿠퍼 일행은 나아가야 하는 곳을 바라보았다.

뮬이 안도의 숨을 쉬면서 《검은 책》을 덮었다.

깨달은 것은 살라샤다.

무슨 생각을 했는지, 결코 넓지 않은 발판에서 친구들의 등에 자기 몸을 부딪친다.

"뛰——뛰어요!"

"뭐, 뭐야, 갑자기! 무슨 일인데?!"

"탑이 무너지고 있어요!!"

뭐어어?! 쿠퍼조차 아연실색하여 온 길을 뒤돌아본다.

탑이 무너지고 있다——.

확실히 그 말대로였다. 지금까지 쿠퍼 일행이 열심히 뛰어 올라온 탑이 하단부터 돌멩이로 변해 붕괴하고 있다. 제2층인 대장장이 공방——여러 번 왕복한 초록 회랑——과 뮬을 구하고 잠깐의 휴식을 보낸 얼음과 물의 정원.

다시 말해 바로 조금 전 쿠퍼 일행이 서 있었던 그 장소다.

그것이 전부 붕괴해 희미하게 보일 만큼 아득한 지면으로 빨려 들어간다……

이미 이 장소는 《탑》 같은 것이 아니었다.

그저 천공에 작은 섬이 달랑 떠 있을 뿐이다. 등골이 얼어붙는다── 육지의 외딴섬이 아닌 《하늘의 외딴섬》. 어디에도 갈수 없다. 되돌아갈 수 없다. 위로 올라갈 수밖에, 없다.

툭, 하고 발판이 무너졌다.

쿠퍼 일행이 그나마 의지할 수 있었던 작은 부유섬이 또다시하단부터 중력에 질질 끌려 추락하기 시작한다. 살라샤가 필사적이었던 의미가 이제야 이해됐다.

쿠퍼는 앞으로 돌아서 절규했다.

"뛰세요!!"

질척이는 지면을 박차고 다섯 명은 달린다.

붕괴가 육박하는 속도보다 그들의 속도가 아주 조금 웃돈다.

곧 계단의 종착점이 보였다. 쿠퍼는 달리는 페이스를 낮추고《검은 책》을 떠맡는다.

달리면서 답답한 듯이 표지를 펴고 주사위를 집어 든다.

"엘리제 님!"

모든 것이 달리면서다. 엘리제의 손에 주사위를 떠넘기고 《검은 책》을 펼친다.

보드에서 흘러 떨어지지 않게끔, 그것만은 세심한 주의를 기울이며 엘리제는 던진다.

그리고 나온 눈은——《5》.

막다른 곳에 이르러 휘청거렸을 때, 골 지점에 문장이 떠오르기 시작했다.

"이 앞의 계단은?!"

메리다가 누구에게랄 것도 없이 다그치지만 아무래도《증설》은 뒤로 미뤄진 모양이다…….

검은 책의 보석은 일부러 심술을 부리는 양 느리게 문장을 나타내고 있다.

"빨리 좀 해!"

뮬이 참지 못하고 소리치는 것과 동시에 문장의 윤곽이 선명해진다.

'난폭한 독수리의, 등을 밟고, 나아가라.'

무슨 말이지? 전원이 의문을 품은 직후, 하늘을 쪼개는 듯한 기성이 응답했다.

전원이 잽싸게 악천후 속 하늘을 둘러본다.

"……저거!"

엘리제가 하늘 저편을 손가락으로 가리킨다.

스콜 때문에 늦게 봤지만, 독수리가 있다! 그것도 비상식적으로 큰 빅 사이즈. 거기다 맹렬한 스피드의 큰 독수리 부리가 콩알만 한 크기에서 순식간에 바짝 다가왔다 싶더니, 다섯 명의 머리 위를 바람 소리를 윙윙 내면서 날아갔다. 살을 엘 정도로 세찬 열풍이 불었다.

무리는 사냥감을 괴롭히는 것처럼 고립된 다섯 명을 에워싸고 주위를 돌기 시작했다.

뮬은 위세 좋게 팔을 흔든다.

"저것들이랑 어울릴 때가 아니야!"

"아니요. 여러분."

반면 소리 높이 검을 뽑는 쿠퍼.

네 소녀의 눈동자를 한 명 한 명 되받아 보고, 고개를 끄덕였
다.

"'독수리의 등을 밟고 나아가라.'──저것들을 전부 떨어뜨
리고서야 새로운 길이 열리는 거겠죠."

"세상에…… 이런 발 디딜 곳도 없는 곳에서?!"

"밑의 계단도 점점 무너져 없어지고 있어요……!"

살라샤는 그 사실이 마음에 걸려 안절부절못하는 모양이다.

지당하다. 이 하늘에 뜬 불가사의한 계단이 전부 붕괴에 휩쓸
리느냐──.

그보다 빨리 하늘을 나는 적을 섬멸하여 길을 구축할 수 있느
냐, 없느냐다.

"아가씨들?"

이런 상황이기 때문에──.

고상하게 그리고 대담하게 쿠퍼는 웃었다.

"아무쪼록 각오하십시오."

그 적의를 느꼈는지 큰 독수리 무리는 주위를 돌던 것을 멈췄
다. 각자 날개로 강풍을 포착하자마자 쿠퍼 일행을 노리고 쇄도
한다. 날개 끝이 가느다랗게 구름을 긋고, 기성이 하늘을 떨쳤다.

4인조는 일제히 자신 있는 무기를 뽑는다.

마나를 사용할 수 없어도 메리다의 동체 시력은 건재했다. 독수리의 속도를 역이용하여 아슬아슬하게 피하면서 칼끝을 뻗는다. 그러자 적은 저절로 날갯죽지가 파였다. 절규하면서 그 속도 그대로 나선으로 회전하며 추락——. 일단 한 마리.

엘리제는 《타이밍》이 완벽했다. 공격과 방어의 극의——. 독수리의 돌격이 위력의 최대치를 발휘하기 직전, 날카롭게 한 발 파고들어 장검을 휘두른다. 정면으로! 검은 부리를 부수고 몸통을 가로로 베어 버렸다. 무기의 중량을 능숙하게 활용하고 있다.

굉장하다——고 감명하면서 쿠퍼도 날았다.

여기까지 오는 탑의 여정에서 마나를 사용할 수 없는 자신이 얼마나 《움직일 수 있는지》를 과부족 없이 파악할 수 있었다. 생각지도 않은 수확……! 이 탑에서의 전투 경험은 메리다와 엘리제만이 아니라 쿠퍼 자신에게도 귀중한 양식이 될 것이다.

보지 않고 검을 힘껏 휘두른다. 저절로 도신에 빨려 들어가는 것처럼, 배후에서 달려들던 독수리가 부리부터 한 일 자로 갈라졌다. 비명을 사방에 뿌리면서 계단 밖으로 굴러떨어진다. 쿠퍼는 평소의 전투보다 몇 단계 느리고 얌전하지만, 그래도 충분히 거칠고 다이내믹하게 튼 다음 원심력을 실어 칼끝을 들이밀었다.

예측대로 돌격해온 한 마리의 정수리를 포착——.

그대로 체중을 실어 지면에 꿰었다. 단말마의 비명조차 늦다.

"할 수 있다……!"

영악하게 웃으면서 칼끝을 뽑는다.

쫓아오는 계단의 붕괴에 휩쓸리는 것보다, 우리 다섯 명이 독수리 무리를 한 마리도 남기지 않고 모조리 떨어뜨리는 편이 확실히 빠르다. 남은 적은 네 마리――자신이 두 마리를 한꺼번에 맡으려고 뛰쳐나간 바로 그 직후였다.

한 마리가 엉뚱한 방향으로 최대 속도로 빠져나간다. 그것을 모두가 눈으로 뒤쫓을 뿐이다.

쩍 벌린 부리가――.

지면에 놓여 있었던 《검은 책》을 낚아챘다. 전원의 등골이 얼어붙는다.

"아뿔싸!"

쿠퍼는 즉시 검을 던졌다. 그러나 《검은 책》을 훔친 한 마리는 교묘하게 몸을 놀려 피하고 날개를 펼쳐 상공으로 날아올랐다.

――어이, 기다려, 어디로 가는 거냐.

도망쳤다!!

뒤쫓아 가려고 해도 주위에는 허공에 뜬 발판이 어중간하게 남아 있을 뿐이라 대응할 수 없었다. 어떡한다? 예고도 없이 최대의 위기가 찾아왔다. 달려드는 큰 독수리 한 마리를 화풀이로 ―― 힘껏 후려갈겨도, 그걸로 마음이 풀리지는 않는다.

살라샤가 뛰기 시작했다.

무엇을 할 셈인 걸까. 한 치의 망설임도 없이 전력으로 달리더니 최대 속도에 도달한 순간에 도약했다. 아무것도 없는 허공으로── 메리다와 엘리제가 깜짝 놀라 손으로 입을 가린다.

마나가 없이도 타고난 드라군은── 멀리 떨어진 장소에 발끝을 대는 데 성공했다. 그러나 멈추지 않는다. 앞으로 나아가는 관성을 죽이지 않는다. 한 번 더 강하게 발밑을 박차고 다시 한번 도약한다.

두 번, 세 번, 숨이 멎을 듯한 도약을 반복하고.

"이야앗!!"

쭉 찌른다. 창끝은 《검은 책》을 문 독수리를 스치듯이 타격했다.

깃털이 후드득 떨어진다──.

독수리가 절규하고 그 부리에서 《검은 책》이 빠졌다.

살라샤는 가까스로 착지해서 손을 뻗는다. ──그러나 닿지 않는다.

아앗! 하고 모두 비명을 지르려 한 순간.

또 다른 그림자가 미끄러져 들어온다.

뮬 라 모르가 자신도 친구를 쫓아 달리고, 도약해서, 위태로운 부유섬에 도착해 있었던 것이다. 가장자리에 미끄러져 들어가면서 팔을 뻗어 아슬아슬하게 붙잡는다.

《검은 책》은 그 손에 확실히 들어왔다!

메리다와 엘리제는 얼씨안고 기뻐한다.

""해냈다!""

쿠퍼는 미소를 지은 다음 뒤돌아보면서도 팔을 옆으로 휘둘렀다.

방심도 빈틈도 없는 독수리 한 마리와 교차하며 그대로 베어버리고——.

팔을 되돌리면서 일격을 날려 두 마리째의 머리를 쪼갰다. 이 것으로 섬멸!

그러나 타임 리미트는 확실히 다가오고 있었다.

붕괴를 계속하던 발판이 마침내 쿠퍼 일행의 후방 몇 미터까 지 도달한 것이다. 멀리서 보는 살라샤도 그 사실을 깨달았다. 다음 순서는 그녀다.

뮬은 《검은 책》을 펴면서 살라샤 곁으로 뛰어든다.

살라샤는 주사위를 움켜쥐었고, 그리고 던졌다.

《7》.

남은 발판은 이제 3미터—— 2미터분——.

떠오른 보석의 문자는.

'시간이여, 멈추어라. 그대는 죽음의 직전에 있노라.'

붕괴가 딱 멈췄다.

남은 발판의 하단이 쿠키 부스러기처럼 후드득 떨어진다…….

네 소녀는 온몸의 힘을 빼고 털썩 주저앉았다. 쿠퍼 역시 절망 이 머리를 몇 번 가로질렀는지 모른다. 온기를 구해, 메리다와 엘리제의 어깨를 안는다.

그쪽에 가담할 수 없는 먼 부유섬에서는 살라샤와 뮬이 탐이 나는 듯한 표정을 짓는다.

뮬은 아무렇지도 않게 옆에다 말했다.

"나, 만약 지금 건너편에 있었으면——."

다시 한번 《검은 책》을 편다.

"선생님에게 키스하고 있을 것 같아."

주사위를 쥐고, 굴렸다.

눈도, 문장도 확인하지 않고 책을 덮고서 머리 위로 높이 들었다.

"리타!" 하고 던진다. 포물선을 그리고—— 멋지게 받은 것도 메리다다.

뮬은 입가에 손바닥을 대고 잘 내지도 못하는 큰 소리를 열심히 외쳤다.

"우리, 이제 그쪽으로는 돌아갈 수 없을 것 같아! 뒷일은 부탁할게!"

"……!"

뮬이 던진 주사위 눈의 효과는 뭐였던 걸까. 메리다는 표정을 다잡는다.

하늘에 먹구름이 소용돌이치기 시작했다——.

우렛소리.

그리고 번개가 순간적으로 하늘을 가르는 것을 보고 쿠퍼는 일어났다.

"가죠! 골이 가깝습니다!"

다음 순서는 끼 닌이다. 일행 중 누군가가 남은 칸보다 큰 숫자를 내고 《원스 어폰 어 타임》이라고 외치면 모든 것이 끝난다. 지금은 떨어져 있을 수밖에 없는 살라샤와 뮬도, 손을 맞잡고 원래의 세계로 돌아올 수 있을 것이다.

메리다와 엘리제는 결연한 표정으로 일어선다.

전방에 농밀한 구름이 모이고 새로운 발판이 그 안쪽에 나타났다. 구름은 어중간하게 뒤얽힌 채 없어지지는 않는다. 기분이 좋지 않아 보이는 새카만 거구에 빠지직 하고 번갯불이 기었다.

뇌격이 솟구친다.

쿠퍼 일행의 발밑을 때렸다. 지면이 몽땅 도려져 날아가, 그만큼 세 명은 몸을 바싹 붙여야만 했다. 이대로 머무르고 있다간 온 주변이 구멍투성이가 될 것이다.

세 사람은 달렸다.

몇 개의 번개가 용같이 주위를 난무하고, 질주하는 세 사람의 옆을 한 박자 늦게 꿰뚫는다. 엘리제는 비명을 질렀다. 비, 바람, 어둠 그리고 벼락——. 이제 발밑 말고 확실히 보이는 것은 없다. 엔젤 자매는 서로의 팔을 단단히 맞잡았다.

굉음을, 충격을, 섬광을 버티고 버티어 뛰어 올라가자——.

겨우 보이기 시작했다.

종점이다.

계단의 끝은 아무것도 없는 광장이었다. 어린이 놀이터 정도 되는 크기일까. 전방위에 회오리같이 먹구름이 굽이치고 있다. 산발적으로 허공을 일직선으로 가르는 벼락.

쿠퍼는 직감적으로 깨달았다.

이 장소가 탑의, 《검은 책》의 세계의 정상임을. 밀림에서 올려다봤을 때, 아득한 머리 위에서 하늘을 푸르게 비추고 있었던 빛의 근원이 바로 이곳이다.

지금은 비구름과 번개에 하늘 전체가 새카만 절망으로 온통 칠해져 있지만——.

다음 순서는 쿠퍼였다.

"선생님."

《검은 책》을 나르는 메리다도, 그녀를 꽉 잡고 있는 엘리제도, 무슨 수를 써서라도 가겠다는 발걸음으로 정상의 광장에 다다르려 하고 있었다. 하지만 그 직전.

뇌격이 수직으로 쏟아졌다.

그 순간, 섬광에 메리다와 엘리제의 모습이 가리어졌다. 쿠퍼의 심장이 철렁하긴 했으나, 두 사람의 비명이 길게 꼬리를 잇고 있는 것을 듣고 도리어 안도한다. 벼락을 정통으로 맞지는 않았다.

번개는 두 사람의 앞길을 막듯이 쏟아지고 있었다. 서두르고 있었다면 오히려 위험했겠다. 계단의 마지막 한 계단이 몽땅 도려져 아득한 눈 아래로 붕괴해 간다.

그러나 어찌 된 일인가. 정상까지의 마지막 길이 없어졌다!

마나 없이 달려 뛰어넘을 수 있는 거리가 아니다——.

그 사실을 메리다는 여러 번 고개를 끄덕이면서 자신을 납득시킨다.

《검은 책》을 머리 위로 들어 던졌다.

"선생님, 골인하세요!"

매끄럽게 날아온 책을 쿠퍼는 자신의 가슴팍으로 받아 낸다.

그 자리에서 무릎을 꿇고 좌우로 펼쳤다.

남은 칸은──.

쿠퍼가 《6》, 메리다가 《3》. 엘리제의 말은 아직 멀고, 살라샤와 뮬은 둘 다 《10》에 가까운 위치다. 만약 자신이나 다음 차례인 메리다가 골까지 갈 수 있는 눈이 나오지 못했을 경우, 매우 성가신 사태가 벌어진다.

쿠퍼도 이때만큼은 두 주사위를 이마에 대고 한마음으로 기도했다.

누구에게 기도해야 할까? 그것도 분명하게 하지 않은 채, 주사위를 쥔 손바닥을──.

펴려고 한 직전이었다.

덜그럭, 하고 귀에 거슬리는 금속음이 울린다.

들은 기억이 있는 소리다.

쿠퍼는 후방을, 광장의 중앙을 돌아보았다.

어느 틈에 나타났는지, 어떻게 여기까지 올라왔는지, 있어선 안 되는 모습이 그곳에 보였다. 이 《검은 책》의 세계에서 맨 먼저 쿠퍼 일행의 앞을 가로막아 선 적.

저절로 움직이는 텅 빈 갑옷, 가로되 도깨비 갑옷이.

여전히 두꺼운 대검과 칼날이 난 방패를 들고──.

너무나도 갑작스러운 데다 코앞에서 출현한 까닭에 쿠퍼도 어쩔 수 없이 반응이 늦었다. 쿠퍼가 검을 뽑는 것과 동시에 갑옷은 한쪽 팔을 높이 쳐든다.

건틀릿의 손등이 쿠퍼의 오른쪽 손목을 강타.

검이 튕겨 날아갔다. 놀랄 틈도 없이 건틀릿이 왕복으로 뺨을 후린다. 텅텅 빈 주제에……! 범상치 않은 파워에 쿠퍼는 지면에 고꾸라졌다.

메리다와 엘리제가 입가를 덮었다. ""선생님!!""

쿠퍼는 기침과 신음을 하며 간신히 상체를 일으킨다.

도깨비 갑옷은 기계적으로 한 발 한 발 쿠퍼를 향해 발을 내디딘다. 그 오른발에 쿠퍼는 자신의 양다리를 휘감았다. 상대의 관절에 힘껏 부담을 주면서 잡아당겨 넘어뜨리기 위해.

그러나 단순한 쇳덩어리에게는 통하지 않았다. 반대편인 왼발에 걷어차인다.

레깅스의 뾰족한 발끝이 명치를 강타, 몇 미터를 구른다.

더욱더 흙투성이가 된 온몸—— 입에서는 피를 토한다.

"선생님……!"

메리다는 보고 있을 수밖에 없는 자신의 처지가 미칠 듯이 답답했다.

손이 닿지 않더라도 뭔가 그의 힘이 될 수는 없을까?

탑의 여기까지 오는 여정에서 그가 누차 자신들을 구해준 것처럼——.

뭔가 도움이 될 만한 게 없을까?

좌우를 둘러본다.

한정된 발핀과 써늘칙한 기세로 소용돌이치는 먹구름을 기는 번갯불.

자신에게 무엇이 가능할까?

그리고 겨우 깨달았다.

도깨비 갑옷이 한 걸음, 또 한 걸음 쓰러진 쿠퍼에게 다가간다.

한 번 더 걷어차이면 나락이다.

마침내 그 적이 쿠퍼의 눈앞에 선, 그때.

메리다는 등의 무게를 힘차게 뽑으면서 던졌다.

"선생님, 쓰세요!"

검이다. 회전하면서 날아간다.

갑옷의 가슴 보호대를 관통했다. 그 진동으로 적은 한 걸음 물러난다. 직후에——.

뇌격.

네온 플라워를 단칼에 묻은 위력이 작렬했다. 도깨비 갑옷은 손등 보호대 끝까지 부르르 떨며 주춤하고 있다. 그 눈부신 섬광에 쿠퍼도 퍼뜩 얼굴을 든다.

쿠퍼는 벌떡 일어섰다.

갑옷에 꽂혀 있었던 검의 손잡이를 쥐고, 뽑자마자 가로 벤다. 깊숙이 일직선의 구멍이 새겨지고 갑옷이 휘청거린다. 그 내부가 보였다. 검은 아지랑이가 원념과 같이 달라붙어 있다.

불쌍하군, 그렇게 말하고 싶은 듯이 쿠퍼는 검술 자세를 취한다.

도깨비 갑옷도 그에 응해 대검과 방패를 내밀었다.

소용돌이치는 하늘, 순간적으로 먹구름을 가르는 번개——.

쌍방의 투기가 세계의 중심에서 빠지직 튀었다.

동시에 땅을 찬다.

그 광경은, 메리다가 본 그의 전투 중에서도 가장 거칠고 야성

적이었다. 쿠퍼가 드물게 잔재주를 뺀 선제공격에 나선다. 쌍방의 검이 맞물리고 또다시 뇌격이 터져 도깨비 갑옷이 몸을 젖힌다. 하지만 그 반동을 이용해 적은 방패 공격을 가했다.

쿠퍼는 피하지 않는다. 굳이 공격을 받고, 맞붙어서 방패를 든 왼팔을 팔꿈치부터 끊어버렸다. 도깨비 갑옷은 이번에야말로 왼손의 무게를 잃고 두 발, 세 발, 뒤로 비틀거린다.

쿠퍼는 빼앗은 방패를 내던졌다. 방패에는 칼날이 있어 품에서 피가 튄다. 그것도 개의치 않고 그는 우렁찬 함성을 지른 것처럼 보였다. 우렛소리에 사라진다. 도깨비 갑옷은 하나 남은 괴력의 팔을 높이 쳐들었고, 두 자루의 검이 정면으로 충돌했다. 귀청을 찢는 듯한 금속음.

완력에서는 지지만 쿠퍼는 그 반발하는 힘을 이용했다. 능란한 풋워크로 온몸을 비틀고, 잡초를 베어 내듯이 적의 레깅스를 걷어찬다. 상대의 자세가 무너진 순간 날카롭게 파고들어 어깻바대부터 비스듬히 일섬.

도깨비 갑옷도 이에 질세라 파고들어 대검으로 양단하려——하는 것을 간파한 쿠퍼는 적의 검을 빠져나가면서 허리의 걸쇠를 검으로 날려 버렸다. 상대와 교차하고, 다시 뒤돌아보면서 그대로 일섬. 등 깊숙이 검사의 치욕을 새겨준다

갑옷은 명백한 살의를 내뿜으며 뒤돌아보자마자 날리는 일격에 전신전령을 담았다.

갑옷이 내려치는 것과 동시에 쿠퍼도 내려친다.

섬광이 십자가를 그리며 겹쳤고, 쿠퍼의 어깻죽지는 얕게 찢

어지고 피가 흘러나왔다.

그리고 갑옷은 건틀릿이 중간부터 토막 나 있었다. 대검이 오른손째 떨어진다. 쿠퍼는 숨 돌릴 틈도 없이 파고들었다. 하단으로 검을 당겼다 베어 올린다. 거대한 갑옷이 뒤로 밀린다. 좌우의 레깅스가 뒤엉키면서 물러나는 것과 교대로 한 걸음 더.

강력하게 지면을 밟으면서 칼끝을 찔러 넣는다.

도신이 날밑까지 갑옷에 박혔다. 칼자루에서 손을 놓는다.

거대 갑옷은 불안정한 발걸음으로 뒤로 물러났다. 방패도, 검도, 팔과 함께 잃고, 곧 광장의 가장자리가 가까워진다. 레깅스의 발뒤꿈치가 반 발짝, 허공에 헛디딘 순간이었다.

하늘의 한 점에, 빛.

수직으로 쏟아진 번개가 검으로 떨어졌다. 심상치 않은 굉음과 충격이 작렬하고, 그 중심에서 도깨비 갑옷은 전신이 녹슬면서 쇠붙이들이 튕겨 나갔다.

비명은 없었다.

그렇지만 갑옷을 움직이고 있었던 《개념》이 안개처럼 사라진 것은 똑똑히 느껴졌다.

비틀거린다.

그대로 광장에서 발을 헛디디고 온몸의 연결이 끊어지면서 나락으로 추락한다.

그 말로는 굳이 확인할 필요도 없으리라——.

""해냈⋯⋯!!""

메리다와 엘리제는 목소리를 잃어버릴 만큼 몹시 감격해 서로를 부둥켜안았다.

왜, 지금, 사랑하는 사람과 이토록 멀리 떨어져 있는 걸까!

뮬이 아니어도 마찬가지였다. 만약 이 기분 그대로 쿠퍼에게 달려들어 안길 수 있었다면, 둘이서 양쪽 볼에 키스를 잔뜩 해 주고 있었을 텐데.

그녀들의 뜨거운 시선을 깨달았는지 어떤지, 쿠퍼가 뒤돌아 보고 손을 들었다.

승리를 거두긴 했지만 역시 기진맥진한 모습이다. 피도 흘리 고 있다.

어서 치료해줘야 해……!

하지만 그러기 위해서는, 하고. 메리다가 절차를 생각했을 때 다.

광장의 중앙이 눈부시게 번쩍였다.

먹구름을 밀어내고 비가 물러간다. 용과 같은 벼락들도 도망 치듯이 떠나간다.

무언가가 솟아오른 것이다.

아래쪽에 있는 살라샤와 뮬도 이 눈부심은 알아챘을 것이다. 의심할 여지는 없었다. 《검은 책》의 세계에 무언가 변화가 일어 나고 있다. 틀림없이 좋은 변화가.

아무것도 없었던 광장 중앙에 대좌가 나타나 있었다.

백지의 책이 펼쳐진 상태로 놓여 있다.

그 자체로 눈부시게 빛나고 있다. 외장이 다이아몬드라도 되 는 걸까?

쿠퍼는 일단 메리다와 엘리제 쪽으로 되돌아왔다.

그곳에 널브러져 있는 《검은 책》을 주워들었다.

반면(盤面)을 확인하고 책을 뒤집는다. 틈을 두고 메리다와 엘리제에게 잘 보라는 듯이 보여준다.

도깨비 갑옷이 나타났을 때 놀라서 주사위를 떨어뜨렸던 모양이다.

알아채지 못하는 사이에 굴렀던 주사위는 합계 《6》 이상을 냈고——.

쿠퍼의 말은 지금 자랑스럽게 골 지점에 서 있다. 메리다와 엘리제는 얼굴을 마주 보고, 주먹을 쥐고, 팔을 흔들고, 가냘픈 온몸으로 기쁨을 표현했다.

"선생님!"

잠시 틈을 두고 웃는 얼굴을 보낸다.

쿠퍼도 미소로 답해주었다.

"네, 아가씨. 저쪽 세계에서 뵙겠습니다."

그러고 나서 《검은 책》을 덮고 쿠퍼는 몸을 돌렸다.

파란만장했던 탑의 모험이 끝났다——.

눈부시게 빛나는 대좌 앞에 서서 백지의 책에 손바닥을 얹는다.

이제 외치기만 하면 된다.

메리다와 엘리제는 물론, 살라샤와 뮬의 시선도 멀리서 날아온다.

이 국면에 이르러——.

훼방을 놓는 심술궂은 트랩 같은 것은 하나도 남아 있지 않았다.

쿠퍼는 입을 연다.

일언일구, 똑똑히 입에 담는다.

"《원스 어폰 어 타임》."

그 직후, 메리다와 엘리제의 몸이 빛에 휩싸였다.

이 현상은 기억하고 있다. 손발의 끝부터 빛에 삼켜져 사르르 풀어지는 것처럼 소실된다. 처음에는 불안해서 견딜 수 없었지만, 지금은 다르다. 이미 손바닥은 이어지지 않게 되어서 메리다와 엘리제는 서로 볼을 꼭 붙이고 웃음소리를 냈다.

내려다보니 살라샤와 뮬도 똑같이 이 빛에 녹고 있는 것을 알 수 있었다.

돌아가죠? 라고 마지막으로 말을 걸고 싶어서 메리다는 쿠퍼를 돌아보았다.

──순식간에 심장이 얼어붙는다.

왜냐하면 그의 온몸에 새카만 띠가 휘감기고 지면으로 끌어당겨져 떨어지고 있었기 때문이다. 빛과 함께 승화되어가는 자신들과는 완전히 반대로. 도대체 왜?! 쿠퍼의 표정은 보이지 않았다. 고개를 돌리기는커녕 팔조차 올릴 수 없이 몸이 조여지고 ── 필사적으로 발버둥 치고 있다. 하지만 끝없는 늪으로 변한 지면에 착실히 삼켜져 간다.

메리다는 손을 뻗으려고 했다.

뻗을 수 있는 손은 이미 소실되었다.

"선생님!!"

쿠퍼를 부른 입술과 함께 그녀의 온몸은 직후, 빛이 되어 톡 터졌다.

† † †

떨어진 것처럼 메리다 일행은 바닥에 온몸을 세게 부딪쳤다.

통증을 참고 있을 틈도 없이 메리다는 상체를 냅다 일으킨다.

"선생님!"

이제 조금 전까지 걸치고 있었던 의식용 같은 옷차림이 아니었다.

성 프리데스위데의 배틀 드레스를 입고 있다. 더는 비가 내리지 않는다. 벼락이 울리지도 않는다. 콧구멍을 가득 채우는 것은 흙과 풀 냄새가 아니라 종이와 잉크 냄새다.

푸른 하늘로 일직선으로 뻗은 탑, 그런 희한한 세계는 사라지고 없다.

비블리아 고트, 35층, 리오 센트로 금서고에 돌아온 것이다…….

메리다 일행 네 소녀만.

"선생님은?! 어떻게 됐어?!"

아무리 주번을 찾아봐도 사랑하는 사람의 모습은 없다.

엘리제, 살라샤, 뮬도 신음하면서 상체를 일으키고, 상황을 이해한 것 같다.

"아까, 검은 거."

엘리제가 괴로운 표정을 띠었다.

"쿠퍼 선생님을 붙잡은 것처럼 보였어……."

"무슨 소리야? 정상에서 무슨 일이 있었던 거야?"

멀리서 올려다볼 수밖에 없었던 뮬과 살라샤는 한층 더 혼란스러운 모양이다.

"쿠퍼 선생님만 돌아오지 않았어……!"

살라샤는 처진 눈을 날카롭게 뜨고 주위를 노려보고 있다.

그리고 겨우 깨달았다.

"《검은 책》은?!"

전원이 그 말에 퍼뜩 독서용 책상을 돌아봤을 때였다.

타앙, 그 검은 책이 덮인다.

소녀들 가운데 누구도 아닌, 《다섯 번째 사람》의 하얀 손에 의해──.

그자는 말한다.

"수고했다, 딸들아."

"알메디아 아주머니…………?"

메리다는 아연실색하여 그녀의 이름을 불렀다.

자신들이 이차원에서 모험을 벌이고 있는 사이에── 그랬을 것이다. 어느 틈엔가 리오 센트로 금서고를 찾은 사람은, 다름 아닌 알메디아 라 모르였다.

메리다 일행이 무사히 성 프리데스위데에 돌아가는데 핵심이 될 인물.

본래라면 재회를 기뻐해야 한다.

그러나 어째서일까──.

안색을 살피면 알 수 있다. 현재 여공작은 메리다 일행과의 만남을 반기지 않는다. 그녀들에게 눈을 맞춰주지 않는다. 《검은 책》 표지에 지그시 시선을 내리고 있다.

여전히 그녀들을 보지 않은 채, 말했다.

"물을 필요도 없겠지만, 골인한 것은 쿠퍼겠지?"

"네, 네에……."

"그렇다면, 좋아. 과연 기대에 부응하는 청년이로군."

혹시, 하고 속삭이듯이 계속 말한다.

"뭔가 좋지 않은 예감이라도 있었던 것인가──."

"어머니, 대체 이게 어떻게 된 일이에요?"

뮬이 일어나 감연히 모친에게 대들었다.

알메디아는 눈앞까지 온 딸의 손목을 붙잡는다.

짙은 남색 매니큐어를 바른 손가락으로, 절대 놓지 않겠다는 듯이…….

이쯤 되니 뮬도 눈썹을 찌푸린다.

"어머니?"

알메디아는 딸인 그녀의 눈동자만은 똑바로 바라보았다.

거의 입술을 움직이지 않고, 말한다.

"   좋아, 가르쳐주마. 너희 연인의 몸에 무슨 일이 일어났는지."

"네……?"

"애당초."

그렇게 운을 떼고, 알메디아는 한 손에 쥔《검은 책》으로 책상 표면을 찍었다.

아직 제대로 몸도 가누지 못하는 메리다, 엘리제, 살라샤를 둘러본다.

"애당초 왜, 이《검은 책》이 역사적으로 중요한 서적인가? 그 비밀은 여기에 봉인된 금주의 효과에 숨겨져 있다. 금주란 말이지, 말 그대로《사용해선 안 되는 주문》이다. 검은 책에 숨겨진 금지된 주문의 힘은,《사자의 소생》──."

"네……?!"

"죽은 자의 영혼을 현세에 불러들이고 빙의할 그릇에 정착시키는 거지……! 나아가 의사소통마저 가능하게 만드는 거야. 다만 그 힘을 사용하기 위해서는 대가가 필요해. 누군가 한 명을 제물로 바치고 인간으로서의 어떤 기능을 결손시키는 대신에 금주는 효과를 발휘한다."

네 소녀는 말문이 막혔다.

알메디아는 감정을 억지로 죽이고 있는 것처럼 보인다.

"……어떤 대가를 치를 것인지는 나도 알 수 없다. 하지만 안심하거라, 죽지는 않으니까."

"아주머니는 알고 있었던 건가요?"

살라샤가 후들거리는 무릎을 누르면서 일어나려 하고 있다.

그녀의 목소리에 타오르는 것 같은 격정이 담긴다.

"처음부터 쿠퍼 선생님을 제물로 쓸 생각으로,《검은 책》을 손에 넣게 하려고 했었던 건가요? 도대체 왜?! 아주머니는 자신을 위해서 그런 무서운 주문을 사용할 만한 사람이 아니에요…….. 아니, 그래도, 금서를 원하는 까닭은――."

깜짝. 말하면서 그녀는 무언가를 깨달아버린 것 같다.

깨닫고 말았다.

메리다와 엘리제 그리고 뮬의 시선이 한곳에 모인다.

조각같이 흔들림이 없는 알메디아 라 모르의 미모에.

"그래."

입술만 아주 조금 움직여 긍정.

"나다. 내가 바로 금서를 수집하는 성사 심사회의 심의장이다."

"세상에………."

"슈나이젠 일파의 순혈사상 따위에는 관심 없지만 말이야."

흥, 하고 콧방귀를 뀐다.

메리다와 엘리제도 일어나려면 무릎이 저리는 통증을 필사적으로 견뎌야 했다.

메리다는 자신의 목이 쉰 것을 자각하고 있었다.

"그러면 쿠퍼 선생님과의 약속도 거짓이었나요……?"

"음?"

"《검은 책》을 받는 대신 엘리와 제 몸의 안전을 위해서 협력해주겠다는."

아, 하고 알메디아는 무심하게 떠올린 것 같았다.

"그 일이라면 걱정할 필요 없어. 아니, 그렇다기보다 기병단에서 너희에게 내린 암살 명령은 내가 벌써 철회시켰다."

소녀들은 더욱더 깜짝 놀라지 않을 수 없었다.

알메디아는 집게손가락을 세우고 계속 말했다.

"다만, 그 주장을 관철하기 위해서 나도 여러 가지로 조건을 받아들여야만 했다. 하나는 시민들의 사상통제를 위해 성사 심사회를 설립할 것. 그리고 또 하나는———."

책상에서 흉흉한 장정의 책을 집어 든다.

"《검은 책》의 금주로 죽은 메리노아 엔젤의 영혼을 불러들일 것."

"네…………?!"

"그리고 엔젤 자매에 얽힌 수많은 의혹을, 《무능영애》 메리다 엔젤의 핏줄의 진실을 밝힌다! 그것이 슈나이젠, 순혈사상가들에게 건 조건이었다."

검은 책을 내리고 덧붙이듯이 말한다.

"너희가 이전 조하르 학회에서 속임수를 부린 덕분에 귀족 계급은 수면 아래에서 몹시 흔들리고 있어. 진상을 확실히 밝히지 않으면 수습이 되지 않는다는 얘기다."

"그렇다면."

메리다는 폭풍 같은 감정을 어떻게든 정리하고 얄팍한 가슴팍에 손바닥을 댄다.

"그 제물은, 제가 되겠습니다."

"아니, 조건은 더 있다."

알메디아는 단호하게 고개를 저었다.

역시, 그 입술에 어딘가 괴로운 빛이 스민다.

검은 책을 들고 자기 어깨를 두드렸다.

"이 남자는 말이지, 카디널스 학교구에서 너희를 데리고 나갈 때 소속부대에 반기를 들었어. 그 뒤처리를 해야 해. '금주의 제물로 삼음으로써 숙청했다고 판단한다!'……그것이 암살 명령을 철회시키기 위한 마지막 조건이다."

이야기하다 지친 것처럼 알메디아는 작게 한숨을 쉬면서 손을 들었다.

엄지손가락과 가운뎃손가락을 서로 문지른다.

"너희는 이야기해도 납득하지 못할 거라 알고 있었다. 그러니 미안하다. 일이 전부 끝날 때까지 가만히 있어 줘야겠다."

뮬이 날뛰었다. 붙잡혀 있는 왼손을 마구 움직인다.

"이거 놔, 어머니!"

"아니, 너만은 안 돼."

알메디아는 절박한 표정으로 얼굴을 쓱 가까이 댔다.

숨을 죽이고 있는 딸에게, 말한다.

"금주를 사용하려면 제물만으로는 부족해. 이 책이 만들어졌을 당시의――《고대의 피가 흐르는 자》가 주문을 외쳐야 한다. 이 세계에서 금주를 사용할 수 있는 것은, 너 하나……."

"뭐……!"

"이건 나에 대한 벌이군."

자조하듯이, 아주 쓸쓸해 하며 알메디아는 미소 짓는다.

다시 손을 들었다.

"잠시, 너와 내가 각기 다른 피가 흐르고 있음을 인정해야 해."

손가락으로 딱 소리를 낸다.

지면이 솟구치듯이 요동쳤다.

거인이 몸통으로 받았나 싶을 정도로 벽이 흔들린다.

당장에라도 갈라질 것 같은 천장은 세계의 종말을 연상케 했다──.

서 있을 수 없다! 버티지 못하고 무릎을 꿇으면서, 그러나 살라샤는 깨닫는다.

"미우랑 알메디아 아주머니가!"

여공작은 이 흔들림을 아랑곳하지 않고 뮬의 손을 끌고 문을 향해 달리고 있었다. 그 발자국을 감추는 것처럼 바닥 일면에 책이 흩어진다. 진동이 너무 심해 사방의 책장이 책을 뱉어 내고 있는 것이다! 깔리면 큰일이다, 메리다 일행은 필사적으로 몸을 붙인다.

끌려가는 뮬이 마지막으로 힘껏 그녀들에게 손을 뻗는 것처럼 보였다.

왜 뿔뿔이 흩어져야 하는 거지! 메리다도 뮬의 손을 향해 팔을 쭉 뻗는다.

닿지 않을 것을 빤히 알면서──.

곧 눈사태같이 방대한 책이 쏟아지고 출입구를 막았다. 겨우 흔들림도 가라앉는다. 흙먼지가 번지는 가운데 메리다 일행은 곧장 뛰기 시작했다.

"책을 치우자!"

그러나.

복잡하게 겹쳐진 책은 단 한 권도 움직일 수 없었다. 믿기지 않을 정도로 무겁다. 대체 왜?! 그런 초조한 마음에 맨 먼저 대답을 내놓은 것은 엘리제였다.

"금서고……."

불쑥 튀어나온 그녀의 혼잣말에 메리다와 살라샤도 얼굴을 든다.

전원이 이미 뼈저리게 느끼고 있지만…… 엘리제는 씁쓸한 듯이 마저 말했다.

"이 서고의 책은 건드릴 수 없으니까…… 치울 수도 없어."

"서두르지 않으면 선생님이 제물이 되고 말 거야!"

메리다는 답답한 듯이 책상을 돌아보았다.

구태여 확인할 필요도 없이 《검은 책》은 그곳에 없었다. 알메디아가 가지고 가버렸으니까. 책 안에 갇혀 있는 상태인 쿠퍼도 함께…….

어떡하면 좋을까?

메리다, 엘리제, 살라샤 세 사람은 망연히 얼굴을 마주 본다.

전례 없는 위기에 직면했다는 사실이 밀물처럼 등줄기에 소리도 없이 다가와 있었다. 지금까지 몇 번이나, 메리다가 고난을 만날 때마다 그 믿음직한 가정교사는 반드시 옆에서 혹은 멀리서 지켜보며 극복하기 위한 힘을 주었다.

지금은 다르다. 고난이 덮친 것은 바로 쿠퍼다! 그 스스로 어떻게 할 수는 없다. 자신들이 그를 구해야 한다──. 그 긴장감이 가냘픈 어깨를 내리누른다.

세 사람은 결국 아무 말 없이 서로의 눈에 기댈 수밖에 없었다.

믿을 수 있는 어른들은 어디에도 없다. 쿠퍼는 붙잡혔고, 로제티는 행방불명. 믿고 있었던 알메디아는 음모의 흑막이었다. 메리다 일행은 슈나이젠 단장을 필두로 한 성사 심사회를, 쿠퍼가 소속된 노련한 기병단을 상대로——.

여기에 있는 자그마한 세 사람만으로 맞서야만 한다.

LESSON: V ～기분 좋은 오페라 가수～

　밤도 깊어질 무렵 아쿠아리무스 천경구는 활기를 띠고 있었다.

　가로등의 숫자는 줄어드는 반면, 대운하의 한 모퉁이가 휘황찬란하게 밝다.

　수상 오페라 극장이 있기 때문이다.

　천경구의 명소, 발렌느 궁——.

　그리로 곱게 차려입은 신사 숙녀가 속속 모이고 있었다. 정면 현관 입구는 매우 혼잡하다. 그 인파를 피해 관계자용 부두에 당도하는 한 척의 곤돌라.

　내려선 것은 바로 알메디아 라 모르다.

　그리고 모친에게 한쪽 팔을 잡힌 뮬이다.

　틈나는 대로 《검은 책》을 매섭게 노려보고 있지만 어머니의 한쪽 손은 결코 그것을 놓지 않았다.

　"어머니, 대체 여기서 무엇을 하는데요?"

　"연극이야."

　여전히 알메디아는 감정을 억누르듯이 앞을 향하고 입술을 거의 움직이지 않는다.

　"이미 프란돌 전체의 유력자에게 《검은 책》의 존재는 공표되어 있어서 말이다. 티켓은 당일, 1시간도 지나지 않은 사이에 다 팔렸어. 이제부터 이 발렌느 궁에서 상연되는 공연은 엔젤 가문이 얽힌 슬픈 사랑의 이야기…… 페르구스 엔젤과 메리노아 엔젤의 첫 만남을 본뜬 연극이다. 그 끝에 죽은 메리노아의 영혼을 《검은 책》으로 불러들이고 진실을 고하게 만드는 거지. 유력자들 앞에서 모든 수수께끼가 밝혀질 거다."

뮬은 모친을 노려본다.

"나더러 쿠퍼 선생님을 희생시켜 리타의 어머니를 되살리라고 하는 거예요?"

알메디아는 차가운 눈동자로 딸을 힐끗 내려다보았다.

"――그래. 금주는 다름 아닌, 시간을 초월한 고대인인 너밖에 쓸 수 없어."

"그런 무서운 방식이 아니더라도 리타의 혈통은 증명할 수 있을 거예요!"

알메디아는 눈썹을 찌푸리고 가볍게 입술을 깨물었다.

"……아니, 할 수 없어. 특히 메리다의 피와 마나를 성사 심사회가 조사하는 것만큼은 무조건 피해야 해."

"네……?!"

"왜냐면 말이지, 대강 짐작이 가기 때문이야. 왜, 《무능영애》라고 불렸었던 메리다가 어느 날 갑자기 마나에 눈을 떴는지……. 우리와 똑같아. 의붓딸인 네가 내게서 마나를 나누어 받고, 《라 모르 가문의 디아볼로스》가 된 것처럼――."

뮬은 보석 같은 눈을 부릅뜨고 말문이 막혔다.

같은 처지이면서── 왜 여태껏 생각이 미치지 않았던 걸까 하는 표정이다.

"리타와 쿠퍼 선생님의 클래스는 같은《사무라이》…………설마?!"

알메디아는 재빨리 입술 앞에 집게손가락을 세워 뒷말을 제지했다.

조금씩 여러 번 끄덕이면서 엄한 표정으로 계속한다.

"……그 사실만은 반드시 끝까지 숨겨야 해. 따라서 메리다의 신병을 기병단에 보내는 선택지는 없다. 죽은 메리노아에게 묻는 것밖에 방법이 없어……."

그녀 자신이 쓴맛을 참고 있다는 것을 딸인 뮬은 알 수 있었다.

하지만 그렇다고 해서 쿠퍼를 희생시켜 메리노아의 영혼을 저 많은 사람 앞에 끌고 가 신문을 행한다니! 보잘것없는 아이인 자신이 어떻게 말하면 알메디아를 설득할 수 있을까? 답을 구하지 못하는 동안에 대기실 근처의 뒷문으로 끌려간다.

거기에서는 친숙한 짙은 보랏빛 배틀 드레스를 입은 소녀들과 위엄 있는 장년 여성이 기다리고 있었다. 성 도트리슈 여학원의 학원장과 뮬, 살라샤의 학우들이다.

여학생들은 거북한 듯이 뮬을 직시하지 않는다.

클로바스 학원장도 떨떠름한 표정이다.

"라 모르 공…………."

알메디아는 오른손으로 단단히 딸을 붙잡은 채 왼손에《검은 책》을 들었다.

"걱정하지 마라, 《검은 책》은 이렇게 되찾았다. 그대들에게 잘못은 없다. 이제는 성사 심사회에 순종하는 척을 하고 있어라."

도트리슈 여학생들은 배틀 드레스 위에 무장을 하고 있었다.

스쳐 지나가면서 알메디아는 학원장에게 고한다.

"연극이 상연되는 동안 그대들에게는 수상의 경비를 맡기겠다. 설령 누구든 간에 통과시키지 마라."

"경비?"

클로방스 학원장은 발걸음을 멈추지 않는 알메디아를 돌아본다.

학생인 뮬이 마지못해 끌려가는 광경에 가슴 아파하면서.

"대체 누가 당신들에게 맞선다고?"

알메디아는 단 한 번 발걸음을 멈췄다.

"……절대로 아무것도 할 수 없다."

뒤돌아보지 않고.

"그런 예상은 지금까지 수도 없이 뒤집혔다."

그리고 결연하게 발을 내디딘다.

† † †

만약 알메디아와 성사 심사회에 맞설 의사를 가진 자가 있다고 하면, 그것은 바로 메리다 일행이었다.

하지만 그녀들은 지금 지하 미궁의 깊은 곳에서 불가침 주문에 갇힌 상태다. 메리다는 끈질기게 몇 번째인지도 모르지만,

칼집을 세게 쥐었다.

우측 옆에서는 엘리제가 팔라딘의 장검을 머리 위로 높이 쳐들고 있다.

그리고 좌측에서는 살라샤가 창끝을 지면에 닿을락 말락 한 지점까지 내리고 있고——.

트리플 버스트.

"《환도일섬(幻刀一閃) 풍아(風牙)》!" "《디바인 라이즈》!" "《드라이 크레셴도》!"

세 가지 색의 마나가 서로 꼬이면서 한 방향으로 합쳐지고 오로라를 닮은 빛이 솟구친다.

벽에 격돌. 그러나 폭발처럼 보이는 음색과 충격파가 되돌아오고——.

소녀들의 배틀 드레스 자락이 심하게 나부낀다.

아까까지는 없던 느낌! 하지만 메리다의 표정은 여전히 심각하다.

"설마 한 권도……."

하아, 한숨에 피로감이 엿보인다.

"움직이지 않다니!"

리오 센트로 금서고의 출입구를 가로막은 책의 산은 꿈쩍도 하지 않았다. 직접 건드릴 수 없다면, 하는 생각으로 빛 면을 부기로 때리고 전력을 다한 어썰트 스킬을 가했지만 결과는 마찬가지였다.

갇히고 나서 얼마나 시간이 지났을까.

알메디아는 틀림없이 이미 지상에 있을 것이다——.

"서두르지 않으면 쿠퍼 선생님이……!"

알메디아는 쿠퍼가 금주를 발동시키기 위한 제물로 쓰인다고 했다.

목숨까지는 빼앗지 않는다고 했지만, 그것이 무슨 변명이 된다는 말인가!

당연히 그 후의 신병은 성사 심사회에 인도되고 말 것이다…….

"어머니…………."

메리다는 가슴팍에서 주먹을 꼭 쥔다.

《사자의 소생》이라는 말을 들었을 때, 어머니와의 재회를 마음속에 그리지 않았다고 하면 거짓말이다. 하지만 그러기 위해서 대가가 필요해진다고 한다면 그 역시 메리다가 치러야 한다.

죽은 자를 되살린다——. 그 소원은 작년 여름에도 들은 적이 있다.

슬픔을 이기지 못하고 인생을 망친 《죽음의 여왕》 레이시 라모르.

그녀의 임종을 떠올리면 지금도 눈시울이 뜨거워진다. 레이시 여왕은 연금술로 죽은 연인을 되살렸지만 행복은 되찾을 수 없었다. 사랑하는 사람과의 재회는 이루어지지 않았다. 되살아난 연인 역시 생전의 고상함을 잊어버린 괴물로 전락했고——.

어머니 메리노아가 비슷한 일을 당한다고 상상하면 머리가 절망으로 새카매진다.

역시 안 돼! 메리다는 머리를 흔들어 상상을 쫓아버린다.

아름다운 어머니의 추억을 더럽힐 수는 없다.

메리다가 사랑하는 사람을 상처 입혀선 안 된다——.

하지만 어떡하면 좋지?

"여기에서 나갔다 치고."

마나의 회복을 기다리면서도 메리다는 친구들과 의견을 나눈다.

가만히 숨을 고르고 있을 여유는 없다.

"어떡하면 쿠퍼 선생님을 구할 수 있을까? 아이디어 좀 있어?"

엘리제와 살라샤도 바닥에 시선을 떨구고 생각에 잠겼다.

엘리제가 불쑥 중얼거린다.

"《검은 책》은 저주의 책……."

얼굴을 들고 메리다의 눈동자를 집어삼킬 듯이 쳐다봤다.

"미우가 말했었어, '저주에는 반드시 풀 방법이 있다.' 고. 쿠퍼 선생님도 말했었어, 미우가 얼음에 갇혔을 때, '불공평한 것은 이상하다.' 라고."

"그랬었지."

"한 번 잡히면 절대로 구할 수 없다니, 그런 건 불공평해."

엘리제는 이쪽에 걸어와 메리다의 손을 쥐었다.

"생각하지. 빈드시 뭔가 방법이 있을 거야."

"엘리…………."

"나도 그《검은 책》은 쓰면 안 된다고 생각해."

엘리제는 괴로운 듯이 눈썹을 찌푸리고 있었다.

메리다는 그녀의 손을 살며시 자신의 양손으로 덮는다.

"고마워, 엘리."

자매가 서로에게 부족한 마음을 채워주고 있는 동안에도 살라샤는 열심히 머리를 굴리고 있었다.

《검은 책》에 관해서 알고 있는 것은 적다——.

그렇기에 자신들이 직접 보고 들은 것을 판단 재료로 삼을 수밖에 없었다.

그리고 힌트는 바로 거기에 있었다! 살라샤는 퍼뜩 얼굴을 들었다.

"……두 사람 다! 《검은 책》표지에 쓰여 있었던 룰을 기억하나요?"

""룰?""

메리다와 엘리제는 거울을 마주 보는 것처럼 뒤돌아본다.

각자 손꼽아 헤아리며 탑에서의 모험을 반추했다.

"으음, '이 책에 책갈피는 없다.' 니까, 도중에 게임을 그만둘 수는 없고……."

"'골에 도착해 《원스 어폰 어 타임》이라고 외치면, 금주를 자신의 것으로 만들 수 있다.' ……였지? 실제로는 '제물이 된다.' 는 의미였지만."

아무래도 두 사람은 유념하고 있지 않나 보다. 살라샤는 답답한 듯이 호소했다.

"그 사이에. 표지 뒤에 룰이 한 줄 더 쓰여 있었잖아요!"

"어? ……앗!"

"'두 명이 만나 《해피 에버 애프터》. 그렇게 하면 이야기는 해방된다.' ……. 분명 그렇게 쓰여 있었어. 이건 그러니까."

메리다와 엘리제도 깨달은 모양이다.

전원이 같은 생각을 공유하고 손짓 몸짓을 섞으면서 언어로 만들어간다.

"한 명이 골인해 제물이 된다면——."

"두 번째 사람이 골인해 《해피 에버 애프터》라고 외침으로써……."

"그것이 캔슬된다! 그러면 불공평하지 않죠. 이치에 맞다고 생각하지 않나요?"

기댈 수 있는 가능성은 그것밖에 없었다.

아무렴, 《검은 책》의 모험은 가혹하긴 했지만 불공평하진 않았다.

메리다 일행이 지혜와 용기를 짜내면 길은 몇 번씩이나 열렸지 않은가.

쿠퍼를 구해낼 룰은 반드시 남아 있다——!

"다 알았으니 이런 곳에 더는 볼일이 없지."

표정을 다잡고 다시 한번 출입구를 돌아보는 메리다.

그 우울했던 《검은 책》의 장정이 그립게 느껴질 때가 올 줄이야……

"쿠퍼 선생님 다음 순서는 나야."

세 칸만 더 가면 끝. 엘리제의 말은 아직 멀고, 살라샤와 뮬은 《10》 부근.

《검은 책》은 알메디아가 가지고 가버렸다. 성사 심사회의 사람들과 결탁하여 쿠퍼를 제물로 메리노아의 영혼을 불러들일 셈이다. 그것이 행해지기 전에! 어떻게 해서든지 《검은 책》을 되찾고 메리다의 손으로 주사위를 굴려야 한다.

자, 어떡한다.

결국은 문을 가로막는 주문이 걸린 산더미 같은 책들을 어떻게 하느냐가 열쇠다──.

본격적으로 고민하기 시작한 바로 그때였다.

서고가 다시 흔들렸다.

알메디아가 일으킨 것 같은, 전조 없는 격동은 아니다. 처음엔 작게 덜컹덜컹하고 책장이 안정성을 잃을 정도였는데, 흔들림이 도무지 가라앉지 않는다. 그러기는커녕 점점 영향이 커진다. 구두 바닥에까지 진동이 전해진다. 지진과 비슷한 음색이 가속도를 붙여 커지고 더욱 가까워진다. 책장은 이미 중저음의 비명을 지르고 있었다.

사태가 여기에 이르러 메리다 일행도 경계한다.

"대체 뭐야?!"

그 직후였다.

책의 산이 바깥쪽부터 날아가 버렸다. 새빨갛게 부풀어 오른 것은 폭염이다. 불똥을 퍼뜨리는 책더미가 머리 위를 날아가 세 소녀는 비명을 지르며 서로 부둥켜안는다.

도대체 무슨 일일까?!

움직일 수 없을 줄 알았던 저주의 책을, 무엇이 폭발물을 사용해 억지로 돌파한 걸까……?

조심조심 얼굴을 돌리니 출입구로 가는 길은 열려 있었다. 좌우로 밀려 젖혀진 책의 산이 그을려, 지금은 불똥을 퍼뜨리고 있다. 입구의 문마저 산산조각으로 날려 버리면서 다시 한번 벽에 난 커다란 구멍을 통해 난입해온 것은——.

차량이었다.

몇 개나 되는 파이프에서 증기를 뿜고 있는데, 어딘가 음악같이도 들린다.

세 소녀는 노출된 운전석에 있는 인물을 본 기억이 있었다.

기계식 의수로 모자를 벗고, 의안 렌즈에 어안이 벙벙한 소녀들의 얼굴이 비친다.

잔 크롬 클로버다.

"호호, 정보대로군요!"

"크, 클로버 사장님?!"

"《마차》를 가져왔습니다요. 자자, 아가씨들, 뒷자리에 어서 타세요!"

그 지독히 요란한 강철 짐승을, 《마차》라고 부르는 걸까?

좌우간 메리다로서는 그를 어떻게 설명하면 좋을까. 클로버는, 귀족 계급에 대한 반발이 높아지고 있는 작금 시민들의 암도적인 지지를 등에 업고 대두한 레이볼트 재단이라는 재벌의 사장이다. 기계로 무장한 시민병인 흑천 기병단을 새로운 군대로 인정받기 위해 정부 측에 한창 손을 쓰고 있다고 알고 있다.

그 기병단의 전력을 쿠퍼는 "발전 도상이다."라고 평가했었다.

그런데 이 금서고의 수비를 날려 버리다니, 어떻게 된 일인가?! 메리다는 우선 눌어붙은 책의 산을 둘러보면서 캐물어야 했다.

"대체 어떻게 한 거예요?"

클로버는 기계 손가락을 '틱, 틱, 틱' 흔든다.

"당신네들 귀족은 애석하게도 마법이라든가 저주라든가, 걸핏하면 눈에 안 보이는 힘에 고집한단 말이야. 종이는 불에 약하다! 오호호, 유치원생이라도 다 아는 상식 아닌가요?"

그 집게손가락으로 《철의 마차》의 핸들을 쿡쿡 찌른다.

가만 보니 차량에는 곳곳에 흉악해 보이는 무장이 달려 있었다. 헤드라이트에 돌출해 있는 것은 바로 화염방사기의 포문.

클로버 사장이 크랭크를 반 바퀴 돌리자 불길을 한 주먹쯤 토한다.

"이것은 우리 레이볼트 재단의 신상품, 스팀 모빌! 군용으로 특화되어 있으므로 방향 전환에 어려움은 있지만 마력(馬力)은—— 보증합니다! 기병단의 중역분들에게 영업 중입니다만, 실적이 영 좋지 않아서 말이죠~~~. 아, 가격은 시가입니다."

"……사장님?"

그 스팀 모빌인가 하는 것의 조수석에는 한 여성이 앉아 있었다.

정장 치마 복장으로 보아 비서인 듯한데—— 매우 실례지만 망령도 아닌데 패기가 없다. 들릴락 말락 한 음량은 사교적이라고도 할 수 없을 것이다.

하지만 그녀는 비서답게 회중시계를 보여주었다.

철야한 미라 같은 미소를 띤다.

"개연 시간이 임박했습니다……. 우후후."

"아차, 이러고 있을 순 없어요! 자, 빨리 타요, 타!"

느닷없이 그런 소리를 들어도 얼굴을 마주 보는 세 소녀였지만……

이어지는 호소를 듣고 즉시 뇌의 스위치를 바꾸어 켰다.

"당신들의 선생님에게 위기가 닥쳤어요!"

"————!"

이 이상 타이밍이 좋을 수 있을까!

자잘한 생각은 그만두고 메리다, 엘리제, 살라샤는 스팀 모빌의 덮개가 달린 짐받이에 뛰어들었다. 동시에 운전석의 클로버 사장은 능숙하게 레버를 바꿔 넣으면서 액셀을 힘껏 밟는다.

소리 높이 우는 것처럼 증기를 뿜어 올리고 스팀 모빌은 온 길을 사납게 후진하기 시작했다.

큰 흔들림이 짐받이를 덮치는 가운데 메리다는 애써 운전석에 소리를 지른다.

무슨 일이 있어도 확인해야만 했다.

"저희에게 힘을 빌려주는 건가요? 어째서죠?"

"쿠퍼 선생과의 약속이에요. 우티, 벤씰 진구거는요? 호호호."

메리다의 뇌리에 기억이 번뜩 떠올랐다.

《검은 책》과 뮬의 탐색을 나가기 직전, 쿠퍼는 편지를 몇 통 읽었었다. 틀림없이 로제티와 서로 연락을 취하고 있는 것이라고만 생각했었는데, 발송인의 한 명은 클로버 사장이었던 것이다!

하지만 그는 왜 클로버 사장과?

"이상한 일은 아니에요."

클로버 사장은 날카롭게 레버를 바꿔 넣은 다음 다이내믹하게 핸들을 돌렸다.

장절한 좌우 흔들림이 짐받이를 덮치고 모빌은 반전.

그러자 위층으로 향하는 계단이 눈앞이었다. 클로버 사장은 액셀을 힘껏 밟는다. 타이어가 맹렬히 회전하고, 황무지 답파 용인 스팀 모빌이 계단을 달려 올라간다.

기관부의 폭음에 지지 않게 클로버 사장은 목소리를 높였다.

"그는 지금 프란돌이라는 국가에 대들고 있어요! 그리고 우리, 레이볼트 재단도 귀족 여러분과 양호한 관계라고는 할 수 없어요……. 같은 《적》에게 맞서는 자끼리, 그는 지금, 마음의 응어리를 버리고 누구와 손을 잡아야 하는가?를 주도면밀하게 생각하고 있었던 거예요!"

"선생님이……."

"《검은 책》 회수 임무를 명받고, 필시 어떤 좋지 않은 예감이 들었던 거겠죠. 리오 센트로 금서고의 장소를 제게 알리고, '만일의 경우는 구원을 부탁하고 싶다.' 라고──. 전 그 말에 응해 찾아온 거예요. 오호호, 제가 의리는 또!"

"하지만."

거기서 엘리제가 끼어들었다. 메리다 옆에 몸을 붙인다.

덮개 너머로 클로버 사장의 뒤통수를 쏘아보며.

"비블리아 고트로 들어가는 모든 《문》은 엄중하게 관리되고 있어. 평민 계급인 당신이 어떻게 여기까지 올 수 있었던 거지?"

"그것은—— 이 자리에서 말하기는 좀 그렇군요. 지금은 그런 것보다!"

노골적으로 화제를 바꾸고 클로버 사장은 소리 높이 외친다.

"제 개인적인 야망을 위해, 쿠퍼 선생의 몸에 만일의 사태가 일어나면 아주 곤란해요! 어떻게든 성사 심사회의 횡포를 막아야 합니다!"

"아, 네에……."

"자자, 똑바로 자리에 앉아 꽉 잡으세요! 밟습니다요오～～～!!"

메리다와 엘리제는 얼굴을 마주 볼 수밖에 없었다.

짐받이 후방을 돌아보자 살라샤가 있다.

그리고 또 한 명, 시중을 드는 사람인지 글래머러스한 미녀가 어째선지 수영복 차림으로 음료수를 따르고 있었다. 참으로 평키하다. 틀림없다, 레이볼트 재단의 사원일 것이다.

무심하게 음료수를 넘치게 따르면서 살라샤에게 강제로 쥐여준 유리잔에 건배한다.

"이봐, 아기씨! 스팀 노빌 승자감 최고지?"

"아으아으아으……."

너무나 심한 흔들림에 살라샤는 혀를 깨물지 않는 게 고작이었다…….

클로버 사장의 함성 같기도 한 웃음소리가 울려 퍼졌다.

"오오——호——호——호오! 가자, 실버 모오오오———빌!!"

기관부가 소리 높이 우는데, 설마 자아가 있는 것은 아니리라——.

그렇게 《도서관》에 있을 수 없는 폭음을 울리면서 증기를 마구 뿜는 철의 마차가 계단을 맹렬한 스피드로 달려 올라간다.

비서가 가리킨 오페라 극장의 개연 시간은 확실히 임박해 있었다.

† † †

오후 7시 30분——.

뮬은 발렌느 궁 최상층에 있는 대 리허설 룸으로 끌려와 있었다. 천장에는 거대한 샹들리에가 있어 본무대를 방불케 하는 현장감이 느껴진다. 하지만 도르래 장치가 방 구석에 노출되어 있는 것이 누가 봐도 무대 뒤답다고나 할까.

배우들은 이미 몸단장을 마치고 아래층 무대 옆에 모여 있는 것 같다.

뮬 역시 스테이지용 의상으로 어쩔 수 없이 갈아입었다.

오페라에 출연해야 하기 때문이다.

나가는 부분은 극의 클라이맥스에 한 장면뿐——.

대사도 딱 한마디.

바로 《원스 어폰 어 타임》이다.

"알겠니?"

둥글게 만 대본을 손에 들고 몇 번씩이나 주의를 주는 인물이 있다.

오늘 밤 대무대의 주최자, 스카치 슈나이젠 기병단장이다.

"알겠냐고, 장난꾸러기. 자신의 역할을 잘 알고 있지? 극의 순서를 기억했겠지?"

뮬은 《남자》인지, 《여자》인지 분명치 않은 상대에게서 얼굴을 획 돌린다.

슈나이젠은 거구를 부르르 떨며 발을 동동 굴렀다.

"에잇, 귀여운 구석이 없네!"

"안심해라, 내가 붙어 있으니까."

차가운 목소리로 수습한 것은 알메디아였다.

묘령의 그녀 역시 무대용 의상을 입고 딸의 어깨에 단단히 손을 두르고 있었다.

그리고 다른 한 손에는 오늘 밤 오페라에서 가장 중요한 소도구——.

《검은 책》이 들려 있었다.

"보다시피 검은 책은 제물을 봉하여 발동 조건을 채웠다. 모든 것이 의도대로 됐어."

그러자 슈나이젠은 침으로 유쾌한 듯이 여공작의 손가를 대본으로 가리켰다.

"하하아! 그 안에 그 재수 없는 인기남이 있다 이거지. 깨소금 맛이군!"

"……."

뮬은 입술을 깨물고 사랑하는 사람의 모욕을 듣지 않도록 애쓴다.

지금의 보잘것없는 자신은 그 정도밖에 할 수 없다…….

오페라의 줄거리는 이렇다.

젊은 날의 페르구스 엔젤과 메리노아 엔젤의 비련의 이야기. 두 사람은 만나고, 약혼을 주고받지만, 신분 차가 큰 결혼에는 갖은 어려움이 따라붙는 법……. 그런 나날에 지친 메리노아 앞에 매력적인 제3의 남성이 나타나 이렇게 말한다.

'페르구스가 너를 아내로 맞아들인 것은 몰드류 무구 상공회와의 거래 때문이다!'

한 마디로 정략결혼이었다는 것이다. 제3의 남자는 메리노아의 상심을 이용해 그녀에게 새 인생을 보증한다. 정녕 메리노아는 그 감언에 넘어가 버린 것인가…….

그것이 밝혀지지 않은 채 메리노아는 돌아올 수 없는 사람이 되고 만다.

──여기서부터가 공연의 클라이맥스다. 관객은 퍽이나 애가 탈 터.

그리고 분위기가 무르익은 순간, 메리노아의 유해 앞에 《호수의 요정》이라는 캐릭터가 나타나는 것이다. 그녀는 금기의 마법으로 메리노아를 되살려 진실을 고백하게 한다.

관객으로서는 그 장면이야말로 놓칠 수 없는 볼거리이자 하이라이트가 되겠다.

메리노아의 부활만은 창작이 아니다.

검은 책을 이용한 《사자 소생》의 기적——!

그것을 애타게 기다리는 자들의 욕망이 발렌느 궁을 들끓게 하는 것을 뮬은 느끼고 있었다.

역겹기까지 하다.

다름 아닌 자신이 《호수의 요정》 역할을 짊어져야 한다니!

현대의 인간이 아닌, 고대의 피를 직접 물려받은 자로서 금주를 다루는 힘이 있다고? 딱히 그렇다고 해서 시험 점수가 좋아지고 그러지도 않는다. 대제 자신에게 어떤 메리트가 있는 걸까?

——리타랑 아이들은 금서고에 남았는데 괜찮을까…….

그 이계의 탑에서 고생만 했었던 모험이 그립기까지 하다.

그 세계에는 자신들밖에 없어서 누구에게 비난받는 일도 없었다. 신분을 잊고 까불며 떠들기도 하고, 친구를 놀리기도 하고, 다 같이 쿠퍼를 두고 쟁탈전도 벌이고……. 그렇게 어느새 놀다 지쳐 집에 돌아가면 다정한 어머니가 기다려줄 거라고 믿을 수 있었다.

뮬은 눈꺼풀을 감는다.

냉동수면이라는 길고 긴 잠을 거쳐 이 시대에 눈을 뜬 뮬은, 가족이 없다.

하지만 공작 가문에 관련된 핏줄이라는 사실만은 알고 있다! 다시 말해 이 시대의 모든 것—— 자신에 관한 것조차 명확하지 않은 뮬에게 있어 살라샤와 메리다와 엘리제만은 혈연이라고 —— 자신과 관계가 있는 자매라고 믿을 수 있는 것이다.

역시, 음미하듯이 생각한다.

역시 나는 모두와 있는 게 성격에 맞나 봐………….

리허설 룸 오른쪽이 갑자기 소란스러워졌다.

그쪽은 특별 회원용 살롱이다. 알메디아와 슈나이젠의 주의가 그쪽을 향하고, 뮬 역시 살짝 눈을 뜨고 살롱을 내려다본다.

유달리 화려한 손님이 찾아와 있었다.

기계 몸으로 덜그럭덜그럭 음악 소리를 내며 누구든 상관없이 사방에 키스를 뿌리고 있다.

"초대해주셔서 감사합니다, 초대해주셔서 감사합니다, 오호호!《해피 클로버》가 왔습니다, 호호! 아쿠아리무스의 맑은 수경(水鏡)에!"

혼자 유리잔을 들고.

"아, 건배~~~!!"

""저 머저리 같은 피에로 놈………."""

알메디아와 슈나이젠 단장의 혼잣말이 절묘하게 겹쳤다.

살롱의 빈객에게 알메디아는 혀를 차는 모습을 숨기려고도 하지 않았다.

"어떻게 티켓을 입수했지……! 재단 사람에게는 구매권이 넘어가지 않게 사전에 손을 써두었는데!"

"뭐, 아무렴 어때."

슈나이젠은 몸을 한껏 뒤로 젖히고 클로버 사장의 피에로 페이스를 내려다보고 있었다.

"저 녀석에게도 있는 그대로의 진실을 가르쳐주면 돼. 이 이상 《예언의 아이》를 가지고 이러쿵저러쿵 허튼소리를 퍼뜨리지 않도록⋯⋯."

유력자 둘의 강렬한 눈길만큼은 마이 페이스인 피에로도 알아챈 걸까.

클로버 사장은 리허설 룸 쪽을 올려다보며 말했다.

"어이쿠, 그쪽에 계시는 건 아리따운 여공작에 순혈사상의── 어머니!"

"그만!"

슈나이젠은 힘껏 입술을 비틀었다.

"나를 어머니라고 부르는 것은 순혈사상가 동포, 아이들뿐이야."

"그런 무서운 얼굴 하시지 마시고! 오늘 밤은 함께 오페라를 즐기시지 않겠습니까──."

뮬은 별안간 고개를 갸웃했다.

클로버 사장의 시선의 끝.

자신을 보고 있다⋯⋯.

클로버는 알메디아와 슈나이젠에게 한꺼번에 인사하고 있는 것처럼 보여도 실은 그 안쪽에 있는 뮬에게 가장 주의 깊은 시선을 보내오고 있었다.

왜? 뭔가 전하고 싶은 것이 있는 걸까?

그와는 한 차례, 강철궁 박람회에서 인사한 적이 있다. 면식은 그것뿐인데⋯⋯.

클로버 사장은 손짓 몸짓을 섞어 쉽게 진의를 전하지 않는다.

뭔가 구체적인 메시지가 있는 것은 아닌 듯하다.

그냥 《신호》를 보낸 것처럼 느껴졌다.

이제부터 무슨 일이 일어난다는 신호를.

"잇츠 쇼 타임입니다. 고귀한 여러분."

피에로의, 그러나 확실히 이성적인 목소리가 대 리허설 룸에 울렸다.

개연, 5분 전——.

LESSON: VI ～원더풀 차일드～

드디어 오페라의 막이 올랐음을 성 도트리슈의 여학생들은 깨달았다.

발렌느 궁 주변에서 인기척이 사라진 것이다. 관객은 모두 티켓을 들고 회장 안으로 들어간 것 같다. 개연 중에는 극장 바깥쪽이 조용한 법이다.

운하에 인접한 발렌느 궁을 포위하듯 즐비하게 곤돌라가 떠 있다.

배틀 드레스 차림의 소녀들이 수로 안내원처럼 뱃머리에 진을 치고 있었다.

수다는 없고——

표정은 딱딱하다.

발렌느 궁에서는 일생일대의 극이 열리고 있다지만 여학생들은 객석을 부럽게 여기지 않았다. 그다지 유쾌한 줄거리는 아닌 것 같음은, 얼굴을 산뜩 찌푸린 클로방스 학원장으로부터 감지하고 있기 때문이다.

극의 최후에 진짜 마법서로 엔젤 가문의 의혹을 폭로한다고 한다.

그 결과 여하에 따라서는——.

메리다는 공작 가문의 딸이 아니게 된다.

이제 막 새로운 자매가 된 그 전학생의 명예가 실추될지도 모른다.

여학생들은 모두 뒤숭숭한 기분이었다.

객석을 부럽다고는 생각지 않는다.

하지만 모두 은근히 후방을 걱정하고 있었다.

저 장엄한 발렌느 궁 안에서 대체 무엇이 일어난 걸까……?

그렇게 대부분이 경계를 소홀히 하고 있었을 때다.

한 명이 퍼뜩 얼굴을 든다.

"……무, 무언가가 접근해옵니다!"

"무언가?"

동일한 간격으로 배치된 학급 위원장—— 즉, 실장 중 한 명이 얼굴을 찡그린다.

보고는 더 정확히 하세요!

학생 신분임에도 그렇게 야단치고 싶은 심정이었지만…….

실장 본인도 동급생이 손가락으로 가리키고 있는 방향을 보고 깨닫는다. 《무언가》—— 확실히 그렇게밖에 표현할 수 없었다. 물보라를 높이도 튀기는 《무언가》다. 그것이 운하를 맹렬한 스피드로 거슬러 올라오고 있다. 수상 버스 바포레토 따윈 발뒤꿈치도 따라가지 못하는 속도.

상어인가? 순간 말도 안 되는 생각이 떠올랐다.

하지만 그렇진 않다. 생물이 아니었다. 뒷부분에서 분화와 같은 맹렬한 기세로 증기를 뿜는――《배》다! 기관부에서 폭음을 울리며 수상을 가로질러 온다.

1인승 배였다.

자전거처럼 올라타 조종하는――저런 괴상한 탈것은 본 적이 없다!

동요하는 여학생들의 사이에서 누군가가 소리쳤다.

"저건 쉬크잘 공…… 살라샤 님이에요!"

"뭐라고요?!"

그렇다. 그 《기계 상어》를 조종하고 있는 것은 벚꽃 머리칼을 바람에 나부끼는 살라샤 쉬크잘이었다. 배틀 드레스를 입었고 등에 창을 지니고 있다.

실장은 입술을 깨물었다.

라 모르 공의 엄명을 떠올린다.

망설임을 떨쳐버리듯이 팔을 옆으로 휘두르며 급우들에게 지시했다.

"거너 클래스에게 발포 허가를! 살라샤 님을 막아요!"

이미 살라샤와의 거리는 표정을 확인할 수 있을 만큼 가깝다.

그녀가 이따금 보여주는 저 결연한 눈빛――.

경비를 도우러 온 것은 결코 아니리라. 새 자전거를 자랑하고 싶은 바도 아닐 것이다. 살라샤가 핸들을 조금씩 틀자, 좌측의 물보라만 한층 더 높이 출렁거리고 차체가 우측으로 급선회한다.

거너 클래스의 학생들은 총구를 들이댔다.

방아쇠를 당길 결심을 좀처럼 내리지 못하는 그녀들을 실장이 호통친다.

"쏴!!"

무지갯빛 마나와 함께 형형색색의 탄환이 수상을 날았다.

그 전부가 《기계 상어》의 등지느러미조차 따라잡지 못한다. 탄환은 물보라를 원형으로 관통해 운하를 튀길 뿐이다. 연달아 발포해도 마찬가지. 살라샤는 핸들을 최대로 틀었다.

《기계 상어》는 콧등이 물에서 뜰 정도로 가속해 곤돌라의 전방을 톱 스피드로 가로질렀다. 부풀어 오른 파도가 몇 척의 곤돌라를 삼키고 운하로 내동댕이친다.

여학생들은 견디지 못하고 비명을 질렀다.

실장은 입술을 깨문다.

그때, 총성이 울렸다.

《기계 상어》의 선미에 불똥이 튀고, 눈에 띄게 속도가 떨어진다.

살라샤의 표정이 험악해졌다. 즉시 배를 버리는 결단을 한 것 같다. 왼손으로 핸들을 유지하면서 오른손으로 등에 있는 창을 뽑는다.

달리는 힘 그대로 차체를 옆으로 쓰러뜨리고 자신은 날았다. 《기계 상어》는 수상을 미끄러지듯이 긴 거리를 날아가 곤돌라 몇 척을 끌어들이고 물밑으로 침몰한다.

여학생들은 비명을 지르며 그 직전에 운하에 뛰어들었다.

살라샤는 사공이 없어진 한 곤돌라에 사뿐히 착지.

능숙하게 창을 돌리고 자세를 잡는다.

응시하는 방향에는 여학생들에 섞여 한 장년의 여성이 있었다.

살라샤에게 총구를 들이대고 있다.

"클로방스 학원장님……!"

살라샤가 부르자 학원장은 옆에 있었던 여학생에게 총을 되던진다.

그녀 자신은 거너 클래스가 아니다.

"본인을 못 맞히겠으면《다리》를 노리면 돼."

"……!"

학원장이 손가락으로 신호하자 곤돌라가 속속 살라샤를 포위하기 시작한다.

살라샤는 창을 겨누고 있다.

그리고 주위의 여학생들도 긴장한 표정으로 저마다 무기를 들고 있었다. 지금은 대화하는 의미가 없을 것이다……. 한 명 한 명이 낯익은 사람이지만 주저하고 있을 때도 아니다.

학원장이 팔을 번쩍 들었다.

휙 내린다.

"공격하라!!"

적의가 으르렁거리며 덤벼들었다. 살라샤는 온몸을 동원하여 다이내믹하게 킹을 돌리고, 일단 우측 후방에서 메이스를 내밀어온 한 명을 창 자루로 가격한다. 물에 빠졌다. 좁은 선상에서 능숙하게 발을 바꿔 넣고 이번엔 반대쪽에서 온 한 명을 옆으로 휘둘러 물리친다.

세 번째 도전자를 하단에서 수직으로 베어 올렸을 때, 네 번째 검이 육박했다.

이것은 받아내야만 했다.

오른손 손바닥을 창 자루에 대고 상단에서 날아오는 내려치기를 버틴다.

버틸 수 있을 줄 알았다.

그런데 급우의 파워는 살라샤가 상상했었던 것의 곱절 이상이었다. 무릎이 푹 꺾여 저도 모르게 눈이 휘둥그레진다. 이대로는 공격을 맞고 쓰러질지도 모른다고 즉각적으로 판단, 창 자루에 날을 미끄러뜨려 억지로 힘점을 떼어 놓는다.

살라샤의 왼쪽 겨드랑이를 빗나간 검격은 곤돌라 바닥을 깊숙이 뚫었다.

물이 들어와 배가 무거워지기 전에 살라샤는 즉시 잽싸게 도약하여 물러난다.

그러나 착지할 곳을 가늠할 수 없었기 때문에 도약한 곳의 곤돌라에는 이미 급우가 타고 있었다. 살라샤는 내려서자마자 창을 내팽개치고, 미안하지만 그 목덜미를 걷어차려고── 했을 때, 도리어 발목을 붙잡힌다.

뚜두둑, 하고 뼈까지 삐걱대는 악력에 살라샤는 또다시 고통과 함께 경탄.

홱 던져졌다.

물수제비처럼 수상을 튀다 그대로 가라앉아버리기 전에 마나를 발산해 뛰어오른다.

이번에야말로 무인 곤돌라 위에 내려섰다.

아픈 발을 감싸면서 전방을 매섭게 노려본다.

줄지어 있는 곤돌라에선 학생들이 솟구칠 정도로 막대한 마나를 하늘로 피어 올리고 있다.

"강하다……!"

그러나 있을 수 없는 일이었다. 최상급생인 동시에 최우수 학생인 살라샤는, 말하자면 성 도트리슈 학생 중에서 가장 강하다 ──. 뮬은 예외지만.

아무튼, 힘겨루기로 정면에서 밀릴 까닭이 없다.

그런데도 고전하고 있다면 틀림없이 급우들은──.

강화되어 있다.

학생들 사이에 홀로 섞여 있는, 도트리슈의《성녀》에게.

"클로방스 학원장님……."

프리데스위데의 블랑망제 학원장이《마녀》라면, 클로방스 학원장의 통칭은《성녀》.

클레릭 클래스였다.

자신의 마나를 동료에게 빌려줘서 스테이터스 이상의 폭발력을 발휘하게 하는 후위직……! 그러나 클레릭도 마나는 유한하며 통상은 한 유닛의 기본 인원수인《5명》을 커버하는 게 고작으로 알고 있다.

지금, 곤돌라에서 경비를 맡고 있는 여학생 숫자는 50명을 넘을 것이다.

클로방스 학원장이 높이 든 스태프에서는 아직도 남아돌 정도로 엄청난 마나가 콸콸 나오고 있다.

학생 한 명 한 명에게 공작 가문에 필적할 정도의 파워를 빌려주고 있는 것이다……!

"나는 내 《집》을 지켜야 해."

클로방스가 말한다.

살짝 눈썹을 찌푸리고——.

"존경하는 샬롯 블랑망제가 그랬던 것처럼 말이야."

살라샤는 무기를 돌리고 창술 자세를 취하는 것으로 응했다.

발렌느 궁의 오페라를 장식하는 것처럼 수상의 전투 역시 격렬해진다——.

† † †

운하에서의 소동은 곧 극장 내 스태프에게도 전달되었다.

그러나 알메디아는 귓속말로 그 소식을 듣고도 표정에 흔들림이 없다.

"예상대로 왔군."

그렇게 작은 목소리로 중얼거리고 성사 심사회 사람들에게는 회장 경비에 전념할 것을 전한다.

세 소녀가 어떻게 리오 센트로 금서고의 수비를 돌파했는지 생각해봐야 의미가 없다. 이쪽은 그저 순조롭게 오페라를 마치는 것만 생각하면 된다.

살라샤만 돌파했다는 것은 있을 수 없을 것이다.

오히려 혼자서 바깥의 경비를 교란시키고 있는 것으로 보아
———.

메리다와 엘리제는 《내부》에 잠입했을 것이다.

지금, 이 극장 내 어딘가에!

"……어머니? 무슨 일 있어요?"

뮬이 올려다본다. 알메디아는 입술만을 살짝 움직여 대답했
다.

"걱정할 필요 없다."

극은 클라이맥스에 접어들고 있었다. 현장감을 늘려 음악이
연주되고, 배우의 연기에도 열기가 담긴다. 한층 더 비극적인
효과음이 울리는가 싶더니 무대는 암전되었다.

뮬은 무대 위로 올라갈 차례를 기다리면서 진지하게 말한다.

"어머니, 저, 금주를 영창하고 싶지 않아요."

"해야 한다."

알메디아도…… 아니, 본심을 입 밖에 내기는 꺼려졌다.

그래서 굳은 표정으로 혀만 움직이는 것을 반복할 수밖에 없
다.

"꼭 해야만 해."

——곡조가 달라졌다.

눈물을 끌어내는 듯한 선율.

무대에 빛이 외따로 비추어지고, 버려진 돌 받침이 나타난다.

엉성한 마른 잎의 침대.

거기에 한 여성이 드러누워 있었다.

아니, 정확히는 밀랍 인형이다. 메리노아 엔젤의 영혼을 맞아들이기 위해서 준비된 그릇이다. 곱게 차려입긴 했지만…… 눈을 뜨고 자신이 저런 몸이 되어 있음을 알면, 누구라도 비명을 지르며 정신이 이상해지고 말 것이다.

──내가, 메리다의 모친을, 그런 꼴로?

뮬의 등줄기에 오싹, 소름이 끼쳤다.

그 등을 어머니의 손바닥이 민다.

"나갈 차례야."

뮬은 이미 다리가 얼어붙어 움직일 수 없게 됐었지만, 알메디아에게 어깨를 잡혀 강제로 걷게 되었다. 라 모르 가문의 모녀가 스테이지 위에 나타난 순간, 객석에서 후우, 하고 한숨이. 오오, 하고 감탄의 목소리가 나왔다.

어떤 사람은 알메디아의 여왕과도 같은 자태에.

또 어떤 사람은 흑요석을 연상케 하는 열다섯 살의 미모에.

두 사람이 걸친 요정 같은 휘황찬란한 의상에──.

그리고 여공작의 손이 들고 온 불길하고 수상한 칠흑의 책에.

극의 줄거리는, 의혹을 품은 채 의문사를 당한 메리노아 앞에 호수의 요정이 나타나 그녀의 영혼을 불러들여 진상을 밝히는 것이다.

리허설대로라면 여기서 알메디아가 두세 마디 대사를 하게 돼 있다.

드러누운 밀랍 인형 앞까지 걸어가 알메디아는 숨을 크게 들이마셨다.

"오오, 피안의 틈새를 떠도는 가련한 자여. 만약 천사의 신뢰를——."

신뢰를 저버렸었다면, 하늘이여, 땅이여, 이자를 멸하라………

".............."

대사를 계속하는 것이 갑자기 귀찮아져서 알메디아는 입을 다물었다.

침묵이 길어지자 객석이 술렁인다. 관객들이 이야기의 세계관에서 되돌아오고 있다.

뮬도 이상하게 모친의 옆모습을 쳐다보았다.

알메디아는 문득 제정신이 들었다.

——내가 뭘 하고 있는 거람.

마지막으로 투덜투덜 입술을 움직인다.

"……멸하라."

바로 옆에만 들릴 정도로 작게 속삭이고, 다짜고짜《검은 책》을 편다.

돌 받침에 놓고 딸의 양쪽 어깨를 잡았다.

뒤에서 귓전에 대고 타이른다.

"자, 하거라!"

"……."

뮬의 어깨가 굳어졌다.

생각난다. 탑을 오르는 모험을 하는 동안엔 쳐다보는 것도 우울했던 보드게임. 골 지점에 박혀 있는 보석에 지금, 생물과 같은 연기가 소용돌이치고 있었다. 그리고 확실히 쿠퍼의 것이었던 말이 보석 안쪽에 붙잡혀 있다.

처음으로 도착한 자가 금주의 제물이 된다고 들었다.

쿠퍼 외의 멤버가 움직였던 말도 판에 남아 있었다. 자신의 말과 살라샤의 말은 골까지 이제 열 칸 정도 남았다. 엘리제의 말은 가장 멀리 있고…….

메리다의 말은 골에 있는 쿠퍼까지 단 세 칸 남은 위치에 머물러 있다.

주사위는, 있다. 두 개.

뮬은 무심히 생각한다.

——다음 순서는 누구였더라?

양쪽 어깨를 잡는 알메디아의 손에 힘이 꾹 들어간다.

"자, 영창해라, 《원스 어폰 어 타임》이라고. 너만이 금주를 쓸 수 있어!"

"……."

"이것밖에 없다……! 친구들을 구할 방법은 말이야. 무엇보다 네가 주문을 외치지 않으면, 그 남자는 영원히 《검은 책》에 붙잡혀 있게 돼!"

뮬은 숨쉬기 어려워졌다.

아무리 마셔도 공기가 폐에 닿지 않는 듯한 기분이 든다. 머리가 멍하니 마비되어, 긴장을 늦추면 쓰러질 것 같다. 정말로 여기는 현실인 걸까?

——사랑하는 그분을 구하려면 내가 이 손으로 지워지지 않는 상처를 줘야 한다?

뮬은 단언했다.

──그런 건 불공평해.

비명이 울렸다.

객석에서다. 관객도, 스태프도, 무대 옆에서 대기 중인 배우의 시선도 일제히 그쪽을 향한다.

한 여성 손님이 자리에서 서서 머리를 싸매고 있었다.

"이러지 마!! 나는 무죄야! 나는 아무도 죽이지 않았어! 단두대라니, 용서해줘!!"

어이, 뭐야, 왜 그래……? 하고, 객석에 술렁이는 소리가 번진다.

나아가 다른 곳에서도 소동이 일어났다. 남성 손님의 고함이 들린다.

"독약은 어디에 있냐!! 나를 죽인 놈…… 독! 독을 가져와라!!"

옆자리의 손님에게 달려들고, 아무 짓도 한 기억이 없는 상대는 벌벌 떤다.

"무, 무, 무, 무슨 소릴 하는 거야……?! 독?! 당신, 살아 있잖아!"

"나는 죽었어! 살해당했다고! 우오오오오!! 망할 독 때문에에에!!"

자신의 목을 조르며 울부짖는다. 회장은 더욱더 어수선해진다.

객석의 누군가가 또렷한 목소리로 외쳤다.

"악령이다! 악령이 씌었어! 이것이 《검은 책》의 저주인가?!"

다른 누군가가 절묘한 타이밍에서 자리에서 일어난다.

"이런 곳에 있다간 나도 저주받을 거야! 난 도망칠래!!"

단숨에 회장은 패닉에 빠졌다. 한 명이 움직이기 시작하자, 질질 끌려가듯이 주위의 관객들도 덩달아 뛰기 시작했다. 2천 명이 일제히 출구로 뛰어들려고 하는 바람에 엄청난 혼잡을 빚는다.

비명과 고함이 난무하는, 터무니없는 소동이 되었다.

이미 연극을 할 상황이 아니다.

스포트라이트를 맞으면서 뮬은 눈을 동그랗게 뜰 수밖에 없었다.

알메디아는 높이 주먹을 들어 올린 다음 돌 받침을 때렸다.

"진정해애애애!!"

그 말에 허둥지둥하던 극장 스태프들은 간신히 제정신을 되찾는다.

관객도 겨우 귀를 기울일 생각들이 든 것 같다. 술렁이던 소리가 잠잠해진다.

알메디아는 초조한 듯이 객석을 노려보고 있었다.

"클로버다! 잔 크롬 클로버를 연행해! 이것은 《검은 책》의 저주 같은 게 아니야…… 체자리 가문의 강령술이 틀림없다!"

클레릭 클래스의 능력을 악용한 요술이다. 마나와 동시에 자신의 원념을 나누어 줘서 저항력 없는 상대를 꼭두각시로 만드는 술법. 일찍이 여명 희병단에 몸을 의탁하고 있었던 체자리 가문의 능력자를 재단이 보호했다고 알메디아는 우연히 들은 바 있다.

새카만 객석에 그 밉살스러운 피에로 스마일은 좀처럼 보이지 않는다.

"클로버 네 이놈, 대체 무슨 짓이냐……!"

관객들이 기막힌 타이밍에 선동당한 것을 통해서도 바람잡이까지 잠입시켰음은 명백하다.

도대체 왜 《검은 책》의 의식을 방해하려고 하는 것인가?

아무리 생각해도 답은 낼 수 없었다.

알메디아조차 상상도 못 하는 문제——.

뮬이라고 다르지 않았다.

그러나 어수선한 회장을 바라보고 있으니, 신기하게도 자신의 머리가 다시 맑아지는 것이 느껴졌다. 아무래도 오페라를 망치려고 하는 어떤 의지가 지금 이 일을 벌이는 모양이다.

그렇다면. 머릿속이 번뜩인다.

지금밖에 없다——.

뮬은 예고도 없이 머리를 싸매고 괴로워하기 시작했다.

"으윽, 아파, 머리가 깨질 것 같아……!"

"오오, 뮬! 왜 그러느냐?!"

"잃어버린 기억이……!"

어머니의 손이 어깨에서 떨어진다.

알메디아는 분노에 몸을 떨고 있었다.

"체자리의 마녀, 네 이놈……! 어디냐! 어디에 있어!!"

어머니의 주의가 완전히 객석으로 향하는 것을 뮬은 앞머리 안으로 엿보고 있었다.

돌 받침에서 《검은 책》을 낚아챈 다음 홱 돌아선다.

알메디아는 뒤늦게나마 무대 옆 대기실로 뛰어들어가는 딸의 뒷모습을 발견했다.

"뮤우우울━━━━━━!!"

마치 가수를 방불케 하는 평온한 미성으로부터 뮴은 《검은 책》을 움켜 안고 도망쳤다.

그러나 커튼 뒤에서 불쑥 걸어 나온 거구에게 길이 막힌다.

스카치 슈나이젠 단장이다.

"처음부터 네가 고분고분 말을 들을 거라곤 생각하지 않았단다, 요 장난꾸러기."

"……!!"

뮴은 그의 옆을 달려서 지나갔다. 슈나이젠은 억지로 막으려고는 하지 않았다.

그 대신 거만하게 소리친다.

"《낫》! 네가 나설 차례야!"

낫이라고 불린 누군가가, 후드를 쓴 자그마한 인물이 무대 옆에서 뛰어나왔다. 그것이 아무 거리낌도 없이 검을 휘둘러 와서 뮴은 비명을 지르며 잽싸게 뒤로 물러선다. ━━결국, 한 발을 남기고 스테이지에서 아직 뜨지 못하고 있다.

후방을 슈나이젠. 그리고 전방을 후드가 막고 있다.

정면의 인물은 여성 같았다.

슈나이젠이 말한다.

"발을 확 잘라버려. 아무 데도 못 가게 말이야!"

"————."

후드 소녀는 응답도 없이, 그저 손에 든 검에 무대의 빛을 반사할 뿐.

뮬은 마른침을 삼키며 뒷걸음질 쳤다.

후드 소녀가 날카롭게 바닥을 찬다.

직후, 천장에서 날아 내려온 누군가가 중간에 끼어들었다. 중력을 실은 검을 휘둘러, 그 풍압으로 후드 소녀를 반사적으로 그 자리에 머무르게 만든다. 즉시 백스텝.

물러서는 적을 견제하고 동시에 뮬을 지키듯 에워싸는 《팔라딘》의 장검.

엘리제 엔젤이었다. 전투 차림인 배틀 드레스 복장——.

뮬은 이제야, 진심으로 안도의 목소리를 낸다.

"엘리!"

엘리제는 후드 소녀를 경계하면서 등 뒤로 말을 건다.

"……《검은 책》을 리타가 있는 곳에. 그걸로 쿠퍼 선생님을 구할 수 있어."

뮬은 단숨에 표정을 다잡고 굳게 고개를 끄덕인다.

《검은 책》을 다시 안고 돌아섰다. 이번에야말로 무대 옆으로 사라진다.

교대하듯 스테이지에 서서 그녀의 뒤를 지키는 엘리제.

슈나이젠의 부하로 보이는 후드 소녀는 예상대로 방심할 수 없었다.

그러나 어딘지 모르게 그 전투기술은 《벼락치기》한 티가 난다…….

자신 또한 성 프리데스위데의 3학년. 그리고 로제티의 애제자다! 긍지를 걸고 물러설 수는 없다──. 엘리제는 검 끝을 하단에 두고, 만전의 수비 자세를 취했다.

적의 자세는 교과서 같은 정안 자세.

후드 너머로 시선이 충돌하고 불똥이 튄다.

동시에 파고든 순간, 무대 바닥이 징과 같이 떨렸다. 하단에서 튀어 오른 엘리제의 검 끝과 상단에서 내려친 적의 도신이 정면으로 맞물린다.

마나의 격돌음. 귀를 때리는, 칼날이 스치는 소리. 그리고 성대하게 튀는 스파크.

그 빛에 비추어져 순간적으로 후드 안쪽이 보였다.

심홍색 머리──.

"어……?!"

숨죽이는 엘리제. 그러나 후드 소녀는 개의치 않고 검을 쑤셔 넣었고, 밀착 상태에서 서로의 날과 날이 맞물리는 치열한 승부로 이행되었다. 그 마나 압력이란……! 쉽게 봐도 되는 상대가 아니다.

엘리제는 검을 휘둘러도 될지 망설였다.

순간적으로 보인 선명한 빨간색이 머리에서 떠나지 않는다…….

그 옆을 슈나이젠의 큰 몸뚱이가 여유 있게 걸어간다. 직접 뮬을 뒤쫓으려는 것이다. 엘리제는 순간 "앗!" 하고 소리를 질렀지만 저지할 수가 없다.

눈앞의 적만으로도 버겁다. 팔을 힘껏 수평으로 휘둘러 검과 함께 상대를 쭉 날려 버린다.

 후드 소녀는 광이 나는 바닥을 미끄러지듯이 후퇴하고 멈췄다. 기계적으로 엘리제에게 검 끝을 들이댄다.

 엘리제는 로제티에게 배운 대로 자세를 잡고 중심을 낮췄다.

 "당신, 누구야……?"

 물어도 대답은 없고 그저 후드 안의 안광이 엘리제를 꿰뚫는다──.

† † †

 뮬은 스테이지 뒤에서 본무대 전 조정실을 향해 뛰고 있었다. 가는 도중에 극단원과 발레 댄서, 극장 스태프들이 무슨 일인가 하고 뒤돌아본다.

 어쩌면 이야기 속 세계에서 진짜 요정이 튀어나왔다고 생각할지도 모른다.

 드라마틱하게도 이 팔에는 훔쳐낸 마법서가 안겨 있기도 하니 말이다.

 게다가 그 안에 연인이 봉인되어 있는지⋯⋯ 흰층 터 필사적이다!

 "엘리는 리타에게 건네주면 선생님을 구해줄 수 있다고 했었는데……."

 원리는 잘 모르겠지만.

"정작 중요한 리타는 어디로 가면 만날 수 있는 걸까!"

후방에서 총성이 뒤쫓아왔다.

우측의 기둥이 분쇄된다. 돌멩이가 사방에 튀어서 뮬은 비명을 질렀다.

참지 못하고 뒤돌아보니 스카치 슈나이젠이 대포 같은 총을 들이대고 있지 않은가. 장신이면서 거구인 그에게 무대 뒤 통로는 꽤 걷기 힘들어 보인다.

이에, 사냥감의 발을 묶기로 한 모양이다.

아무런 주저도 없이 방아쇠에 손가락을 걸고 있다.

"검은 책을 이리 넘기시지!"

발사.

이번엔 뮬의 좌측 벽이 도려내듯이 날아갔다. 겉보기와 다르지 않게, 포탄 같은 크기에 그 위력 또한 범상치 않다. 그리고 벽에 메아리치는 귀청을 찢는 듯한 총성.

주위는 패닉에 빠졌다. 무관한 극장 관계자가 여럿 있기 때문이다.

슈나이젠에게는 보이지 않는 걸까?

"비켜! 비키라고!"

귀찮다는 듯이 총을 휘두른다.

"안 그러면 다 쏴버릴 거야!"

"……!"

뮬은 몸을 돌려 달렸다. 자신이 있으면 주변이 휘말린다.

인기척 없는 곳을 생각해야 했다. 계속해서 울리는 총성.

터지는 벽과 바닥, 후드득 떨어지는 돌멩이, 극단원들의 비명
——. 그것들을 누비며 달리고, 또 달린다.

뮬은 발렌느 궁이 낯설다.

따라서 방문한 적이 있는 장소로 후보를 좁혀야 했다. 총격에 쫓겨 다다른 곳은 대 리허설 룸. 무대의 개연 중엔 다행히도 사람의 모습은 없다.

오른쪽 계단 아래의 살롱에도, 왼쪽 계단 아래의 박물관에도 없다.

관점을 바꾸면——.

막다른 곳에 몰렸다는 뜻이 되겠지만.

갈 곳을 잃고 뒤돌아보니 입구를 지나 거구가 쳐들어왔다.

총신 중간을 꺾고 자이언트 사이즈 탄환을 채워 넣고 있다.

슈나이젠은 입술을 삐죽 구부리고 말했다.

"이제 다 도망쳤나."

뮬은 고개를 젓는다.

"도망치고 있었던 게 아니야. 당신을 유인한 거지."

"뭐라고?"

"이 정도 넓이면 싸우기에 충분——."

용감한 말을 하면서도 뮬은 조금씩 뒷걸음질 치고 있나.

슈니이젠은 그것을 좇아 거리를 좁혀——오지는 않았다.

스냅을 살려 총신을 원상태로 돌린 다음 대충 겨냥한다.

발사.

"꺄아악!"

뮬은, 영리한 판단을 내렸다고 해도 될지 모르겠지만 《검은 책》을 방패로 썼다. 강력한 주문의 수호가 탄환을 튕긴다. 하지만 충격만은 견디지 못해 손에서 《검은 책》이 날아갔다.

아차 하며 손을 뻗어도 닿지 않고 그대로 앞으로 넘어진다.

라 모르 공작 가문이라고 해도 결국은 학생 수습 기사──.

기병단을 총괄하는 슈나이젠 단장을 괴롭힐 만한 상대는 아니었다.

뮬은 저리는 팔을 필사적으로 뻗어 《검은 책》을 잡으려 하고 있다.

슈나이젠은 느긋하게 걸어와 바닥에서 책을 집어 들었다.

"이건 우리 성사 심사회의 것이야."

그대로 발길을 되돌리려다가 "이크." 하며 깨닫는다.

"그러고 보니 금주를 영창할 수 있는 건 너 하나라고 했지."

뮬은 넘어진 채 입술을 깨물었다.

슈나이젠은 우선 정신을 짓밟으려 하는 걸지도 모른다.

"라 모르 공도 참 안됐어, 후계자를 어떻게 하면 좋아. 너 설마, 자기가 라 모르 가문의 지위를 계승할 자격이 있다고 생각하는 건 아니지?"

"……."

"너는 그냥 동정심에 그 이름을 쓰게 해주고 있는 것뿐이야. 진짜 공작 가문이 아니라고. ──하하, 잘 어울리는데! 그 《무능영애》와 너는 똑같아!!"

선명한 구두 소리.

하단에서 튀어 오른 칼끝이 유려한 원호를 그린다. 그것을 슈나이젠은 능숙한 발놀림으로 상체를 젖혀 코끝에서 통과시켰다.

거듭 바닥을 차 충분히 간격을 벌린다.

뮬을 감싸듯이 미끄러져 들어온 것은 메리다. 리허설 룸 계단 아래에서 기회를 살피고 있었던 것이리라. 역시 배틀 드레스 차림으로, 손에는 뽑아 든 칼을 쥐고 있다.

슈나이젠은 놀라지 않는다. 오히려 희색이 만면하다.

"낚였군!"

인상도 나쁘고 성별도 미상인 그 생김새에 메리다는 얼굴을 찡그린다.

슈나이젠은 공작 가문 영애에게 모멸의 감정을 숨기려고도 하지 않는다.

"드라군과 팔라딘 계집애가 방해하러 와 있는데, 너만 없는 상황은 아닐 줄 알고 있었어, 이 《배신자》! 옳지, 기왕 왔으니──."

정말 즐기고 있는 것 같다. 양팔을 벌리고 눈을 부릅떴다.

"너한테도 부정한 어머니와 만나게 해주마! 그 평민의 입을 통해 직접 진실을 들거라, 너는 엔젤의 이름을 댈 자격이 없고 ── 저주받아 태어난 아이라고!!"

도발을 받아넘길 이유는 없었다.

뮬은 힘을 쥐어짜 일어난다. 메리다는 칼끝을 당당하게 들이민다.

"당신이 어머니의 명예를 더럽히게 두진 않겠어!"

슈나이젠은 흥, 불쾌한 듯이 콧소리를 낸다.

"너희 둘 다, 내 순혈사상에 있어선 마음에 안 드는 존재야."

뭔가 품을 뒤진다.

꺼낸 것은 사진——.

"우리의 이상적인 세계를 위해서."

사진에 열렬한 입맞춤을 했다.

그것을 품에 넣고 교대로 허리에서 사브르를 뽑는다.

"뒈지거라아아!!"

메리다는 우선 등에 매달고 있었던 또 하나의 무기를 뮬에게 던졌다.

바로 뮬이 애용하는 디아볼로스의 대검이다.

빨려 들어가듯이 요정의 손에 들어간다.

"사랑해, 리타!"

"가자, 미우!"

동시에 바닥을 박차고 좌우로 뛰기 시작했다. 슈나이젠은 태세를 갖추고 기다린다. 그의 왼손은 《검은 책》으로 막혀 있기 때문에 경계해야 할 것은 오른손의 사브르다. 그는 일단 장난같이, 하지만 흐려 보일 정도로 빠른 속도로 두 번, 세 번, 검을 휘두르더니 그 흐름을 이어 하단에서 베어 올렸다.

아슬아슬하게 검 줄기를 확인하고 뮬이 오른손 쪽으로 받는다. 칼날끼리 맞물렸다.

작렬하는 스파크.

뮬은 날카롭게 오른발을 디뎠다. 체간을 강철같이 유지하면서 대검을 쑤셔 넣는다.

슈나이젠은 거기에 오른팔 하나로 대항했다. 부풀어 오르는 근육.

"으으으으음……!!"

"……크윽!"

뮬의 왼발이 살짝 미끄러졌다.

그때, 메리다가 슈나이젠의 왼손 쪽으로 미끄러져 들어갔다. 쿠퍼처럼 바닥에 닿을락 말락 아슬아슬하게 그림자같이 달려가 사각에서 적의 발목을 베어 냈다.

하지만 도신을 타고 온 것은 철봉이라도 힘껏 때린 듯한 느낌.

인체의 급소 중 하나일 텐데! 그런데도 메리다의 손목에만 부담이 왔다.

그렇다면, 하고 메리다는 칼을 힘껏 휘두른 방향을 따라 그대로 그 자리에서 돌았다. 원심력을 단계적으로 상승시키면서 슈나이젠의 발밑부터 상체에 걸쳐 끝도 없이 칼 공격과 킥 공격을 때려 박는다. 그 모습은 마치 아크로배틱한 춤을 피로하고 있는 것 같다. 칼끝이 바람을 가르는 음색이 그것을 꾸미고, 근육을 걷어차는 구두가 비트를 새기다. 연속기의 마지막에 물구나무를 서는 메리다.

슈나이젠의 콧등에 발뒤꿈치를 처박아 주려고 하는데 그의 왼손이 튀어 오른다.

아까 뮬처럼 《검은 책》의 표지로 받았다. "앗!" 메리다의 몸이 굳는다.

슈나이젠은 그대로 메리다의 옆구리를 책 모서리로 후려갈겼다. 날아간다. 리허설 룸 바닥은 매우 미끄러워서, 메리다는 둔통을 안은 채 벽까지 굴러갔다.

"방해된다고오오!!"

이어서 슈나이젠은 오른손의 사브르도 있는 힘껏 휘둘렀다. 근육과 마나 압력에 압도되어 뮬의 대검도 튀어 올랐다. 그녀 역시 견디지 못하고 옆으로 쓰러진다.

기초 스테이터스의 차이가 현격하다……!

"어떻게든 될 줄 알았어?"

슈나이젠은 여봐란듯이 입술을 일그러뜨린다.

메리다는 옆구리에 심한 타격을 입었다. 뮬은 겨우 상체를 일으킨 상태.

사냥감이 검을 들어봤자 슈나이젠이 보기에 상황은 하나도 바뀌지 않는다.

"자, 어떡할래?"

문답같이.

"파워로도, 터프함으로도 이길 수 없어. 두 손 들어야지?!"

뮬은 퍼뜩 얼굴을 들었다.

손을 보지 않게끔 하면서 바닥에 널린 대검 자루를 더듬는다.

"아니요, 아줌마."

슈나이젠의 눈썹이 찌푸려진다.

뮬은 신발로 바닥을 세게 긁으며 조금씩 뒷걸음질 치고 있었다.

발버둥처럼 보일 것이다.

힐끔, 흑수정 같은 눈동자가 천장을 올려다본다——.

"우린, 무기도 마나도 없는…… 그런 모험을 벌써 헤쳐 나왔거든!"

가운뎃손가락이 대검 자루에 닿았다.

그것을 움켜쥐고 뮬은 상체를 비틀면서 던졌다.

리허설 룸 구석으로——.

거기에 있었던 샹들리에의 도르래 장치를 대검의 끝이 거칠게 관통했다.

그것을 확인하고 뮬은 한 번 더 발길질해 바닥을 밀쳐 옆으로 굴렸다.

슈나이젠은 그것을 눈으로 좇을 여유도 없었다.

머리 위에 떨어지는 그림자를 깨닫는다.

올려다봤을 때는 이미 거대한 샹들리에가 정수리에 닿기 직전이었고——.

비명밖에 지를 수 없다.

"갸…… 갸아아아아아아아아아아악——————?!"

오싹한 파쇄음을 사방에 퍼뜨리면서 샹들리에가 격돌한다.

하단부터 상단까지 순식간에 충격이 빠져나가고 일제히 빛이 흩어졌다. 크고 작은 유리 세공이 산산이 날아간다. 온몸을 잡아 찢는 듯한 음색이 방에 가득 울려 퍼졌다.

천하의 뮬도 식은땀을 흘리면서 뒷걸음질 치지 않을 수 없다.

그 정도로 리허설 룸 중앙은 지독한 참상이 되었다…….

샹들리에의 잔해에서, 지금 유리 파편이 훌훌 떨어진다. 누가 치울까 상상하면 미안하고, 정신이 아찔해지는 것 같은 기분이다.

메리다가 옆구리를 감싸면서 가까이 왔다.

"선생님이 말했었어."

뮬의 손을 끌어당겨 일으켜주면서.

"'세상을 파괴해서라도 살아남아라.' 라고."

"그 가르침을 따를래."

어쨌든 간에 서로를 부둥켜안고 무사를 기뻐하는 메리다와 뮬이다.

그러나 메리다는 빨리 포옹을 풀어야만 했다.

"《검은 책》은?!"

샹들리에의 잔해에 깔린 슈나이젠의 손가에 널브러져 있었다.

뮬은 일단 걱정해본다.

"……큰일은 나지 않은 거지?"

외양만큼 터프함을 자랑했었던 단장님이다. 졸도했을 뿐이리라.

아무튼, 바로 지금이다! 다시 보드게임을 펼치고 메리다가 《3》 이상을 굴려 골인만 하면 룰대로 붙잡힌 쿠퍼는 돌아올 수 있을 것이다.

메리다는 샹들리에의 프레임 틈 사이로 손을 쭉 뻗었다.

최대한 뻗으면 닿을 듯하다.

그런데 손가락 끝이 닿을 뻔한 순간, 《검은 책》이 미끄러지듯이 멀어졌다.

　"어?!"

　잘못 본 것은 아니었다. 몇 번, 어느 각도에서 손을 뻗어도 메리다의 손을 마다한다.

　뮬은 눈을 의심했다.

　"……잘 봐, 리타, 뭔가 있어!"

　"뭔가?!"

　한마디로는 설명할 수 없었다. 본 적도 없는 생물이기 때문이다.

　다람쥐 같기도 하고 토끼 같기도 하다. 여하튼 그 동물이 《검은 책》을 짊어지고 메리다의 손가락에서 멀어져 샹들리에 반대쪽으로 도망쳤다. "앗!" 메리다는 일어선다.

　"방금 거, 뭐야!"

　의문에 대답한 것은 두 사람의 배후에서 날아온 목소리다.

　"《Once upon a time》."

　메리다와 뮬이 번개같이 뒤돌아본다.

　어느 틈엔가 대 리허설 룸 입구에 다름 아닌 알메디아 라 모르가 서 있었다. 그 우아한 한쪽 손에 독특한 표기 그림의 색을 펴고 있었다.

　타앙. 덮는다.

　"……환수(幻獸)를 불러내는 마법서란다. 시간을 버는 정도밖에 안 되겠지만 말이지."

뮬은 침을 꿀꺽 삼키고 나서 메리다의 어깨를 눌렀다.

귓불에 키스를 하듯이 속삭인다.

"두 편으로 갈라지자. 리타는 《검은 책》을 뒤쫓아!"

메리다는 여러 번 고개를 끄덕였고, 두 사람은 그대로 눈짓도 없이 반대 방향으로 뛰기 시작했다.

메리다는 계단 아래로 내려간 《검은 책》과 환수를 뒤쫓는다.

그리고 뮬은 재차 계단을 뛰어 올라갔다. 알메디아로서는 검은 책도, 그것을 다룰 수 있는 뮬도 동일하게 중요할 것이다. 과연 어느 쪽을 우선할까?

알메디아의 발길에는 망설임이 없었다.

뮬은 곧장 자신을 뒤쫓아온 모친을 돌아본다.

그, 화를 내는 듯한, 울고 있는 듯한 눈빛을——.

"어머니……."

"뮬, 왜 《검은 책》을 가지고 나가는 짓을 한 거냐."

이 마당에 와서 그녀가 묻는다.

뮬은 달리고 있다. 알메디아는 걷고 있을 터이다. 그런데도 전혀 거리가 벌어지지 않는다. 단순히 보폭 차이인 걸까?

목소리는 변함없이 명료하게 울린다.

"프란돌의 역사에 관심을 보여선 안 돼."

쫓기고, 쫓겨서—— 몰린 곳은 무대 천장이었다. 아직 오페라는 진행 중인 것으로 치는지, 스포트라이트뿐이라 주위는 어둡다. 극의 배경인 묘나 매단 물건의 실루엣이 간신히 보이는 정도.

몸을 숨길 장소도 없어 뮬은 뒷걸음질 쳤다.

난간에 등이 닿는다. 어깨너머로 내려다보니 무대에 외따로 스포트라이트가 쏟아지고 있어, 어쩐지 쓸쓸하게 연출된 돌 받침에 밀랍 인형이 옆으로 누워 있는 것이 보였다.

알메디아가 방에 발을 들여놓는다.

"자신의 과거를 알고 싶었던 게냐?"

표정은 어두워서 보이지 않는다.

"그건 네가 알 필요 없는 일이야."

"어떻게 그렇게 말할 수 있는 거죠?"

어둠 너머에서 알메디아가 입술을 삐죽인 것처럼 느껴졌다.

그녀는 때때로 유치한 아이처럼——.

"……내가 그렇게 정했으니까."

막무가내로 우기곤 한다.

† † †

회장 내의 혼란은 서서히 진정되는 중이었다. 더는 악령이다 뭐다 하며 소란피우는 자도 없다. 대부분 냉정함을 되찾고 귀를 기울이지 않게 됐기 때문이다. 체자리의 징령술에 조종당한 것으로 보이는 자들도 숙청기사들에게 모조리 붙잡혔다.

그리고 주모자로 지목된 남자는 수많은 검에 둘러싸여 있었다.

"이 무슨 트집입니까! 나는 전혀 모르는 일입니다!"

클로버 사장은 완강하게 억울함을 주장하고 있다.

그러나 성사 심사회 기사들은 처음부터 피에로 조크로 단정하고 있었다.

"대답해라! 체자리의 여자는 어디냐…… 대체 무엇이 목적이지?!"

"내 비서는 지금쯤, 《밤을 올려다보는 피시 파이》를 굽고 있을 무렵……."

좋아하는 음식입니다! 하고 큰 소리를 쳐 주위의 기사들의 짜증을 더욱더 부추긴다.

화려한 복장에 현혹당해 누구도 알아채지 못하는 듯하다.

클로버의 이마에 확실히 식은땀이 맺히고 있음을.

"……저는 이제 아무것도 못 합니다."

그가 쳐다보는 쪽에서, 몇 번이고 칼이 부딪히는 소리가 울려 퍼진다.

엘리제와 후드 소녀는 전장을 무대 위에서 객석으로 옮겼다. 관객들은 행여 말려들까 봐 비명을 지르며 거리를 벌리고 있다.

쌍방 모두, 주위의 상황을 신경 쓸 여유 따위는 없다.

엘리제가 품은 위화감은 가속도를 붙여 불어나고 있었다. 상대 소녀는 역시 묘하다. 《거울을 보는》 기분이다. 자신의 호흡에 정확히 맞춰, 자신이 파고드는 것과 동시에 반응한다. 엘리제가 검을 때려 박으면 한 치의 오차도 없이 중간점에서 정면으로 날이 맞물렸다.

스파크가 튀어 후드의 입가를 비춘다.

살짝 비치는 머리카락 색은 예상대로 빨강——.

하지만 엘리제는 중얼거렸다.

"달라."

"…………"

"당신은 로제 선생님이 아니야!"

팔라딘의 마나를 폭발시켜 그 압력으로 적을 날려 버렸다.

후방으로 몸을 젖힌 적을 추격하듯이 엘리제는 낮은 자세로 달린다.

후드 소녀가 오른발로 제동을 걸고 즉시 앞으로 중심을 옮긴다. 매끄럽게 치켜 올라가는 검 끝에 온몸의 기운이 모인다. 매우 노련하다. 엘리제는 그에 호응하듯이 검 끝을 내리고, 바닥에 닿을락 말락 한 지점에서 최후의 스텝과 함께 단숨에 베어 올리——.

——는 것처럼 가장하고, 오른발을 미끄러뜨렸다. 검은 내린 채 적의 우측으로 미끄러져 들어간다. 순식간에 시야에서 사라진 것처럼 보일 것이다. 후드 소녀는 확실히 경탄의 한숨을 토했다.

엘리제는 후드 바로 옆에서 중얼거린다.

"검이 아주 솔직하네."

이어서 오른발도 잡초를 베듯이 바닥을 미끄러뜨린다. 완전히 상대의 배후를 잡고, 하단에서 튀어 오른 검은 어깨너머, 머리 위에 높이 들려 있었다.

오른손 하나로 내려친다.

검의 배로 적의 위팔을 강렬하게 때렸다. 뼈에까지 격통이 가로질렀을 것이다. 후드 소녀는 검을 떨어뜨리고 그대로 앞으로 고꾸라졌다.

주위의 관객들이 짧은소리를 질렀다.

누군가는 두려워하는 듯한 한숨을 쉰다.

"과연 팔라딘……!"

엘리제에게는 흥미가 없었다. 적 소녀가 더 궁금하다.

맞은 오른팔을 누르고, 웅크린 채 움직이지 못하고 있다.

엘리제는 뒤에서 그녀의 후드를 잡았고, 그대로 벗겼다.

"누구야……?!"

미간을 찌푸리고 쳐다본, 그 안의 맨얼굴은———.

예상대로 로제티는 아니다.

그녀보다 연하. 나이는 엘리제와 그렇게 다르지 않을 것이다.

하지만 그 머리카락은 역시 스승과 비슷하게 선명한 심흑색인데———.

이렇게 혼란이 더해졌을 무렵.

후드 소녀가 신음소리를 내고 더욱더 몸을 웅크렸다.

괴로워하는 모습인데 대체 어떻게 된 걸까……?!

심홍색 머리칼이 드리워져 표정을 감춘다.

그 심홍색이——— 뿌리부터 순식간에 색채를 잃기 시작했다.

"어……?!"

엘리제는 두 발, 세 발, 뒷걸음질 칠 수밖에 없었다.

마치 비를 맞고 그림물감이 빠지는 것 같은 광경. 소녀의 머리색은 조금씩 《회색》으로 변해 갔고, 곧 머리카락 끝에 이르기까지 그 반지르르한 빨간색은 빠져버렸다.

그리고 동시에.

소녀에게서 마나의 가호가 사라졌음을 엘리제는 알 수 있었다. 만약 지금부터 치고받고 싸워도 엘리제가 압도할 수 있을 것이다. 상대에게는 이제 마나 능력자로서의 힘이 없다.

대답해 줄까——.

엘리제는 저도 모르게 물어보았다.

"너, 이름은?"

후드 소녀, 즉 회색 머리 소녀는 혼잣말같이 중얼거린다.

"……레인."

칼자국투성이가 된 객석의 중심에서 등 너머로 대치하는 두 사람.

그것이 엘리제, 공작 가문 일행과——.

《인조 마나 능력자》 소녀와의 첫 해후였다.

† † †

빌렌느궁 바깥, 대운하——.

회장 내에서의 소동에 막상막하로 이쪽에서도 굉음과 비명, 고함소리가 난무하고 있었다.

아니, 한층 더 심할지도 모른다.

마나 능력자끼리 격돌하고 있는데 왜 안 그렇겠는가! 형형색색의 불꽃이 수상에 번쩍이고, 물보라가 치솟고, 그 안쪽에서 소녀가 혼자 휭 날아간다.

열세인 쪽은 살라샤였다. 수몰되기 전에 사지로부터 마나를 폭발적으로 방출하여 펄쩍 뛰어오른다. 하늘 높이 난 다음 창을 왼쪽 허리에 놓으면서 눈 아래를——.

그러다 말고 눈을 부릅뜬다.

거너 클래스의 총격부대가 벌써 살라샤에게 조준을 맞추고 있었다.

클로방스 학원장의 호령 아래 발사.

"격추해!!"

무서운 밀도로 탄환이 쇄도해 살라샤는 양팔로 얼굴을 감쌌다. 마나를 전부 방출해 방어해도, 한계 이상으로 위력이 증폭된 탄환이 뼈와 내장에 충격을 미친다.

크윽! 통증을 견디기 위해서 비상 어빌리티를 소홀히 할 수밖에 없었다.

고도가 낮아지자, 수상에서 한 여학생이 튀어 올랐다. 글래디에이터 클래스인 그녀는 학원장으로부터 나누어 받은 마나를 남김없이 메이스에 집중시킨다.

엄청난 마나 압력에 공간이 삐거덕거린다.

머리 위로 힘껏 올린 후 전력으로 내리쳐진 메이스를 살라샤는 직전에 받았다. 아직 통증이 가시지 않은 온몸을 분발시켜 간신히 창을 겨눈 것이다.

메이스 헤드가 창 자루에 격돌하고——.

공을 가볍게 튕기는 것처럼 날려 버렸다. 살라샤는 수면에 내동댕이쳐진다.

머리부터 처박혀서 자세를 갖출 여유도 없이 물밑으로 가라앉는다…….

그것을 곤돌라 위에서 클로방스 학원장이 지켜보고 있었다.

"네 전투 방식은 아주 자알 알고 있어. ……3년째 보고 있으니까 말이지."

주위의 곤돌라에서는 도트리슈 여학생들이 헐떡거리고 있다.

처음엔 결심이 서지 않았던 그들도 전투가 길어지면서 《전장의 법칙》이라는 것을 이해한 모양이다. 클로방스 학원장은 가슴께에 손바닥을 댄다.

진지하게 기도했다.

"지도해줘서 고맙다, 쉬크잘 공——."

그때, 수면이 흔들렸다.

운하에 널찍하게 파문이 퍼지고, 거기에 밀려 올라간 곤돌라 무리가 안정을 잃는다. 여학생들은 날카로운 비명과 함께 곤돌라에 매달렸다. 무릎을 꿇고 뱃머리를 껴안는다.

클로방스 학원장도 도저히 서 있을 수 없을 정도이 흔들림에 미간을 찌푸렸다.

"뭐야……?!"

미쳐 날뛰는 운하의 파장은 가라앉기는커녕 가속도를 붙여 격해졌다. 물밑에서 배를 울릴 것 같은 중저음이 울려 퍼졌다. 파문이 하나, 또 하나, 그 전부가 1미터 높이에 달해 곤돌라를 밀어 올리고, 끌어들인다.

여학생 몇 명인가는 물에 빠졌다. 다른 자도 비명을 지르고, 무기를 들 상황이 아니다.

"대체 무슨 일이 일어나고 있는 거야!!"

"사, 살라샤 님이에요!"

살라샤와 같은 반 학생이 한발 먼저 알아챘다.

수면을 손가락으로 가리킨다. 어두워서 도저히 내다볼 수 없는 그 밑쪽에서, 확실히 인어 같은 무언가가 고속으로 가로지르는 모습이 학원장에게도 보였다. 한 박자 늦게 다시 심대한 진동이.

"드라군의 능력인가……."

학원장도 인정하지 않을 수 없었다.

"물에 빠지고도 건재할 줄이야……!!"

"소, 손을 댈 수 없어요!"

거너 클래스 한 명이 악착스럽게 수면을 쏘고 있으나 소용없다, 모습이 보이지 않거니와 그 속도를 따라잡을 수도 없다. 그야말로 인어공주——.

직후, 그 거너가 타고 있었던 곤돌라가 뒤집혔다. 물기둥이 오른다.

수중에서 폭발물이라도 터진 것처럼 여기저기에서 굉음과 함께 수면이 감겨 올라갔다. 곤돌라째 여학생들을 날려 버리고, 비명까지 통째로 수중에 끌어들인다.

클로방스 학원장의 발아래에도 충격이 덮쳤다.

물보라에 휩싸인 채 날아가 수면에 내팽개쳐진다.

로브 차림으로 발버둥 치면서 겨우 "푸하." 하고 부상하였으나.

그 눈앞에 창끝이 보였다——.

살라샤가 뒤집힌 곤돌라에 착지해 학원장에게 창을 들이대고 있다.

목숨을 건 대결을 벌이는 중이었다면, 이것으로 체크메이트——.

살라샤는 창을 물리고 어깨에 짊어졌다.

돌아서면서 말한다.

"……당신들은 확실히 전력을 다해 나를 막으려고 했어요. 성 도트리슈 여학원이 비난받을 이유는 없습니다."

학원장의 눈이 확 휘둥그레졌다.

"그 때문에 우리와 싸웠단 말인가…………!"

살라샤는 그대로 도약해 가버리려고 한다. 클로방스 학원장은 매달리듯 뒤따라갔다.

"기다려, 미스 쉬크잘!"

"…………."

"니도 설낙…… 오빠와 같은 길을 가는 건가————."

살라샤는 잠시 그 자리에 머물렀지만 무언가를 대답하지는 않았다.

이윽고 곤돌라 바닥을 박차고 뛰어오른다.

좌우의 다리에서 벚꽃색 마나를 흩뜨리면서 발렌느 궁 방향으로 사라진다.

소녀를 보내는 학원장의 눈에는 새가 훨훨 날아가는 것같이도 보였다.

LESSON: Ⅶ ~새빨간 사랑을 당신에게~

　메리다는 높이 든 칼을──.

　내려친다!

　귀엽게도 생긴 환수였지만, 철저하게 도망 다니면 방도가 없다. 안개를 베는 듯한 느낌과 함께 환수는 몸통부터 두 동강이 나고 바람에 녹았다.

　비명도 없이, 허깨비였던 것처럼 사라진다.

　그리고 그 등으로 운반하고 있었던 《검은 책》이 떨어졌다.

　리허설 룸부터 시작된 술래잡기 끝에 도착한 곳은, 발렌느 궁의 지붕 위──《대 지붕》이었다. 경사져 있어 메리다가 "앗!" 하고 손을 뻗었을 때는, 이미 검은 책이 내리막을 미끄러지기 시작한 참이었다.

　순식간에 멀어진다. 메리다는 즉시 뒤쫓는다.

　까딱하면 지붕 가장자리에서 튀어 나갈지도 모르는 상황에서──.

　책이 여신을 본뜬 조각상에 걸렸다.

　그 반동에 약간 튀어 자기 쪽으로 돌아온 순간, 메리다가 뛰어든다.

허공으로 흘러 떨어질 뻔한 《검은 책》의 표지를 아슬아슬한 타이밍에 꽉 눌렀다!

한 발짝만 더 기운이 넘쳤어도 지상에 낙하하고 있었을 참이다. 그야말로 살얼음판. 하지만 메리다는 "하아…….." 하고 호흡도 조절하는 둥 마는 둥, 그 자리에서 곧장 검은 책을 폈다.

손이 떨려서 손가락 놀림이 답답하다.

좌우로 펼치고, 그 아득한 탑의 모험에서 본 것 그대로인 보드 게임과 재회했다.

골 지점의 보석 안에, 쿠퍼의 것이었던 말이 봉쇄되어 있다.

그 불과 세 칸 앞에 있는 것이 자신의 말이다.

메리다는 두 주사위를 낚아채고, 판에 던지려고 했다.

바로 그때.

옆에 자리 잡고 있었던 여신상의 머리가 총성과 함께 날아갔다.

움찔. 메리다는 몸을 웅크릴 수밖에 없었다.

굵은 목소리가 날아왔다.

"거기까지야!"

메리다는 딱딱한 움직임으로 얼굴을 돌린다.

대 지붕의 경사 위에 또 한 명, 도착한 인물이 있었다.

바로 스카치 슈나이젠 단장이다. 아아, 어쩌면 저렇게 터프할까……. 자신을 깔아뭉갠 샹들리에에서 기어 나와, 죽을힘을 다해 메리다를 뒤쫓아온 것이다. 머리에서 피를 흘리고 있지만, 오히려 그것이 그의 신경을 날카롭게 하고 있는 듯하다.

대포 같은 총구가 원거리에서도 정확히 메리다의 미간을 조준하고 있다.

그 대단했던 슈나이젠도 많이 피폐해진 듯 한 걸음, 한 걸음, 발을 헛디디지 않게 신중히 메리다를 향해 내려온다. 그러는 사이에도 총의 조준은 절대로 흔들리지 않는다.

여신상의 잔해를 끼고 메리다와 같은 높이까지 왔다.

거칠게 숨을 쉬면서도, 말한다.

"움직이지 마, 《머리 없이》 모친과 재회하고 싶지 않으면 말이지."

"……으."

"뭔가 꾸미고 있지. 손들어!"

슈나이젠은 방심하지 않았다. 따끔한 맛을 본 지 얼마 안 됐으니 당연한가.

메리다는 두 손을 천천히 어깨높이까지 든다.

그러나 오른손은 주먹을 쥔 상태 그대로였다.

그것이 슈나이젠의 심기를 건드린다.

"뭘 쥐고 있지?"

턱짓으로 명령.

"버려!"

메리다는 눈만 움직여 자신의 무릎쯤을 확인했다.

주먹을 팽, 튕기듯이 편다.

내던져진 주사위 두 개가 데굴데굴 《검은 책》의 반상을 구른다.

슈나이젠은 눈살을 찌푸리긴 했지만, 주사위 같은 건 딱히 문제시하지 않은 것 같다.

거드름을 피우며 시비를 건다.

"장난은 여기까지야. 너는 지금 '엔젤'이라고 이름을 대고 있지만 말이지, 응?"

메리다는 그의 이야기는 그다지 듣지 않고 시선을 아슬아슬한 지점까지 내리고 있었다.

두 주사위 중 하나가 멈춘다.

──《1》.

메리다는 눈을 꽉 감고, 이때만은 죽은 어머니에게 한마음으로 기도했다.

두 번째 주사위도 멈춘 소리가 난다. 메리다는 그 숫자를 확인할 수 없었다.

자신의 말이 미끄러지듯이 칸 위를 움직이기 시작한다.

첫 번째 칸──.

아무것도 신경 쓰지 않는 슈나이젠의 목소리가 씌워진다.

"즉시 그 죄를 판가름해주지. 너와 그 《가짜 라 모르》 계집을 지금부터 무대로 끌고 가 사랑하는 모친과 재회시켜주마. 기쁘지?"

말은 당연한 얼굴을 하고 다음 칸으로 나아간다.

두 번째 칸──.

그리고.

다시 그다음 칸으로 나아갔다.

골 지점의 보석에 올라앉는다.

그 중앙에서 당당하게 움직임을 멈췄다.

메리다는 천천히 얼굴을 든다──.

슈나이젠은 아직 말하는 중이었다.

"그렇게 하면 너는 그 순간 엔젤 가문의 딸이 아니게 되는 거야! 2천 명의 관객, 모두가 그것을 인정하겠지. 지금, 바로 지금뿐이야! 네가 명색이나마 그 신분으로 있을 수 있는 거는, 앙! 자, 공작 가문의 인간으로서 남기는 마지막 말은 뭐냐?!"

"해피 에버 애프터."

슈나이젠은 미간에 깊은 주름을 새겼다.

메리다는 다시 한번, 한 마디 한 마디 명확하게 선언해주었다.

"안 들렸어?《해피 에버 애프터(영원히 행복하게 살았습니다)》라고."

슈나이젠은 일찌감치 대화를 포기한 것 같았다.

다시 총구를 들이댄다.

메리다의 다리를 겨냥하고 방아쇠를 조이려고── 했을 때다.

《검은 책》이 우렁차게 외쳤다.

악령의 단말마로밖에 생각되지 않을 듯한 절규가 솟구치고, 동시에 반상이 눈부시게 빛난다. 슈나이젠은 순간적으로 얼굴을 감쌌다. 메리다도 그 눈부심에 몸을 뒤로 젖혀야 했다.

칸 위에서 모든 말이 날아오르고, 모래같이 무너지고, 사라졌다. 이어서 골 지점의 보석이 산산이 부서진다. 그 안에 봉인되어 있었던 말도 두 동강으로 갈라짐과 동시에 한층 격렬한 빛 덩어리가 부풀기 시작해── 청년의 실루엣을 형성한다.

우렁찬 외침이 하늘 저편으로 사라졌다. 치솟고 있었던 빛이 되감기듯이 원래대로 돌아간다.

그렇게 전부 원래 상태로 돌아왔나 했더니──.

아니나 다를까, 메리다의 눈앞에는 가장 사랑하는 남성이 돌아와 있었다.

"선생님!!"

"아가씨……!"

메리다는 스스럼없이 그의 목덜미에 달려들고, 쿠퍼도 힘껏 껴안아준다.

슈나이젠은 눈알이 튀어나올 듯이 눈을 부라리고 있었다.

"마, 마, 말도 안 돼……?! 어떻게 했어! 어디서 어떻게 돌아온 거냐!"

"거참 이상한 말씀을 다 하십니다."

쿠퍼는 제자와의 포옹을 풀면서 슈나이젠을 비아냥거린다.

"당신이 말하길, 저는 《신출귀몰의 괴인》이 아니었습니까?"

"건방진 놈!"

슈나이젠은 총구의 겨냥을 쿠퍼에게 옮겼다.

"그렇다면 다시 한번 제물로 삼아주마. 《검은 책》을 가지고 이쪽으로 와!"

"물론 분부대로. ──아, 맞다, 단장님."

쿠퍼는 검은 책을 주우면서 슈나이젠에게 걸어갔다.

그의 빈 손바닥을 잡고 건넨다.

"여기 있습니다."

주사위 두 개——

슈나이젠은 왼손에 쥔 그것을 내려다보고 심하게 콧소리를 냈다.

"이건 또 뭔데!!"

발밑에 내던친다.

두 주사위는 지붕을 굴러떨어져 저 아래 지상으로 빨려 들어갔다…….

슈나이젠은 그것을 대수롭지 않게 생각하고 눈앞의 쿠퍼를 윽박지른다.

"알겠어? 라 모르 공의 체면상 묵인해주겠지만 말이지. 그렇지 않으면 너 따윈 지금 당장에라도 이 총으로 배때기를 뚫어——."

"총이 어딨는데요?"

"어디긴 여기!!"

흥분하며 들이민 팔 끝에 총은 없었다.

없었다기보다 손 자체가 없었다.

슈나이젠의 팔꿈치부터 앞은 이미 빛이 되어 후드득 무너지고 있다.

"…………앙?"

슈나이젠은 다이아몬드를 발굴한 고릴라 같은 얼굴을 하고 있었다.

그러나 이내 자기 몸에 일어나고 있는 현상을 알아챈 모양이다. 손발의 말단부터 빛이 되어 허공에 무너지며 사라지고 있음을. 눈 깜짝할 사이에 반 광란이다.

"이…… 이거 왜 이래?! 히이익 히이이이익?!"

"아아, 단장님! 주의하십시오——."

쿠퍼는 두 발짝, 세 발짝 뒷걸음질 치고 존재하지 않는 모자를 잡고서 가슴에 댔다.

조금 속이 후련해 보이는 메리다를 뒤에 대기시키면서.

"절대로 속임수만은 사용하지 않으시길 바랍니다."

슈나이젠은 듣고 있을 여유도 없는 것 같았다. 이미 소실된 손발을 마구 휘두르며 날뛰고, 곧 마지막으로 남은 상반신이 일제히 터져 산산이 흩어진다.

절규하는 표정을 인상 깊게 남기고, 안개처럼 사라진다——.

"갸아아아아아아아아아아아악〜〜〜〜?!"

요괴 같은 단말마 역시 《검은 책》의 반상으로 빨려 들어갔고, 사라졌다.

쿠퍼가 들여다보자 골 지점의 보석이 문장을 띄운다.

메리다가 다가왔기 때문에 그녀의 눈높이까지 책을 옮겨준다.

두 사람은 얼굴을 마주 보고 장난스럽게 웃었다.

""누군가가 《클리어》할 때까지————.""

다익, 잭이 넣혔다.

† † †

알메디아 라 모르의 손에서 마법서가 터져 날아갔다.

여하튼 전조도 없이 표지가 넘겨지고 페이지가 난도질당한 것처럼 흩어졌다. 갑작스러운 사태에 알메디아도 의문과 함께 주의를 기울인다.

"뭐야? 환수가 쓰러진 것인가……?!"

아니, 하고 머리의 냉정한 부분이 다른 가능성을 가리킨다.

"아니면, 《이야기》를 해방하는 주문을 영창했나……?"

어쨌든 간에 몇 초간 완전히 주의를 놓쳐버린 것이 그녀의 실수였다.

무대 천장의 어두운 곳에서 딸의 목소리가 울린다.

"어머니, 저 당분간 집을 나가겠어요!"

"뭐, 뭐라고?!"

얼굴을 들자 뮬이 무대의 막을 붙잡고 난간으로부터 반신을 내미는 게 보였다.

좀 있으면 손이 닿지 않는 곳으로 가고 만다. 알메디아는 발을 내디뎠다.

"안 된다, 뮬! 어미가 하는 말을 듣지 않겠다는 거냐!"

"아까부터 이상한 말씀을 하시네요."

뮬은 빙그레 미소 지었다.

얄궂게도 알메디아가 오랜 세월 가르쳐온, 라 모르의 숙녀다운 태도로——.

"저는 틀림없는 어머니의 딸."

조금씩 중심을 뒤로.

"《지적 호기심》이야말로 라 모르 가문의 사람이란 증거 아니 겠어요!"

쓰러지듯이 몸을 날렸다. "뮬!!" 손을 뻗은 모친의 모습이 위로 지나간다. 뮬은 그대로 무대의 막을 의지해 속도를 죽이면서 길고 긴 거리를 낙하했다. 벌어질 뻔한 의상 옷자락을 한쪽 손으로 다소곳이 좁힌다.

마나의 도움을 빌리면서 가볍게 착지.

무대의 막을 팽개치고 어둠 속을 뛰기 시작했다.

그러자 얼마 지나지 않아 머리 위에서 빛이 번쩍하고 쏟아진다.

──스포트라이트였다.

깊게 생각하지 않더라도 당연하다. 무대 천장의 바로 아래면 《무대》 아닌가. 조명을 맞은 직후, 온 회장의 사람들이 일제히 자신을 발견한 것을 뮬은 피부로 느꼈다.

느닷없이 무대로 되돌아온 요정의 모습에 모두 할 말을 잃은 상황이다.

"아아, 으음……."

뮬은 허둥지둥 머리카락을 정리한다.

"……어떡한다."

뭔가 생각이 있는 것은 아니었다.

그러나 오페라의 관객과 심사회의 기사들은 여기저기서 따지고 들기 시작했다.

"라 모르 양, 아까부터 대체 무슨 일이 일어나고 있는 겁니까!"

"슈나이젠 단장과 모친은 어디 있지?!"

"언제쯤 죽은 자가 부활하는 기적을 볼 수 있는 거야!"

대답할 수 없는 질문들뿐이라 뮬은 뒷걸음질 치는 것밖에 할 수 없다.

스포트라이트는 그 발걸음을 집요하게 쫓아온다.

기어이 관객 한 명이 무대에 올라오려고 한 그때.

객석 최전열에서 연극용 연막이 뿜어져 나왔다. 그것이 밀어닥치고 있었던 인파를 정확히 맞혀서, 견디지 못하고 몸을 젖히게 만든다. 산발적인 비명이 나왔다.

"뭐, 뭐야?!"

무대 위에 배우가 또 한 명, 화려하게 내려온다——.

가면을 쓴 귀공자다. 맨얼굴이 안 보여도 볼의 라인으로 미형임을 알 수 있다——그런 그가 망토를 펼치고 옆의 뮬 라 모르를 끌어안은 것이 아닌가.

뮬 양은 그 사람의 정체를 알고 있는 모양이다. 볼이 홍조를 띤다.

"앗……."

볼에 소녀의 한숨을 뒤집어쓰면서 가면의 귀공자는 말했다.

"내 이름은 《미스틱 오페라》!"

회장 전체가 술렁인다. 반전에 반전을 거듭하는 소동에 모두 놀랄 뿐이다.

"미스틱이라면…… 요즘 소문 도는 그 《반인반마의 괴인》?!"

"그냥 지어낸 이야기가 아니었단 말이야……?"

"괴인, 네 이놈! 라 모르 양을 어떡할 셈이냐!"

성사 심사회의 기사들은 용감하게 그들에게 칼끝을 겨누었다.

미스틱 오페라의 정체—— 말할 필요도 없이 쿠퍼는, 우선 망토 안쪽을 뒤져 《검은 책》을 꺼냈다. 스포트라이트를 반사하여 여봐란듯이 보여준다.

"거래다, 제군. 프란돌의 기밀문서…… 《검은 책》은 돌려드리지."

"거래라고……?!"

"그리고, 그 대신——."

왼손으로 뮬의 허리를 강하게 쭉 끌어당긴다.

연극 같은 음성으로 선언한다.

"라 모르 가문의 아가씨를 데려가겠다!"

"뭐, 뭐라고?!"

회장은 더욱더 시끄러워졌다. 누구나가 주변 사람과 얼굴을 마주 보지만, 아무도 의견을 말하지 못한다. 유일하게 성사 심사회의 기사들만이 예외였다.

가장 계급이 높아 보이는 숙청기사가 질세라 귀공자의 가면을 가리켰다.

"기디려라, 이놈! 나는 네놈의 정체를 알고 있다……. 일개 기사의 신분으로 공작 가문의 영애를 인질로 삼다니 용서받을 거라——."

"그럼 이만."

더 이상 사태가 복잡해지기 전에 쿠퍼는 오른손 손가락으로 딱 소리를 냈다.

다시 연막이다——. 명백히 과하게 부풀어 올라 회장부터 무대까지 전부 뒤덮는다. 그 안쪽에서 얌전한 비명, 무턱대고 적의 모습을 찾으려고 하는 기사의 고함.

그것들을 방패막으로 삼아 쿠퍼는 뮬을 데리고 뒷걸음질 치려고 했다.

그러나 배후에 날카로운 소리.

알메디아 라 모르가 무대 천장에서 직접 뛰어내려 온 것이다. 사태가 여기에 이르러 자랑하는 대검을 뽑고 칼끝을 쿠퍼의 가면에 들이댄다.

사랑하는 딸이 쿠퍼의 가슴팍에 매달려 있는 광경이 지독히 마음에 들지 않는 모양이다.

"제 한 몸 보전하려고 제자들을 위험에 노출시킬 셈이냐!"

"죄송합니다만——."

쿠퍼가 《검은 책》의 제물이 된다면 네 소녀의 안전은 보장된다.

알메디아는 그것을 말하고 싶은 것이리라. 그러나 쿠퍼는 고개를 젓는다.

"알메디아 님은 다소, 그들 《하얀 사자(使者)》를 쉽게 생각하고 계신 것 같습니다."

"뭐라고……?!"

"제 반신을 가른 정도로 물러나리라곤 도저히 생각되지 않습니다. 실제로 그들이 계속해서 강경수단으로 나올 경우, 제가 부상 중이면 어쩔 도리가 없습니다."

10년 가까이 백야 기병단의 에이전트로서 활동해온 경험에서 우러나온 말이다.

그 영감은…… 애거스티 교수는 결코 쿠퍼를 묵인할 리가 없다.

배신자를 보다 불리한 입장으로 몰아넣는 것, 오직 그것만이 목적이다. 유유낙낙하게 백야의, 성사 심사회의 의향에 따라봤자 약속된 안녕이 오는 일은 없다.

이것은 《신뢰》였다.

그 남자에 대한, 자식으로서의 확신.

"그는 말이죠, 알메디아 공——."

쿠퍼는 말한다.

"자식을 사랑하진 않습니다."

자조하듯이 웃고, 손바닥으로 머리 위를 가린다.

예고도 없이 아니마를 쏘았다. 다섯 손가락에서 발사된 아니마는 알메디아를 직통으로 때렸고, 대화에 정신이 팔렸던 그녀는 버티지 못하고 구두가 미끄러진다.

그대로 호화로운 여왕의 모습은 후방으로 날아가 배경 막에 뛰어들었나.

"——네 이놈."

대검으로 빙무를 치우고, 알메디아는 거치적거리는 커튼에서 기어 나왔다.

그러나 드높이 구두 소리를 내며 무대 중앙으로 되돌아왔을 때는──.

정해진 줄거리인 양 괴인과 요정의 모습은 사라지고 없었다.

스포트라이트 아래에 《검은 책》만 덩그러니 남기고.

† † †

충분히 조명이 켜진 회장에서 관객 한 명이 심사회의 기사에게 덤벼들고 있었다.

소동은 끝났어도 사람들의 혼란은 그칠 줄을 모른다.

"이봐, 당신, 말하는 본새가 그 괴인의 정체를 알고 있는 것 같던데?!"

"아, 아니, 그건……."

"기사라고 했잖아! 결국 뭐야, 반인반마란 건 날조고, 기병단이 내분 중이라는 얘긴가?! 그걸 구실로 당신들, 금서 수집을 하고 있는 거지?!"

다른 누군가는 턱에 손을 대고 뭔가 심각하게 생각하고 있다.

"괴인의 정체가 귀족이라는 말은…… 라 모르 양과의 신분을 초월한 사랑? 사랑의 도피?"

"함부로 말하지 마!"

호되게 어깨를 얻어맞는다.

여하튼 2천 명 가까운 인간이 일방적으로 자기 의견을 지껄이는 통에 터무니없이 소란스러웠다. 말할 필요도 없는 일이겠지만, 오늘 밤 오페라의 줄거리가 어떤 내용이었나 하는 건 전원의 머리에서 날아가 있을 것이다.

그와 같은 광경을 무대 앞의 작은 개구부에서 쳐다보고 있는 시선이 있었다.

스테이지 바로 아래의 《심연》이라고 불리는 공간. 조명 조정실과 보일러실이 자리한 곳이다. 그곳에 지금, 아무도 모르게 어떤 인물들이 모여 있었다.

오늘 밤의 오페라를 휘저은 장본인들——.

연막에 섞여 무대 아래로 도망친 쿠퍼와 퓰.

각자의 역할을 마치고 흘러가는 상황을 지켜보고 있었던 메리다, 엘리제, 살라샤.

그리고 지금 소동을 틈타 이리로 대피한 클로버 사장을, 그 비서가 맞이했다.

체자리의 비서는 무대 아래의 이 장소에서 강령술을 다루고 있었던 것이다.

쿠퍼는 공작 가문 영애들을 향해서 입술 앞에 집게손가락을 세운다. 이제 이대로 발렌느 궁에서 탈출만 하면 된다. 클로버 사장에게 묻는다.

"탈출 루트는?"

"이대로 궁선을 터 내려가면——."

클로버 사장은 기계 손가락으로 발밑을 가리키고, 이어 물결치듯이 움직인다.

"발렌느 궁 최하층은 지하 호수예요. 이미 재단의 직원이 배를 수배했을 겁니다. 마냥 여유 부리고 있을 순 없어요! 자자, 다들 서두르시길⋯⋯."

발길을 돌린 사장과 그 비서를 따라 쿠퍼도 소녀들의 등을 민다.

"자, 가시죠."

"쿠퍼 선생님⋯⋯."

엘리제가 생각에 잠긴 모습으로 고개를 숙이고 있었다.

쿠퍼는 무릎을 구부려 시선을 맞추고 그녀가 띄엄띄엄 내는 소리를 듣는다.

"아까⋯⋯ 적 중에⋯⋯ 로제 선생님과 똑같은, 붉은 머리의 여자가 있었어⋯⋯⋯⋯."

"그래── 알아차리고 말았군요."

엘리제의 가냘픈 어깨에 손을 놓고 끌어당긴다.

"그 일에 관해서도 들려드리죠. 왜 로제가 아직껏 우리와 합류할 수 없는지를⋯⋯. 지금은 일단 조금이라도 안전한 곳으로."

자, 하고 재촉하자 엘리제는 고분고분 쿠퍼의 손에 따라준다.

그리고 다 함께 《심연》의 안쪽으로 모습을 감추려고 했을 때다.

머리 위에서 여전히 목소리가 울린다.

"알메디아⋯⋯ 라 모르 여공작!"

뮬이 퍼뜩 얼굴을 들어서 그녀의 친구들도 넌지시 되돌아본다.

형체는 안 보여도 확실히 알메디아가 무대 전면으로 걸어 나온 모양이다.

기사들의 구두 소리가 분주하게 계단을 뛰어 올라간다.

"큰일입니다! 어머니가…… 슈나이젠 단장님이 《검은 책》에 갇힌 것 같습니다!"

"저희가 수집해온 금주 마법서가 한 권도 남김없이 휴지 조각으로 변해버렸습니다! 조금 전, 갑자기…… 번쩍! 하고. 뭐, 뭔가 아니십니까?!"

"사자 소생의 금주는?! 엔젤 가문의 진상을 폭로하는 계획은 어떻게 되는 겁니까!"

"──딸이 없으면 불가능하다."

알메디아의 목소리가 냉담하게 대꾸했다.

주위의 기사들은 낙담하는 분위기.

그중에서 위엄이 있어 보이는 한 명이 엄중한 음성으로 여공작에게 따지고 들었다.

"……' 메리다 엔젤의 핏줄을 명백히 밝힌다' 라는 것이, 우리가 그들을 비난하지 않을 조건의 하나였습니다. 이래서야 이야기가 성립하지 않습니다만!"

"…………."

무언으로 일관하는 여공작에게 그 기사는 더욱더 얼굴을 바싹 붙인다.

"그들의 암살 지령도 철회시킬 수 없는 것 아닙니까……?"

알메디아가 가볍게 입술을 깨문 것을 알 수 있었다.

바로 그때였다.

목이 쉰 노인의 목소리가 끼어들었다.

"내가 협력하지."

여공작과 기사들이 누구냐 하고 돌아보았다.

객석 쪽에서 통로를 지나 걸어오는 인물.

전통적인 쥐스토코르를 걸친 노년의 남성.

──《심연》에서 메리다는 깜짝 놀라 눈을 부릅뜬다.

알메디아 역시 놀라움을 감추지 못했다.

"헤이미쉬…… 몰드류 경! 대체 지금까지 어디에……?!"

반년 정도 전에 있었던 강철궁 박람회 날, 다름 아닌 메리다의 눈앞에서 홀연히 모습을 감춘 그녀의 할아버지다. 불륜으로 의심받고 있는 메리노아 엔젤의 아버지이다.

그가 어디에 숨어 있었는지를 쿠퍼는 기병단보다 앞서 포착하고 있었다.

레이볼트 재단의 클로버 사장이 보내준 소식으로…….

헤이미쉬 몰드류 경은 옷깃에 손을 댄다.

"나와 메리노아에게는 틀림없이 같은 피가 흐르고 있어. 조사의 도움이 된다면 무엇이든지 이용하게. 그 아이의 생애에 관해서도 아는 한 대답하지."

"……!"

"그러니 부탁함세. 메리노아의 편안한 잠을 방해하는 건──."

목을 조르듯이 옷깃을 쥐고, 머리를 푹 숙인다.

"──메리다를 비난하는 것은, 부디 삼가주게."

알메디아는 그런 그를 다시 쳐다보고, 심사회의 기사들은 얼굴을 마주 본다.

메리다는 《심연》에서 뛰쳐나가려고 했다.

"할아버지……!"

쿠퍼는 슥 그녀를 만류한다.

"안 됩니다, 아가씨."

"──처음부터 이렇게 하기로 했었습니다."

클로버 사장도 의체(義體)를 덜그럭거리면서 돌아왔다.

"이제 대답해 드려야겠군요, 어떻게 우리가 비블리아 고트까지 구원하러 달려갈 수 있었는가? 그가, 몰드류 무구 상공회가 소유한 《문》의 권한을 잠시 넘겨주셨기 때문입니다."

멈추어 서고 뒷짐을 지면서 천장을 올려다본다.

"그는 오늘, 이 자리에서, 기병단에 출두하기를 바랐습니다."

기계 눈으로 메리다를 내려다본다.

"딸아이들의 명예를 위해서."

"……."

"그 긍지를 짓밟을 셈이신지?"

그가 굳이 엄격한 단어를 선택하고 있음을 쿠퍼는 깨달았다.

피에로답게 훌륭한 연기다────.

클로버 사장은 돌아서면서 호들갑스럽게 양손을 흔들었다.

"자자, 배가 출항해버려요! 신사 숙녀라는 사람들이 피 디에 시착하면 안 됩니다아아~~ 오오────────호호호!"

쿠퍼와 네 소녀는 차례로 얼굴을 마주 보았다.

떨치기 어려운 미련이 남는 건 사실이지만, 누가 먼저랄 것 없이 걷기 시작한다.

이제 성 프리데스위데에도, 성 도트리슈에도 돌아갈 수 없다.

알메디아와 로제티, 몰드류 경, 가까운 혈연을 소동의 와중에

내버려 두고——.

《심연》 속으로 돌진할 수밖에 없다.

레 인

HP	341~3701				클래스:???
공격력	50~541	MP	48~496		
공격지원	0~33%	방어력	36~397	민첩력	36~397
사념압력	2~14%	방어지원	—		

주 요 스 킬 / 어 빌 리 티

?????LV? / ……(※)
※미해석 항목이 많아 데이터가 부족하다.

REPORT.03 인조 마나 능력자

《검은 책》을 둘러싼 소란에서 처음 공식적으로 모습을 드러낸 존재. 강철궁 박람회 사건을 거치고, 인조 란칸스로프의 노하우를 해석해서 개척된 분야인 듯하다.

그러나 스테이터스에도 나타나 있는 것처럼, 그 능력은 매우 불안정한 동시에 미지수……

세부사항 대부분이 수수께끼에 싸여 있고, 실전에서의 운용에는 아직 과제가 많다고 한다.

HOMEROOM LATER

프란돌에서 지리적으로도, 계급적으로도 정점인 장소.

성왕구 왕성——.

그 최상층의 복도를 지금 한 소녀가 험악한 표정으로 걷고 있었다.

바로 빨간 머리 로제티 프리켓이다.

성도 친위대의 상징인 순백에 금실 기사복을 입고 있다.

고민이 많은 표정이었다——.

"엘리제 님 일행은…… 괜찮을까."

쿠퍼와 정기적으로 편지를 주고받아 상황만은 알고 있다.

미리 상의한 대로 성 도트리슈 여학원에 몸을 의탁한 것까지는 좋았지만…… 그로부터 얼마 안 가 벌어진, 쉬크잘 가와 라모르가의 영애까지 얽힌 《발렌느 궁의 괴인》 소동을 거쳐, 현재 아가씨들은 한층 더 곤란한 상황에 놓여 있는 것 같다.

명분산 자세한 거처를 알릴 수도 없어졌다고 한다.

쿠퍼에게 터무니없이 무거운 부담을 짊어지게 해버렸다는 것은 틀림없다————.

원래는 로제티도 지금 당장 도와주러 달려가야 한다.

하지만 그럴 순 없었다.

지금은 아직 이 순백의 기사복을 벗을 수 없다……!

뒤에서 저벅저벅, 구두 소리가 쫓아왔다.

"로제티, 늦었군요."

"글레나 선배."

안경에 단발머리, 고지식한 선배 기사는 옆에 나란히 서고 리포트 몇 장을 건네준다.

"이거, 전에 말한 자료. 겨우 개시(開示) 청구가 통과됐어요."

"……!"

로제티는 침을 꿀꺽 삼키고 받아든다.

그 내용은, 첫 번째 장의 머리말부터 간담을 서늘케 했다.

"인조 마나 능력자……《블러드 캐리어》계획……!!"

글레나는 여전히 냉정한 눈빛으로 고개를 끄덕여 보였다.

"흑천 기병단── 레이볼트 재단이 주장하는《평민 계급의 전력 등용》을 인정하지 않는다면 현실적인 문제인 프란돌의 전력 부족을 어찌할 것인가?"

안경 안쪽에서 눈을 내리깐다.

"그에 대한 슈나이젠 단장의 대답이《그거》예요. 비능력자에게 마나의 가호를 베풀고, 철저하게 귀족으로 대접하여 불러들이는 것……. 그것이 순혈사상에도 준한 타협점 같아요."

"……."

"그리고 적성이 없는 자에게 후천적으로 마나를 전수하는 그 기술에는──."

기계처럼 막힘없이 고한다.

"평민에서 마나 능력자가 된 유일한 존재……. 요컨대, 로제티. 당신의 데이터가 다분히 이용되고 있어요."

로제티는 리포트를 쥐어 뭉갰다.

"슈나이젠 단장……! 전 그 사람 방식이 마음에 안 들어요!"

"우리 성도 친위대도 각오해야 할 때인지도 모르겠군요."

이윽고 두 사람은 으리으리한 양문(兩門) 앞에 도착했다.

노크를 하고 입실 허가를 기다린다.

바위 같은 음성이 문 건너편에서 응답했다.

""────실례하겠습니다.""

순왕작의 집무실이었다.

3년마다 왕위가 바뀌기 때문에 현재 주인은 페르구스 엔젤이다.

그는 창가에 서서 성왕구의 시가지를 내려다보고 있었다.

"부르셨습니까, 왕작님."

글레나가 서 있는 모습은 기사의 본보기 같다.

그러나 속으로는 작은 의문을 품고 있기도 하다.

쟁쟁한 친위대 기사들 가운데 자신과 로제티만이 지명받아 호출되었으니 당연하다. 더구나 지금 온 비시에 이르기까지 다른 사람들은 모두 물린 것 같다.

로제티는 좀 더 솔직하게 눈살을 찌푸리고 있었다.

페르구스가 아무리 지나도 자신들 쪽으로 돌아보지 않아서다.

결국 글레나도 말끝이 흔들렸다.

"페르구스 왕작님······?"

그제야 겨우 페르구스도 살짝 움직인다.

창밖을 본 채.

"······현재 나는 프란돌의 왕이다."

"네."

"내 마음대로 움직일 수는 없어."

그 말에 로제티도 비로소 깨달았다.

페르구스가 한사코 이쪽을 돌아보지 않는 것은 왜인가.

이것이 《혼잣말》이기 때문이다.

이제부터 페르구스가 말하고, 로제티와 글레나가 듣는 것은
────.

결코 기록에 남겨서는 안 된다.

"뜻을 가진 자에게."

바위 같은 음성이.

"극비 임무를 부탁하고 싶다."

어딘가 쥐어짜 내는 듯한 어조로 고했다.

† † †

같은 시각, 쿠퍼 일행은 로제티와는 대극의 장소에 있었다.

바로 프란돌의 최하층부, 홍유 정제구 《오하라》의 모 건물 내
부다.

레이볼트 재단 아지트의 하나답게 당장의 안전은 확보되어 있

다. 그야말로 사장의 취향이라고 해야 할지, 증기 기관으로 제어되는 요란하고도 고기능인 설비를, 넥타르가 아닌 전등의 빛이 비추고 있다.

소파에 앉은 메리다, 엘리제, 살라샤, 뮬은 심각한 표정이다.

다들 쿠퍼가 하는 이야기에 귀를 기울이고 있기 때문이다.

"《인조 마나 능력자》……. 기병단에 그런 계획이……."

메리다는 믿을 수 없는 것 같은 음성으로 중얼거린다.

쿠퍼도 그녀의 정면에 앉아 전적으로 수긍한다.

"이전까지의 기병단이라면 생각할 수 없는 사안입니다. 이러한 인체실험 비슷한 방식이 공공연히 통용된다니……. 아직 실험 단계라고 들었습니다만, 요전 발렌느 궁에서 엘리제 님이 교전한 《레인》이라는 소녀는 아마도 그 테스트 제1호."

그 자신도 고뇌하는 표정으로 고개를 젓는다.

"……불완전한 기술입니다. 발휘할 수 있는 마나 능력은 한정적이고, 더구나 그것을 이식하는 과정에서 《대가》를 지불하게 됩니다."

"대가?"

쿠퍼는 자신의 목덜미를 만졌다.

"……기억을 잃어버립니다. 인간이 란칸스로프로 변할 때와 똑같이."

"세상에……."

"저와 엘리제 님이 레인 양과 싸우고 느낀 위화감은 그 때문이겠죠. 그 소녀는 그저 슈나이젠 단장에게 배운 것을 하라는 대로 수행하고 있을 뿐입니다."

안타까운 듯이 고개를 젓는다.

"……그렇게 인생을 망쳐버린 아이들에게 로제는 책임을 느끼고 있는 겁니다. 절대 그녀의 탓이 아니라고 전했습니다 만…… 쉽게 떨쳐버리지 못하는 모양이더군요."

"그래서 로제 선생님은 지금도……?"

"그렇습니다, 엘리제 님. 《블러드 캐리어》 계획의 진상을 알고, 거기에 대처하기 위해서는 저처럼 기병단에 반기를 들어서는 안 됩니다……. 괴로워도 물고 늘어져, 성도 친위대의 지위에 계속 있어야 합니다."

엘리제는 입술을 깨물고 머리를 숙였다.

사랑하는 스승을 도와주러 가고 싶을 것이다.

그러나 기병단의 눈엣가시가 된 지금의 자신들이 가봤자 거치적거리기만 할 뿐. 그래서 쿠퍼도 편지를 통해 대화할 수밖에 없는 것이다.

아무도 입을 열지 않아 소파에 침묵이 찾아온다.

이런 분위기가 성미에 안 맞는지 뮬은 일부러 가벼운 음성으로 말했다.

"그럼, 이제부터 어떻게 하실 거예요?"

"그것 말입니다만――."

쿠퍼는 얼굴을 들었다.

그가 해야 할 일은 변하지 않았다.

그러기는커녕 늘었다.

메리다와 엘리제를 성 프리데스위데 여학원에, 살라샤와 뮬을 성 도트리슈 여학원에 돌려보내고 이때까지와 같은 일상을 되찾게 한 다음 졸업시키는 일.

다만 그를 위한 난이도가 껑충 뛰어버린 느낌이 든다.

설마 알메디아가 《적 측》이었을 줄이야……!! 이쯤 되니 프란돌이라는 국가 그 자체를 적으로 돌려버린, 그 실감이 짓누른다.

여기서 역경을 뒤집고 기적 같은 한 수를 두려면, 역시……….

생각을 정리하면서 쿠퍼는 말을 계속하려고 했다.

그전에 방 안 가득히 떼구루루루————! 경쾌한 음색이 울려 퍼진다.

소파에 있는 모두가 얼굴을 돌리자, 클로버 사장이 멋진 스로잉 자세로 등을 보이고 승리 포즈를 취하고 있다.

"스트라이크!"

"우후후, 훌륭해요……. 훌륭합니다, 사장님……. 우후후후후."

체자리의 비서가 유령의 생일을 축하라도 하는 양 혼자 박수를 치고 있다.

뭘 하고 있느냐면, 구기다. 쿠퍼 일행이 있는 방은 한쪽이 길니긴 레인으로 되어 있고, 그 종점에 아홉 개의 핀이 세워져 있다. 그것을 클로버 사장은 레인 입구 쪽에서 힘차게 굴린 공으로 아홉 개를 한꺼번에 날려 버린 것이다.

쿠퍼 일행이 미묘한 표정을 짓고 있으니 상쾌하게 땀을 흘린 사장이 다가왔다.

"이런, 왜 그러죠, 다들! 볼링을 모르시나요?? 저 아홉 개의 핀을 《액》으로 보고, 그것을 공으로 쫓아버리는 신성한 놀이입니다요, 오호호."

매우 자랑스러운 듯이 양팔을 벌리고 천장을 우러러본다.

천장이라기보다 방의 설비 그 자체를 보는 것 같다만.

"이건 우리 레이볼트 재단의 전자동 볼링 머시~인! 공의 공급부터 핀의 회수, 배치까지 전~부 기계가 알아서 해주는 편리한 물건입니다! 자자, 여러분도 찡그린 표정만 짓고 있지 말고, 시――원――한 소리 좀 내주시죠!"

소파의 전원이 미묘한 분위기 그대로 얼굴을 마주 본다.

곧 체념한 것처럼 메리다가 소파에서 일어났다.

무거운 공을 들고 레인 앞으로.

당연하지만 던지는 법을 모를 것이다. 양손에 안은 공을 밑에서 휘둘러 에잇 하고 앞으로 떨어뜨린다. 텅, 터어엉……. 썩 상쾌하다고는 부를 수 없는 투척음.

레인을 데굴데굴데굴 미끄러져 간 공은…….

핀의 꽤 앞에서 우측으로 벗어나 도랑으로 떨어졌다.

그대로 아무 충돌도 없이 종점을 통과한다. 클로버 사장은 배꼽을 움켜쥐었다.

"푸푸푸―――――! 체, 체자리 양, 지금의 득점은?!"

"《거터》! 거터, 즉 0점. 0점이에요, 사장님……. 우후후후후후후!"

슬슬 때려도 상관없지 않을까 하고 메리다는 주먹을 부르르 떤다.

보다 못한 쿠퍼가 아이고~ 탄식하면서 소파에서 일어난다.

집어 든 공을 한쪽 손으로 유지하면서 왼손바닥을 대고 레인 앞으로.

약간 앞에서 도움닫기.

마지막 스텝과 함께 허리를 비틀고, 투구.

조금 전보다 세 배의 속도로 레인을 미끄러져 가는 쿠퍼의 공은———.

종점에서 주인이 놓친 아홉 개의 《액》을 모조리 날려 버렸다.

클로버 사장이 추임새를 넣는다.

"나이스 샷!"

"클로버 사장님. 못 들으셨는지도 모르겠습니다만, 저희는 지금 중요한 이야기를……."

쿠퍼는 조목조목 타이르려고 했으나 클로버 사장은 딱딱한 화제가 마음에 들지 않는 모양이다.

비서에게 탄산 주스를 사람 수에 맞게 준비시키고 나서 갑갑하다는 듯이 말한다.

"뭘 어렵게 생각하고 있는 겁니까! 이미 이렇게 되어버린 이상, 산재주는 통하지 않아요. 우리는 기병단과…… 아니지, 프란돌이라는 나라 그 자체와 정면으로 대결해야만 합니다! 오호호————홋!"

"바로 그 수단을 궁리하는 중입니다. 적의 약점은———."

이때 명확히 '적'이라고 말해버린 것이 쿠퍼는 한탄스러웠다.

"……네, 인정해야만 하겠군요. 제가 낙관적이었어요, 알메디아 님에게 빌붙어 안전을 보장받으려 하다니. 이렇게 된 이상 이쪽에서 치고 나가겠습니다. 체제 측이 이렇게까지 숨기고 싶어 하는 《비밀》을 장악하고, 그것을 비장의 카드로 우리가 직접 교섭을 노리죠──."

"흠흠."

"그 실마리가 되는 것은 역시 《프란돌의 숨겨진 역사》입니다. 이것은 알메디아 님도 인정한 부분입니다. 현 상황의 돌파구는 거기에 있다고……!"

이번 소동의 얼마 안 되는 수확을, 쿠퍼는 주먹에 꽉 쥔다.

하지만 금세 주먹에 담긴 힘을 풀 수밖에 없었다.

"프란돌의 과거…… 마나 능력자의 기원…… 그것을 아는 것이 어렵습니다! 당신도 아시죠? 성사 심사회가 권력을 방패로 불편한 역사서를 태우고 있다는 것을."

클로버 사장은 그렇다며 손가락을 흔들어 보였다.

"거기까지 알고 있다면 이야기가 빠르겠군요."

"적이 구체적으로 무엇을 숨기고 싶어 하는 건지도 분명치 않은데요? 당신에게는 짚이는 데가 있다는 말입니까? 심사회보다 먼저 금서를 모을 수 있다고?"

"아니요."

싱긋 웃지도 않고 답한 후 테이블에서 스낵 과자를 집어 든다.

맛도 안 보고, 씹는다.

"솔직히 상대의 재력과 권력이 총동원되면 우리 레이볼트 재단이라 해도 맞설 수 없어요. 유감스러우나 서적과 자료를 통해 정보를 얻는 것은 포기하는 편이 좋아요."

"그러면 결국──."

"아직 한 가지, 방법이 있어요."

쿠퍼는 눈썹을 찌푸리고, 네 명의 공작 영애들은 얼굴을 마주본다.

클로버 사장은 빙그레 웃으며 말했다.

"자신의 눈으로 확인하러 가도록 하세요. 오호호!"

"…………그건, 설마."

쿠퍼는 자신이 갈증을 느끼고 있음을 알았다.

체자리의 비서는 아직 멀었나. 잘 못 먹는 탄산이라도 실컷 넘기고 싶다.

여하튼, 요컨대, 이 기상천외한 피에로가 말하는 의미는……….

"이제 곧 학교도 여름방학이죠."

클로버 사장은 리듬을 타며 말한다.

사자를 되살리는 금주보다도──.

한층 더 신에게 반역하는 것 같은 행위를.

"여러분을 프란돌의 아득한 과거──《시간여행》에 데려가 드리죠."

후기

앞으로의 전개에 관해서 얼마나 생각하며 쓰시나요? 라는 말을 자주 듣습니다.

허세를 부려 "전부 계산대로입니다, 후후후."라고 대답하는, 안녕하세요, 저자 아마기 케이입니다.

이번 권도 읽어주셔서 감사합니다. 고생하셨습니다. 새로운 적과 음모가 숨바꼭질하는 제11권, 어떠셨는지요? 재밌으셨다면 기쁘겠습니다.

이번 후기는 조금 작품 내용의 이야기를 하고자 합니다.

그래도 스포일러는 일절 없으니 안심하세요…….

첫머리에서 언급한 것처럼, 저는 창작에 착수하기 전에 설계도를 비교적 세세하게 그리는 편이라고 생각합니다. 그러나 '전부 계산대로'라는 것은 제게는 어려워서 다음 권으로, 또 다음 권으로 하고 에피소드가 진행될 때마다, 실제로 한창 원고를 다루고 있는 중에도 당초 마음속에 그리고 있었던 설계도로부터 놀랄 만한 창작물이 완성되는, 그런 일이 자주 있습니다.

이 캐릭터가 여기서 이런 식으로 움직이다니——.

그 사건이 이런 장면에 이어지다니! 같은 거요.

저는 이 기분 좋은 《변화》를 무척 좋아합니다.

틀림없이 창작자인 제 상상 그대로였을 세계가, 캐릭터들이, 저도 예상하지 못한 형태로 놀라움을 가져다줍니다. 때로는 그들 자신의 말과 행동으로 격려해주죠——.

제게 있어선 더할 나위 없을 만큼 행복한 순간입니다.

이 작품의 엔딩은 확실히 정해져 있습니다. 그래서 저는 쿠퍼와 메리다, 모두가 《멀리 돌아가는 길》을 실컷 즐길 수 있습니다. 과연 다음 에피소드에서는 저도 모르는 어떤 광경을 볼 수 있을까요? 지금부터 아주 기대가 됩니다.

무엇보다 그 놀라움이 독자 여러분에게도 신선한 바람이기를 바라 마지않습니다.

이번 회는 유난히 진지하네, 너 왜 그래, 라고 생각하셨나요?

왜냐면 이번 달은 이 시리즈에 있어 커다란 전기니까요! 애니메이션 방송이 시작하거든요, 아자ー!! (※2019년 10월)

방송지역 관계로 볼 수 없는 분은 동영상 공개 서비스 등을 활용하시어 꼭 시청해주시면 기쁘겠습니다.

그럼 마지막이 되었습니다만 언제나처럼 감사 인사를.

캐릭터 옷을 갈아입히는 것을 아주 좋아하는 제 요망에 늘 퍼펙트한 디자인으로 부응해주시는 니노모토니노 선생님. 이번 일러스트도 정말 근사합니다.

그리고 원작의 행간을 남김없이 헤아려주시는 코미컬라이즈 담당 카토 요시에 선생님. 저도 매달 원고를 마음속으로 기다리는 한 명이랍니다.

　출판에 힘써주신 판타지아 문고 편집부, 관계자 여러분. 코믹스를 팍팍 밀어주시는 울트라 점프 편집부. 그리고 애니메이션 스태프, 관계자분들에게도 거듭 감사의 말씀을 올립니다.

　물론, 물론, 지금 이 순간 책을 펴주시고 있는 《당신》에게도 ──.

　몇 번이나 말하지만, 애니메이션, 봐주세요!

　다음 권 어새신즈 프라이드는 단편집……. 비교적 가까운 시일에 간행될 것 같습니다. 지난번 테마가 '학원물' 이었으므로 이번에는 '가정교사의 시선' 에 포커스하여 제자들과의 이것저것과 크흠크흠── 아무튼, 흥미를 느껴주신다면 고맙겠습니다.

　그럼 아무쪼록 '곧 다시' 뵙겠습니다.

아마기 케이

어새신즈 프라이드 11 ~암살교사와 금기계제~

2020년 04월 20일 제1판 인쇄
2020년 05월 01일 제1판 발행

지음 아마기 케이 | **일러스트** 니노모토니노

옮김 오토로

발행 영상출판미디어(주)
등록번호 제 2002-000003호
주소 21311 인천광역시 부평구 평천로 132 (청천동)
전화 032-505-2973(代) | FAX 032-505-2982

ISBN 979-11-6524-444-6
ISBN 979-11-319-6068-4 (세트)

ASSASSINS PRIDE Volume.11 ANSATSU KYOUSHI TO KINSHO KAITEI
ⒸKei Amagi, Ninomotonino 2019
First published in Japan in 2019 by KADOKAWA CORPORATION, Tokyo.
Korean translation rights arranged with KADOKAWA CORPORATION, Tokyo.

노블엔진(NOVEL ENGINE)은 영상출판미디어 (주)의 라이트노벨 및 관련서적 브랜드입니다.

아마기 케이
작품리스트

◆

어새신즈 프라이드 1 암살교사와 무능영애
어새신즈 프라이드 2 암살교사와 여왕선발전
어새신즈 프라이드 3 암살교사와 운명법정
어새신즈 프라이드 4 암살교사와 앵란철도
어새신즈 프라이드 5 암살교사와 심연향연
어새신즈 프라이드 6 암살교사와 야계항로
어새신즈 프라이드 7 암살교사와 업화검무제
어새신즈 프라이드 Secret Garden
어새신즈 프라이드 8 암살교사와 환월혁명
어새신즈 프라이드 9 암살교사와 진양대관
어새신즈 프라이드 10 암살교사와 수경쌍희
어새신즈 프라이드 11 암살교사와 금기계제

공녀 전하의 가정교사

2
~최강 검희와 새로운 전설을 만듭니다~

공녀 전하 티나와 그 친구 엘리의 재능을 필요 이상으로 끌어내 왕립 학교에 훌륭히 합격시킨 앨런.

왕립 학교에 입학하는 제자들과 함께 가정교사로서 왕도로 돌아온 그를 기다리는 것은…… 일찍이 앨런이 마법을 알려준 오랜 악우이자, 지금은 왕국에 그 이름을 떨치는 『검희』 리디야와의 일대일 승부?!

게다가 그 사건의 여파로 학교에서 임시 강사도 맡게 된 앨런은 거기서도 고정 관념을 깨는 수업으로 주목을 받는데…….

**자각이 없는 마법 교사의 마법 혁명 판타지
──학교편 개막!**

나나노 리쿠 지음 │ cura 일러스트 │ 2020년 4월 출간
청춘의 상상,시동을 걸어라!